明治二十年代 透谷・一葉・露伴

日本近代文学成立期における〈政治的主題〉

関谷 博
Sekiya Hiroshi

翰林書房

明治二十年代　透谷・一葉・露伴——日本近代文学成立期における〈政治的主題〉——◎目次

1 〈政治小説〉のゆくえ――『京わらんべ』から『浮雲』へ――……5

北村透谷

明治浪漫主義……49
2 透谷と運動会――自由民権少年――……52
3 『厭世詩家と女性』――「小児」性について――……66
4 『伽羅枕及び新葉末集』――自由について――……85
5 『我牢獄』の両義性――解放／閉塞――……99

樋口一葉

6 一葉初期作品と『風流仏』・『風流悟』……121
7 『にごりえ』と『風流微塵蔵』――女の手紙――……136
8 『たけくらべ』と『風流微塵蔵』――子どもたちの時間?――……146

幸田露伴

9 露伴にとって小説とは何だったか……171
10 露伴小説における悟達と情念――『封じ文』から――……190
11 幸田家の明治維新……212
12『雪紛々』について……236
13 向島蝸牛庵――中川のほとりで――……252

付

紹介 池内輝雄・成瀬哲生著『露伴随筆「潮待ち草」を読む』……271
岩井茂樹著『日本人の肖像 二宮金次郎』を読んで……273
露伴と大震災……281
初出一覧……286
あとがき……288

なぜ灯の点《とも》った家の内部が底無しの深さに見えるか？
それは戸外が真暗であるからだ。
（稲垣足穂『横寺日記』十一日　水曜）

1　〈政治小説〉のゆくえ——『京わらんべ』から『浮雲』へ——

はじめに

二葉亭四迷の『浮雲』第一篇（明20・6）第一回の冒頭、内海文三と本田昇が他の官員と共に役所から出てくる退庁風景を、いわゆる〝髭尽くし〟で描いた、次の一節、

千早振る神無月も最早跡二日の余波《なごり》となツた廿八日の午後三時頃に神田見附の内より塗渡る蟻、散る蜘蛛の子とうよ〳〵ぞよ〳〵沸出《わきい》で、来るのは孰れも顋《おとがい》を気にし給ふ方々、しかし熟々《つら〳〵》見て篤《とく》と点検すると是れにも種々《さま〴〵》種類のあるもので、まづ髭から書立てれば口髭頬髯顋《ほゝひげあご》の鬚《ひげ》、暴《やけ》に興起《おや》した拿破崙《なぽれをん》髭に狆の口めいた比斯馬克《びすまるく》髭、そのほか矮鶏《ちゃぼ》髭、貉《むじな》髭、ありやなしやの幻の髭と濃くも淡《うす》くもいろ〳〵に生分《はへわか》る

が、坪内逍遙の『諷誡京わらんべ』（明19・6。以下、角書「諷誡」は略す）第二回の同じく冒頭部分、

千早振神田橋のにぎ〳〵しきハ。官員退省《ひきとり》の時刻とやなりけん。頭《かしら》に黒羅沙の高帽子を戴き。右手に八字做《な》す鬚を捻《ひね》りて。頻《しきり》に手車を急がしたまふハ。知らず何の省の鯰爵《ねんしゃく》さまぞや。お宅で権夫人が待兼たまハん。もちつと御車夫《くるまや》をば急がしたまへ。といふハ余計なる岡焼なるべし。手に弁当箱携へつゝ。双子唐桟の袴をはき。半靴もしくば日和下駄にて。チヨコ〳〵歩みくる四十男ハ。是や等外《でしもる》の鰌《どじやう》ぬしにやあらん。腰様《こしつき》齢にハ似ず

曲屈《かゞみ》にたるハ低頭《おじぎ》が習慣となりたる故にや。馬車にめす勅任さま。馬にのる奏任がた。洋装の紳士。和服の歴々。思ひおもひに家路へと。別れて帰る退省どき。

をふまえたものであることは、よく知られている。ところで、このことは一体、何を〝意味〟しているのだろうか？

この章では、まず『京わらんべ』の作品分析、およびそれと『浮雲』との関連について検討する。そしてそこから日本近代文学の成立期（明治二十年前後）の文学者たちが担った、或いは担い損ねた〈政治的主題〉とは何だったのか、という問題に及びたいと思う。

I

『浮雲』の成立そのものの考察においては、ゴンチャロフをはじめとするロシア文学の影響がまずは最重要問題だろう。しかし、本章が扱うのは影響関係ではない。『浮雲』にとって『京わらんべ』という作品との関連は、『浮雲』が果たした日本近代文学史上の偉大な役割について再考しようとする時、とりわけ言文一致体・内面描写の確立云々といった周知のトピック以外の回路から考えたいと願うなら、欠かせない意義をもつ、と思われる。なぜなら『京わらんべ』は〈政治小説〉であり、両作品の関係は、近代小説の成立に〈政治小説〉がいかに位置づけられるか、を解く鍵になるはずだからである。

そこでまず、〈政治小説〉評価をめぐる二、三の問題点について考えておこう。

〈政治小説〉は通常、明治十年代から二十年代の（主に）前半期にかけて、自由民権運動の盛り上がりと政府による運動弾圧の狭間から生み出された文学、とされる。明治七年の民撰議院設立建白を契機に、立憲政体樹立を目指しておよそ十数年間にわたって拡がった自由民権運動は、或る政治思想・政治的主張を新聞という新しい媒体、演説という新しい形態で民衆に拡めようとする、一種の文化運動でもあった。運動がさかんになれば、それに伴って政府の弾圧も強化された。そこで、新聞・演説がねらい撃ちされるようになると、次なる民衆向け情報媒体として戯作が注目された。運動に参加・共鳴した若きエリート、それまでならば儒教中心の学問及び漢詩文を核とした、近代以前の「文学」の担い手ないしはその予備軍的存在であった人々の中から〝西洋では紳士・識者・政治家でも書くそうだから〟と主張して、婦女子の玩具視されていた戯作を書き出す者が登場したのである。これが、戯作が近代小説（ノベル）に発展することになった、重要な契機のひとつである。

もちろん、出来上がった〈政治小説〉の内容は様々である。筆者はかつて、〈政治小説〉を評価するモノサシとして、一方の極に、運動に参加した士族の不平感情や弾圧のうらみを民衆の「反上抗官」感情と一体化させようとする志向性を置き、もう一方の極には、きたるべき国会開設の時に備えて国民としての自覚を促そうとする教育性を据えて、幾つかの〈政治小説〉を分類・分析してみたことがある。そして、従来の文学史には、前者の傾向の強い作品（たとえば『鬼啾啾』や『佳人之奇遇』）をより高く評価する偏りがあり、その原因として、後者の傾向の強い作品（たとえば『情海波瀾』や『京わらんべ』）が単なる宣伝、教化をねらった「宣伝文学」といったレッテルをはられて済まされやすいのに対し、前者の場合はそこに個人的な内面性と呼べそうな要素（ルサンチマン）を窺いうる点で、近代文学の嗜好に適ったからではないか、と述べた。[1] これに付け加えて、もう一つ、右の原因と思われる事柄を記しておきたい。

かつて自由民権運動は、明治絶対主義政権を倒すためのブルジョア民主主義運動とされ（講座派・大塚史学）、不平士族と負債農民をまき込んだ武装蜂起がその〝最高形態〟（たとえば秩父事件）などといわれていた。しかし今日では、立憲政治の実現、近代的諸制度・法体系の確立を目指すという点では明治政府とも共通する面を持つ、国民化運動のひとつとする説が有力である。[2] それは、近世の一揆や騒動、その系譜にある負債農民騒擾などとは異質な運動なのである。暴力行為を含んだ直接行動を一面的に讃美したり、またその失敗をパセティックに美化してしまう、例えば『鬼啾啾』のような作品を高く評価する従来の文学史が、かつての自由民権運動研究の知見――農民騒擾との混同部分の中心に位置づけられる、民権左派の重視――に支えられていたのは間違いない、と思われる。

恐らく今、歴史学の現在の水準にみあった〈政治小説〉の新たな評価が必要なので、特に筆者としては『鬼啾啾』系よりも、『情海波瀾』『京わらんべ』系の再検討が大事だと、主張したい。

2

『情海波瀾』と『京わらんべ』については、注(1)に掲げた拙稿でも、「民衆・士族の意識変革の困難さを明確に主題化している」作品として若干触れていた。ここでは『情海波瀾』は省略に従い、[3]『京わらんべ』についてのみ、多少詳しく自説を繰り返し、〈政治小説〉としての『京わらんべ』の主題を明示する。

『京わらんべ』の主人公は中津国彦、日本人の国民性、ないしは日本人の政治意識を寓する。『情海波瀾』における和国屋民次と同じである。そして民次の相方が魁屋阿権（自由民権）であるように、国彦にプロポーズされる女性も豊原利子、つまり国民の権利、恢復されるべき人権を寓している（ちなみに、豊原家の現・当主は兄で十九歳の正夫。国彦と同年令である。正夫は負けずぎらいの散財家で、聡明な妹に諌められると「生意気なり」とどなりつけるような男）。

さて、中津国彦は京都の生まれで、十三、四歳の時に東京で勉学に励むようになる。「うまれつき学問好《ずき》にて。

修学一方に熱心」（第一回）だったが、年頃となってからいささか勉学の方があやしくなり、簡単安上がりに女性を手に入れる法はないかと考えだす。すると「流石《さすが》に西洋書を読んだゞけに。権利といふ事に思ひつきて。ハタと手を拍《うち》てつぶやくやう」（同）、自分には豊原利子という婚約者があったことを思い出すわけである。以上が「第一回発端」。

「第二回　割烹店の密談」の冒頭は、すでに引用した「千早振神田橋の」云々で、登場するのは騎馬で退庁途中の紳士・萩野隼人、いうまでもなく長州・薩摩藩閥政府を寓する人物である。彼は豊原家の家令・縣居管兵衛に遭い、国彦と利子の婚約問題を知る。妻と三人の妾を持ちながら、かねてより利子に御執心の隼人は、管兵衛を手なずけていたのだ。管兵衛に拠れば、「国彦と申す男ハ。年来洋学を修行いたして。生中《なまなか》法律とか政治学とかを。いくらか生噛《なまがみ》に致しましたので。兎角に不条理なる理屈を主張し。権利が如何《どうで》ある斯《かう》であると種々生意気なる事」をいう、手強い奴である。事情を知った隼人はすぐさま次の二箇条を結婚の条件に附加するよう提案する。

一　今より五年の後。即ち貴殿廿三年になられたる年に及びて。結婚の儀を行ふべき事。

一　貴殿ハ其年に及ぶまでに。地面附の家庫を購ひ。純然たる一家の主となり。家族を養ふに足るべき。充分の資産を貯へらるべき事。

以上が「第二回」。第一条が、明治十四年に出た国会開設の詔（明治二十三年を開設の期とする）を寓したものであることは言うまでもない。そして第二条は、その時までに立憲政体を担うに足る国民に成長しているか、もう残すところ五年となったぞ、という諷喩である。

「第三回　根岸の失敗《しくじり》」は、あせった国彦が、いっそ利子を誘拐して既成事実を作ってしまおうと企み、みごと失敗。以後、彼は与えられた時日をいたずらに浪費するのみか、幾らか所持していた土地家屋（親の遺産で購入したもの）・公債証書も手離し、吉原遊女「紫陽花」とは夫婦約束までしてしまう始末である。「茫然二三年を過《すご》したりしハ。豈《あに》浅ましき限《かぎり》にあらずや。」（第三回）。

さて、続く「第四回　深閨の物思ひ」はそのほとんどが憂いに沈む利子の告白場面（聞き手は「お気に入《いり》の腰元お道」）である。その一節を、少々長めに引用し、ここまでの展開で逍遙がどのような政治的主張を盛り込んだのか、まとめておこう。

妾《わたし》ハ国さまの心変わりを。怨むの嫉むのといふ訳でハないが。万一国さまが此頃のやうに。以前のお約束もお忘れあそばし。賤しい芸者などに心を奪はれ。うか〳〵年月を。トいひかけたまひて。覚えず涙ぐみし目を拭ひて（姫）お廿三といふも最早《もう》咫尺《いま》の間。若し国さまが其時になつて。家庫御財産をお所持でなければ。以前のお約束も破談とやら。サアさうなるも宿世の因縁。決して下々の娘子どうよう。女々しう愚痴な事をいふでハなけれど。只々気に懸かるハ豊原の行末。お兄さまハ知ツての通り。段々世間での評判もわるし。到底《つまり》は御隠居をおさせ申して。お代をかへないでハならないなんぞと。内々誰彼もいふて居るとやら。又二ツにハ。トいひかけたまひて少しくお声を低めたまひ（姫）あの萩野さんとおつしやるお方が。折々妾へのお玉章《ふみ》のお便り。あだいやらしい横恋慕。主ある此身へ大それた。と其度毎に腹ハたてども。さう立派さうに言はれぬのハ。国彦さまの今のお身持。もし国さまと万々一。添《そは》れないやうな訳ともなつたら。あの萩野面《づら》が否応なしに。妾を貰ひたいといふのハ必定。サアさうなつた日になつたら。此豊原の一家の浮沈。あの萩野面《づら》が邸へ入込《いりこみ》。トいひかけて又も声うるまし萩野隼人が提示した二箇条が〝日本人は、明治二十三年の国会開設までに、国民として一人前の政治的力量をつけなくてはならない〟という寓意を含んでいること、それに対する国彦の誘拐計画が相次ぐ自由党左派の激化事件を諷していることはまぎれもない。その後の国彦の堕落は、逍遙から読者に向けての警告であろう。士族に対しては早く士族根性から目覚めよ、民衆に対しては、牧原憲夫氏のことばを借りれば(4)、江戸時代以来ひきずっている〈客分－仁政〉意識から脱却せよ――と。もっとも、そう警告しつつも、逍遙の内心は、そうした意識変革の困難さを(5)前に、最早見切りをつけている風でもあるが……。

しかし、ここまで見た中で、今長々と引用した、利子による告白の一節にこめられた寓意は、とりわけ重要であるように思われる。

豊原家の現在の当主・正夫については、先に負けずぎらいの散財家で日頃から妹にたしなめられている、と紹介したが、もう一つ、「頗《すこぶ》る怜悧《さいはぢ》けてましますのみか。滅法開化好《かいくわすき》でおはするから」とあったことをつけ加えておきたい。彼の年令が中津国彦すなわち日本国民（又はその政治的性向・国民性）と同じ年令に設定されているのは、二人が同じ一つのことの両面を表していたからである。すなわち豊原正夫とは、明治の新国家そのものの寓意化された存在、そしてその新国家の民＝国民が、中津国彦なのだ。

豊原家は元は「ときめいたる御身の上」（第一回）、中津家は「勢猛《いきほひ》なりける武士《ものゝふ》」（同）だったというが、正夫・国彦にとって、それらの意義は雲散霧消し、今日二人はほとんど浮草のような存在であるにすぎない――二人が共に学問好きであったとされるのは興味深い。少なくとも二人にとっては、新奇な学問は唯好奇心を満足させるのみで、人生の指針となるような形では学ばれていない。むしろ過去の知見から我身をひき離すように、彼らの新学問は機能している様子である（例外は利子で、彼女については「敷島の大和言の葉。お豆腐の漢土《から》の学問。空蟬のイギリス学。一心のフランス言葉も。いくらかより〳〵に習ひうかめて要ある折からにハ担《かつ》ぎ出したまひて。我慢な兄君をもやりこめたまへば。」［同］

とある）。

正夫と国彦は、十九歳の今風めいたただの若者である。さればこそ、利子は憂うる。「以前のお約束」を忘れずに、どうか国彦は自分と結婚してほしい。そうでなければ「豊原の行末」そのものが危機に瀕する、と。新豊原家＝近代国家としての日本は、内容空疎な権威・暴力（天皇の神格化・徳川体制を倒したという既成事実）によって正統化されるべきではなく、「以前のお約束」＝恢復されるべきものとしてみずからの裡に見出される天賦人権にもとづく人民の意思に、由来するものでなければならないからである。――これが利子の告白の真意である。

豊原正夫について、柳田泉は「日本国であり、また日本新政府を意味する」と述べていたが[6]、日本新政府と新生日本国とは、逍遙において明確に区別されている。逍遙にとって現在の藩閥政府は、いわば占領したまま いつまで経っても東京から去ろうとしない不法政権のように認識されていたにちがいない。新国家（豊原正夫）と新人民（中津国彦）は、不安定で正当性もあいまいなこの政権下で、十九年の歳月を送り、頼りない存在として成長してしまったのである。正夫は、身内によき助言者・利子を持ちながら、彼女の言うことに耳を貸す分別が無い。そのくせ萩野隼人の提案は安々と受け入れてしまう（家令・管兵衛の「機転」ということになってはいるが）。彼は流行りをいたずらに追うのに忙しく、自分の頭で本当に考える、ということをまだしたことがないのである。国彦も、せっかく貴重この上ない婚約者・利子を思い出すことができたにも拘らず、彼女を手に入れるための正しい筋道を求めえず、あてどなくさまよい歩くのみ……。以上が、逍遙が把握した明治二十年前後の日本の政治的状況であったと言ってよい。

この不法状態が正しいかたちに戻される最後のチャンスがあるとすれば、それは立憲政体樹立の時である。その時、はじめて日本新国家は真正の新政府を手に入れることができる（従って「日本新政府」を寓意する人物はこの作品には登場しないのである）。が、しかし、それがどうも、いよいよあやしくなった。最後のチャンスは、逆に、不法政府の占領状態を恒常化するための方便に用いられそうな形勢になっている……。作品後半に進もう。

中津国彦は、その場〳〵で平気で嘘をつく、口先だけの人間に堕した。「第五回　温泉場の大虚喝《おおぼら》」で記される彼の長演説は、いささか自虐的ともとれそうな、大学エリートに対する揶揄のように読める。中央役人の端しくれになりたい、地方へ出て稼ぐか、「現今ハ虚喝《ほら》の世の中。虚喝の吹方の巧《たくみ》な奴輩《やつら》が。優勝劣敗で用ひられるテ。」、「いつそ諂諛《べんちやら》主義を取つた方がいゝかな。」……結局、「虚喝《ほら》主義」でゆくと決めた国彦は、たまたま居合わせた旧知の人に向かって、自分がいかに多くの有名人を知己に持つか、いかに彼らから認められているか、を実名（「九鬼」「大隈重信」「矢田部」「加藤弘之」等々）を挙げて滔々と誇る。そのあり様を、こっそりのぞいていた縣居管兵衛いわく、「此方《こちら》で手を下した訳でもなけれど。自分であの通りに馬鹿になつて」。

「第六回　大団円《おほづめ》　麻布の狼狽」で国彦はいよいよ二十三歳となった。管兵衛は、そ知らぬ風を装って結納の品をそろえ、国彦の家へゆく。そこへ、借金取り、年季を勤めあげ女房にせよと押しかけてきた「紫陽花」が鉢合わせ。三人に迫られ、国彦は返辞もできずに立ち往生、というところに、萩野隼人が堂々の登場で、大団円となる。

結局、債主に家庫地面すべてを渡した中津国彦は、萩野邸へ居候として引き取られた。また利子も、国彦と「嫁《めやわ》すちふ名義にして。客分同様に引取《ひきとり》おくべし。（中略）但し利子姫と夫婦といふのハ。全く名義のみの事なるゆゑ。相近づくこと禁制たるべし。」――すべては萩野隼人の思い通りに、萩野の勢力の下で、豊原家のあり方＝〝国のかたち〟が決定された、ということである。

※

かつて筆者は、この結末について、「はつきり書かれてはいないが、利子は萩野の妾となった、ということだろう。深刻畏るべし。四年後の帝国憲法に基づく議会体制を予言して、正確この上ないではないか。」と述べた。[7]しかし、今回読み返してみて、「利子は萩野の妾となった、ということだろう」は不正確で余計なことだった、と感じる。その本性として、恢復されるべき人権を寓する豊原利子には、中津国彦以外に結ばれる相手が存在しえないからである。だから萩野も、二人の結婚だけは、たとえそれが形式だけのものであっても、認めるしかなかったのだ。萩野は国彦に対して「相近づくこと」を禁じたが、だからといって萩野が、それをできるわけではない。

国彦すなわち国民と結ばれることのできなかった利子は、ただ消え去るのである。言い換えれば、利子は再び〝忘れられた婚約者〟に戻り、これから萩野家で居候暮らしを始める、〝たくさんの国彦たち〟の脳裏にひっそりと棲み、また何時か思い出される時が訪れるのを待つ、というべきか。

利子の消滅と共に、アレゴリイによる〈政治小説〉も終わる。〝たくさんの国彦たち〟は、以後、臣民という名を与えられて、現実の明治社会を生きることになるのだから。従って、『京わらんべ』の意志を継承して、同趣の作品を書こうとしても、今度はアレゴリイではなく、現に生きている臣民たちの生活、そこで生ずる様々な葛藤や矛盾を描き出す、そんな〈政治小説〉でなくてはならない。ノベルとしての〈政治小説〉が、それである。

3

明治十四年の政変と同時に渙発された国会開設勅諭を受け、翌年三月十四日伊藤博文憲法調査団が横浜を出帆した。一年半余りのベルリンとウィーンでの憲法調査を終え、彼らが帰国したのは明治十六年八月三日である。

この憲法調査、特にウィーンでの後半期において、伊藤は立憲体制の確立に向けて、憲法条文の作成作業と共に成されるべき、行政裁判・議会法・皇室制度・地方制度等、いわゆる国制の枠組み全般の整備に関する見取り図を

得たようである（「明治典憲体制」）。(8)

帰国の翌年・明治十七年三月、伊藤は制度取調局を（明治十四年政変時に確定された欽定憲法主義の方針に従い）宮中に設置、みずからその長官となり、国会開設に向けての議会制度・華族制度等の調査・検討を始める一方、これとは別に憲法起草問題に関しては、伊藤の下、井上毅・伊東巳代治・金子堅太郎（いわゆる〝憲法起草トリオ〟）が、内密に検討を進める方針を立てた。制度取調局は明治十八年十二月の官制改革に伴ない廃止されたが、憲法起草トリオはそのまま、初代内閣総理となった伊藤の下で憲法起草の準備を続けた。明治十九年二月の宮内省官制制定、公文式各省官制通則制定、三月帝国大学令制定、四月会計検査院官制制定等々の後、彼らが本格的に憲法起草作業に着手したのは、この年の秋頃からであるという。

集会条例、新聞紙条例の改正によって民権派への弾圧がいっそう強化される中で、上からの憲法体制づくりは着々と、そして秘密裡に進められていった。こうした政治状況を、坪内逍遙は『京わらんべ』で寓話化したわけだが、その『京わらんべ』の一節をふまえた表現がわざわざ冒頭に据えられているのが、二葉亭四迷の『浮雲』なのだった。『浮雲』を〈政治小説〉として読む、という本章のアプローチは別段奇を衒ったものではないことが理解されると思う。

『浮雲』の刊行年月は、大日本帝国という〝器〟の完成期に重なっている。第一篇刊行（明20・6）の後、三大事件建白運動の盛り上がりがあり、その年の暮れ十二月二十五日保安条例が出された。後述の中江兆民を含む民権家五七〇余名が、皇居三里以内から退去させられる、要するに東京追放命令（江戸払！）である。第二篇刊行は明治二十一年二月。その一年後明治二十二年二月十一日に大日本帝国憲法が欽定という名目で、いわば国民に体裁よく〝押しつけられ〟、第三篇はその年の七月から八月にかけて雑誌『都の花』に掲載される、という具合である。

この事実は、国民が自分の〝国のかたち〟について、あれこれ議論をする余地がほゞ完全消滅したことを意味する。だから、もし『浮雲』が〈政治小説〉の名に値する作品だとするならば、まずはこの、人々が主権的なものから如何に疎外されていったかについての自覚の様態を、そこから読み取れるものでなくてはならないだろう。

こうした観点から見る時、『京わらんべ』をふまえた『浮雲』第一篇冒頭、いわゆる〝髭尽くし〟の一節の含意する〈政治小説〉的意図が明らかになる。そこにおもむろに登場する、二人の主要人物は、明治十八年から十九年にかけての官制改革をめぐるおしゃべりをしている。内閣制度創設と連動するそれは、しかし彼らにとっては暢気な政治談義などではありえず、自分達の今日明日の運命を直接左右するプライベートな話題として、彼らの口の端にのぼるのである。『浮雲』の世界の住人はすべて、もはや天下国家の命運を寓した『京わらんべ』の世界の住人ではなく、各人自己一身の安穏のみを気遣う存在、それ以外にはなすことを知らぬ存在であることが、冒頭から確認されているといえる。

このことは、第一篇冒頭だけではなく、第二篇冒頭、つまり「第七回　団子坂の観菊」でも同様の技法で表明・確認されている。

午後はチト風が出たがます〳〵上天気、殊には日曜と云ふので団子坂近傍は花観《み》る人が道去り敢《あ》へぬばかりイヤ出たぞ〳〵束髪も出た島田も出た銀杏返しも出た丸髷も出た蝶々髷も出たおケシも出た、○○会《なになにくわい》幹事実《じつ》は古猫の怪といふ鍋島騒動を生で見るやうな「マダム」某も出た　芥子の実ほどの眇小《かわいら》しい智慧を両足に打込んで飛だり跳たりを夢にまで見る「ミス」某も出た　お乳母も出たお爨婢《さんどん》も出た、ぞろりとした半元服、一夫数妻論の未だ行はれる証据《しょうこ》に上りさうな婦人も出た、イヤ出たぞ〳〵、坊主も出た散髪も出た五分刈りも出た、チョン髷も出た　天帝の愛子、運命の寵臣、人の中の人、男の中の男と世の人の尊重の的《まと》、健羨《けんせん》の府となる昔所謂お役人様、今の所謂官員さま後の世になれば社会の公僕とか何とか名告るべき方々も出た　商買も出

た負販の徒も出た　人の横面《そつぽう》を打曲《はりま》げるが主義で身を忘れ家を忘れて拘留の辱に逢ひさうな毛臑暴《さらけ》出しの政治家も出た　猫も出た杓子も出た　人様々の顔の相好おもひ〳〵の結髪風姿《かみかたち》、聞覩《ぶんと》に聚まる衣香襟影は紛然雑然として千態万状　ナッカなか以て一々枚挙するに遑あらずで、（傍点、傍線は引用者）

第一篇冒頭が〝髭尽くし〟ならば、第二篇のこれは〝結髪風姿《かみかたち》尽くし〟といったところか。傍点部二つの「イヤ出たぞ〳〵」で、最初は女、次は男の、髪型・百態が網羅的に並べられて、人皆休日の菊観に日頃の憂さを晴らしている雰囲気がかもし出されている。そしてこの憂さ晴らしの一点において、普段敵同士であるはずの官員と壮士も、ここでは仲良く一つの風景の内に納まっているわけである（傍線部）。

公的時間と私的時間の分離・独立、私的生活による政治的コンテクストの無効化、そして作品の主題が私的生活の圏内に限定されることの暗示……。この一節のすぐ後に、例の課長にペコペコお辞儀する本田昇の姿を描いた挿画がくるわけだが、谷川恵一氏が解読したように[9]、それは、ゆくゆくは劉邦を扶けて漢の統一に寄与する張良が黄石公に「跪」く（腰を浮かせたまま両膝を地に着ける礼儀作法）姿と、上司である課長に対して本田昇が示す「磬折」（直立している君主に対し臣下が背をかがめる作法）とをあざやかに対比するものだった。類似のしぐさであるが、一方は天下国家に関わり、もう一方は自己一身の立身出世にしか関わらない。

だが、このように作品世界から従来の〈政治小説〉的要素（己れひとりが天下国家の命運を背負っているような自己陶酔・悲愴感……）を排除しようとするが如きパフォーマティブな一節だからこそ、この作品がねらいをつける新たな〈政治小説〉的次元もまた、ここには顕在化しているように思う。手掛かりとなるのは、傍線を付した官員と壮士の部分のうち、官員に関する一節の、異様といってよい程の、長さである。

官員と壮士のこの対比の意味するところは、一つは自由民権運動が〝粗暴な壮士〟といったイメージに収斂・固定化され、近代社会の多様な構成要素として組み込まれた、ということだろう。では、官員に関する一節の方の長々しさは、何を意味するのだろうか。

「天帝」は天皇の語を用いるのを憚ったにすぎまい。天皇の臣下としての官員、ということである。では、「人の中の人」、「男の中の男」とは?……。この一節は、『浮雲』第二篇刊行の一年後に明確な法律用語として定められる「臣民」＝天皇の臣下としての国民というあり方に、読者の関心を促そうとするものなのではないだろうか。

渡辺浩氏に、〝江戸時代、「確かに民は、既に『臣民』であった。」〟という発言がある。(10) その主旨はこうである。中国においては、「『民』が『民』であること自体において『臣』だったというのではない」。「民の存在は自己目的である。民は役割でなく、事実である」。君主とその臣たちが統治集団を形成して、自立存在としての民を支配し、租税を徴集するという形で彼らに依存する。ところが、日本では万人がその家業において「役人」である、という発想が強くある。「ここには奇妙な循環がある。君は『民の父母』、しかし当の民がそのための『役人』である。民は目的のはずでありながら、手段である」。この日本的「民」観が、日本的朱子学の最右翼といってよい後期水戸学において「全ての民が天皇の譜代の臣」という主張に結実する（近代日本の政治文化に後期水戸学が与えた影響は大きい。「国体」然り。また、徳川政体を「幕府」と称し、朱子学の特色を「大義名分」論に求めることは今日の通例だが、実はいずれも水戸学の言いだしたこと――「大義名分」は本来朱子学にはなかった日本製新語である――を、明治国家が継承したことの結果なのである）。

右の、日本的「民」＝「役人」という時の、「役人」という語について、さらに付言しておこう。中国における「役」には、こき使う、こき使われる召使、戦争、といった意味しかなく、「役人」とは〝こき使われる人〟であるにすぎない。しかし日本では、近世武家支配において、百姓・職人をも補助的な要員として編成対象に加えた軍隊統制法が平時まで拡張された結果、〝軍隊統制法の下で一人前と認められた者、ないし彼らを部下として律する者〟＝「役人」という、一種の〝尊称〟が一般化・定着した。[11] これはまた、身体障害者や「遊民」らを「役立たず」として差別する発想を生んだ。役に立つ者（役人）と、彼らを律する「お役人様」こそが、立派な「臣民」なのである。——以上が、江戸時代、民が既に「臣民」であったということの意味である。

この「臣民」の語が、大日本帝国憲法に法律用語として正式採用されたということは、明治国家が近世の「兵営国家」としての性質を明示的に継承し、それを徹底化してゆくことを選択したということであろう。

ここで先の引用に戻る。「昔所謂お役人様、今の所謂官員さま」を「健羨の府」とするのは、単にそれが収入安定したあこがれの職業という意味だけではあるまい。[12] この国の民はとりあえず皆「臣民」にさせられるわけだが、中でも国家から給料をもらう本物の「臣」になった「人」、「男」こそが、「人の中の人」、「男の中の男」なのだ、という意味なのだろう。然れば又、役所をクビになった男などは「臣民」として「役立たず」の烙印を押された存在も同然、ということになる。

「後の世になれば社会の公僕とか何とか名告るべき方々」という言い方からは、〝英国流の a public servant の観念を、日本人は一体何時になったら理解できるようになることやら〟といった思いを読み込むことができるのではないか、と筆者は考えている。なにしろ当時の日本の「公」という言葉は[13]中国の「衆人と共同するの共」「衆人ともに通ずるの通」「公は平分なり」という考え方や、英語の「一般の」「人民の」「公共の」と触れ合うところ少ない、「おほやけ」＝天皇・国家としての「公」、または「上下関係としての公私」の「公」（たとえば一藩内における「公」は徳川将軍から見れば「私」となる。「奉公」の「公」はまさにこれである。たとえ対象が一商家であっても、それに献身的に勤めることが「奉公」になるのだ。）といった意味が、一般的だったはずだからである。

前節では、『京わらんべ』の結びに関連して、臣民と呼ばれることになる〝たくさんの国彦たち〟の様々な葛藤や矛盾を描き出す〈政治小説〉が、『京わらんべ』の志を正しく継承する、〝ノベルとしての〈政治小説〉〟といえよう、と述べた。『浮雲』第二篇「第七回　団子坂の観菊」は、そのような〈政治小説〉のねらいどころを、みごとに提示している。だが、近代における権力のテクノロジーは、近世徳川体制のそれとは比較にならないくらい高度化してゆくから、立憲体制が樹立しても、そこに据えられるべき「国民」の座に「臣民」が充てられ、近世以来の「兵営国家」の思想が温存されれば、権力のテクノロジーに歯止めをかける契機は、将来にわたって大いに失われることとなろう。歯止めをかける主体そのものの成長が阻まれるだろう。この後、数十年間の帝国の歴史は、無惨なほど正確にこれを裏付けることとなる。(14)

では、一体こんな世界で〈政治小説〉に成すべきことが、まだ何か残されているのだろうか？

4

逍遙が〝明治十九年の日本〟を、国家と国民に分かち、それぞれ十九歳の青年「豊原正夫」と「中津国彦」に寓意化したように、『浮雲』の作者にも、内海文三と本田昇を、一つの何か（X）の、二つの典型として設定したということは考えられないだろうか。

Xの内容として考えられるのは、おおよそ以下の事柄だろう。男であること。若者であること。士族の子弟であること。多少なりとも新式の（とはつまり西欧の）学問のあること。役所勤めであること。——その最後のところが、「であること」と「であったこと」に分かれて二人は別人格となり、そして『浮雲』第一篇の第一回冒頭に登場することになるわけだ。そこで、『浮雲』を〝ノベルとしての〈政治小説〉〟という観点から読もうとする本書は、

（文三を中心化する読みの相対化を目指すという意味からも）右のＸ部分の検証を試みることとしたい。

「チョッピリ此男の小伝」（第六回）で、「風聞に拠れば」本田昇は、幼少の頃父母を喪い「宿無小僧となり彼処の親戚此処の知己と流れ渡ツて」云々、といいつつ、「さて正味の確《たしか》実な所を掻摘んで誌せば産《うまれ》は東京で水道の水臭い士族の一人《かたわれ》」とされる。文三が静岡「無禄移住」組の旧幕臣の息子で、十五歳の頃から叔父・園田孫兵衛宅に下宿することになったのと、そう大きく隔たった境遇ではない。「水道の水臭い士族」は、「水道の水臭い」と「臭い（あやしい）士族」とを掛けた修辞だが、第十八回で、お政と金利公債の話に夢中になっているところを考えれば、昇の士族身分はほぼ確かと見てよいだろう。してみれば、第一回冒頭以来の文三――昇の対比は、若い世代における士族意識の、当時の様々な在り方を提示しようとしたものとも見做しうるはずである。

そこで、今仮りに、彼らの世代共通の基礎的教養書であった中村正直『西国立志編』から、新しい時代の理想的紳士像として主張されているものを取出し、比較の基準点として参照しよう。その「第四編　序」（原漢文）にいう。

真正の学士は、賤業を為すを耻《は》じず。之を耻ずる者は、真正の学士にあらず。真正の文人は、俗務を為すを嫌はず。之を嫌ふ者は、真正の文人にあらず。

今の書を読む者、或いは賤業を以て生を治むるを耻じ、又俗務を為すを屑《いさぎよ》しとせず。已《や》むを得ざるに及んで履を売り縉《きぬ》を販《あきなひ》し、或いは腰を五斗に折れば、則ち一切書を束《つか》ねて観ず。曰く我に暇無しと。嗚呼人志無きを病《うれ》ふるのみ。果して志有り。暇無きを病《うれ》へざるなり。

この観点から二人を眺めると、妙な士族意識にしがみつく文三に比べて、昇が実にあっけらかんと士族意識を清算してしまっているのは印象的である。もちろん、出世の要諦は「諂諛《べんちゃら》主義」（『京わらんべ』）とばかりに課長にへつらい、退省後「直ぐ何処かへ遊びに出懸けて落着て在宿してゐた事は稀」（第六回）というあたり、昇は「真正の学士」「真正の文士」として完全に失格である。しかし、「僅かの月給の為めに腰を折ツて奴隷同様な真似をするなんぞツて実に卑屈極まる……」と賤業・俗務を嫌いながら、「待《まて》よ……しかし今まで免官に成ツて程なく復職した者がないでも無いからヒヨツとして明日にも召喚状が……」（第四回）とはかない期待を抱きもし、望みが失われゆくと共に、いよいよ俗務を侮蔑する士族根性に凝り固まってしまった文三もまた、「真正の学士」「真正の文士」からはるかに遠い存在といわなければなるまい。自分の気に入らぬ男を「犬畜生にも劣つた奴」（「第八回」に二度用いられる）といってはばかることなく、果ては「不倶戴天の讎敵《あだ》、生《いき》ながら其肉を啖《くら》はなければ此熱腸が冷《ひや》されぬと怨みに思ツてゐる昇」（第十一回）などと口ばしってしまう文三のメンタリティは、『穎才新誌』に投稿する十一、二歳の小児並といえる。(15)

今日『浮雲』研究史において、文三の士族意識をもっとも積極的に擁護するのは田中邦夫氏であろうか。(16)氏は、文三のそれにも共通するところの「士族出身の自由民権家における武士的気概は、自由民権の理想を実現する意志として機能する」（五七頁）として、植木枝盛の明治十三年の論説と、中江兆民の明治二十一年の論説「士族諸君に告ぐ」をその例証に引いている。植木枝盛はしばらく措き、中江兆民の士族観について一瞥しておきたい。

「士族諸君に告ぐ」で兆民が、田中氏いうところの「武士的気概」なるものを、一見積極的に評価しているかのように見えるのは、徳富蘇峰の評論「隠密なる政治上の返遷（第一）士族の最後」（「国民之友」15号、明21・2・3）と、これに対する兆民の批判文「国民之友第十五号」（「東雲新聞」明21・2・8）のやり取りが、(17)その背景にあるからである。このやり取りの中で兆民は先ず、蘇峰の主張内容を「豪傑を崇拝する士族と自由民権の旨義を信奉する士族と皆是れ同一『士族根性』にして今後の廃物たること」と要約し、その現状認識に対し「一から十まで記者（蘇峰のこと——引用者）に同意なり」というのである。だが、その上で、蘇峰の説は歴史というものを「有名無形の進化神に一任して己は唯静恬なる傍観者の地」に身を置いている、と批判する。歴史を動かすのは人間である。歴史を「進化神」にゆだね、ただ静観しているのは、偶然にすぎぬかも知れぬ結果をすべて必然と見做し肯定する、要するに結果を追認するだけの態度と、何ら変わらないだろう。そうではなく、歴史に働きかけてゆくということは、手持ちの旧要素・貧しい人材の中に変革の主体と方途をなんとか見つけ出し、働きかけ、それ自体の裡に、主体の内的成長を期待するしかない、そういう営みである。これが、蘇峰と異なり、兆民が「士族根性」をそう無闇には否定しない理由である。質はさておき、政治主体として士族がとびぬけてアクティブであることだけは確かだからだ。

田中氏の引いた「士族諸君に告ぐ」[18]（『東雲新聞』明21・3・18、22、25）も、右の兆民の士族認識と全く同一である。そこで兆民は次のようにいう。明治の政治社会は従来のように簡単なものではない、「国会は目前に在り智識の競争場は睫毛の下に在り諸君其れ祖先以来の遺伝病なる単一味悲歌慷慨の癖、切歯扼腕の習を去りて法律にまれ経済にまれ何にまれ角にまれ講究し研鑽し務めて脳髄を開墾し耕耨して」、新しい政治の担い手たれ、と訴えるのである。否、悲歌慷慨するな、というのではない、切歯扼腕するな、というのではない。ただそのような「義烈の心性に添ふに学術を以てして道徳的並《ならび》に智識的の動物と成られんこと」を、兆民は深く祈念する。もし士族たちが学問研鑽を怠るならば、「公等は士族的として一死するのみにて平民的として再生することは到底出来可らざるなり」。

このような仕方で「士族根性」に一定の評価と期待をかけるにすぎない兆民なのであるから、彼が機会主義者の本田昇はもちろん、自己変革、の能力を持ちえぬ内海文三（次節で、さらに詳述）にも、高い点を与えるとは到底考えられない。

だが筆者は、『浮雲』がノベルとしての〈政治小説〉であるということの真の意味、その核心部分に、中江兆民が薄々勘づいてもいたのではないか、と考えている。

そこで次に、兆民が直接・間接に『浮雲』に触れた文章を検討してみたい。いずれもよく知られたものだが、順番に並べる。

1・「坪内雄蔵氏近著の浮雲第二編…」（「東雲新聞」明21・2・23）より。

社会目前有りの儘の事迹を有の儘の文辞に写し取りたる処は我邦小説社会に在て甚だ新奇に見えて面白し蓋し泰西記実派の小説に模倣したる者邪　思ふに高華とか遒麗とか即はち「シュブリーム」とか「ロフテネス」とか云ふ事は必ずしも奇傑男女豪俊雌雄の特有物に非ずしてスベタ官吏や売淫婦にても苟も色海の頂上否奥底にまで達したるときは其一言語一動作並に人をして敬せしめ泣かしめ脊髄をしてゾク〳〵然とせしむる者有り是れ正さに「シュブリーム」の領分なり「ロフテネス」の境界なり　作者十二分の学力と十二分の筆力有りと見ゆ、浮雲は自から浮雲にて佳いが更に又彼の高華遒麗の箇処有りて且つ記実の宗旨に辜負せざる者二三冊を娩出せんことを望む(19)

2・「文章ノ妙ハ社会ノ極致ヲ穿ツニアリ」（「国民之友」18号「藻塩草」、明21・3・16）

小説家苟モ此実迹ヲ模写シテ細微ヲ致シ文辞上務テ陳套ヲ去リテ新奇ニ就クトキハ随分才名ヲ博スルコトモ出来ルナリ　但夫レ丈ケニテハ一生涯社会ノ芥溜ヲ攪キ廻ハシテ其臭気ヲ揚グルニ過ギズ　且又斯社会中ニモ自

ラ高華雄奇ナル極致ノ在ル有リテ即チ最下等蛆虫ノ如キ人物ニテモ一生ノ中ニハ少クトモ一二瞬間ハ此極致ノ境界ニ知ラズ識ラズ進入スルコト有リ　親子ノ間柄男女ノ間柄ニハ屢々有ルコトナリ[20]

3・「徳富猪一郎宛書簡」（明21・5・13）

浮雲之一書御誦読相成候と見へ貴誌中批評相見へ拝見仕候　小生ハ第二編のみ読み候事故唯二編丈ヶ之処にて評せしのみ　近来斬新之才筆にて感嘆此事ニ御座候　但本書の旨趣本ト極てナサケ無き連中之事を模写スルニ在ると見へ一々人をして羞笑せしむる事のみにて高華の処ハ一点も無之作者之腕力を以て更に高華之処ニ躋攀いたしたらバ又一種別境界を墾闢スルコトも出来可き歟と存じ居申候　若夫レ自余政治小説とか申者ハ直ニ人をして嘔噦せしむるのみ　是又大兄ニ非レバ恐くハ僕の言を以て過刻と言ハンのみ[21]

2には、直接『浮雲』の名が見えないが内容からやはり『浮雲』を念頭に置いた発言のうちに、従来数えられている。

まず、3の末尾に、政治小説は「人をして嘔噦せしむるのみ」といい、自分のこの発言を「大兄」（蘇峰）でなければ理解してくれないでしょう、と書いているのに着目しよう。兆民は『浮雲』を話題にするうちに、ごく自然に従来の政治小説——もちろん悲歌慷慨型・切歯扼腕型のそれを指しているだろう——を想起し、あらためてそれへの嫌悪感を、蘇峰の同意を当然の前提とした上で、表明している。つまりこれは、兆民の『浮雲』への関心が、従来の政治小説への嫌悪の、延長線上にあることを示唆する。

では、兆民にとって『浮雲』はなぜ興味深いのか。この点について、右の三つの発言には全くブレがない。とにかく、それは新しいのだ（「新奇」「斬新」）。と同時に、そこには決定的なものが欠けていることを、兆民は繰り返し批判してやまない。あたかも、欠けているということそれ自体が、『浮雲』という作品の中で最も興味深い、と言いたげな程に……。すなわち、1では「スベタ官吏や売淫婦にても苟も色海の頂上否奥底にまで達したるときは其一言語一動作並に人をして敬せしめ泣かしめ脊髄をしてゾク〳〵然とせしむる者有り」、2では「最下等蛆虫ノ如キ人物ニテモ一生ノ中ニハ少クトモ一二瞬間ハ此極致ノ境界ニ知ラズ識ラズ進入スルコト有リ」、3では（「ナサケ無き連中」でも進入するかも知れない）「高華の処」。とはいえ、「社会目前有りの儘の事迹を有の儘の文辞に写し取りたる」ことによって、はじめて「最下等蛆虫ノ如キ人物」たちの棲息する文学世界が兆民の眼前に出現したのであってみれば、そこに「高華の処」が欠けているという兆民の批判は、彼の称讃する「新奇」「斬新」とウラオモテの関係にあると見做してさしつかえないだろう。

兆民は、ただ「高華とか遒麗とか」を求めているのではない。たとえば天下の命運をひとり背負った大丈夫の英雄的行為に、そういう境地を求めてはいない。「最下等蛆虫ノ如キ人」が、「色海」の「奥底にまで達したるとき」の「一二瞬間」にだけ垣間見せるかも知れない「極致ノ境界」、そういう「高華の処」を、彼は心から求めていたのである。(22)

ではしかし、具体的に「極致ノ境界」、「高華の処」という、それは、例えばどんなことなのか？——という疑問が、つい口をついて出てくる。その疑問への回答は、そうむずかしいものではないと思う。兆民の芸術観がどうのこうの、という次元の問題ではなく、彼の政治思想家としての志の次元に焦点を合わせて考えるならば、それは明らかである。

人間が、新たに生まれ変わる「一二瞬間」。自身が道徳的主体として過去の呪縛から脱し、自由にふるまうことのできた「一二瞬間」。つまりは、兆民のいわゆる〈リベルテー・モラル〉の発現する、そんな「極致ノ境界」に他ならない。

こうしたことが『浮雲』第二篇には欠けている、と確かに兆民は繰り返し述べている。しかし、このような欠如・空白を当世の文学が抱えていることに兆民をして気づかしめたのが『浮雲』であった、と恐らく断言してよい。

これが、『浮雲』によって切り開かれた、日本近代文学の担うべき、〈政治的主題〉の核心である、と筆者は考える。

5

兆民は、自分の読んだ『浮雲』第二篇について、「極てナサケ無き連中之事」で「一々人をして羞笑せしむる事のみにて高華の処ハ一点も無之」と決めつけていた。けれども、それから百二十年以上の時が経ち、『浮雲』をめぐって様々な読みを試みてきたはずの今日の我々としては、『浮雲』に対する兆民の思想家的関心の持ちようには敬意を表しつつも、その読解内容については、別に再検討をする用意があってもいいだろう。果たして、『浮雲』第二篇には、兆民のいう「高華の処」、それに肉迫していたような、そんな一節は本当になかったのであろうか、と。

『浮雲』第二篇最初の「第七回」と、続く「第八回」の章題は共に「団子坂の観菊」である。言うまでもなくこれは、それぞれ「(お勢にとっての――)」「(文三にとっての――)」という意がこめられている。同じ一つの事柄(「団子坂の観菊」)が二人の人間にとって全く異なる意味を持つことを章題は暗示しているわけである。その「第八回」冒頭近くで、文三が次のように考え込んでいた。

凡そ相愛する二ツの心は一体分身で孤立する者でもなく又仕様とて出来るものでもない　故に一方の心が歓ぶ時には他方の心も共に歓び一方の心が悲しむ時には他方の心も共に悲しみ……（中略）……今文三の痛痒をお勢の感ぜぬのは如何したものだらう

と、首をかしげる文三――。もしこれが芝居ならば、彼は自分がどんな演題のついた舞台に登っているかわかっていないのだ。観客は大笑い、というところだろう。なんとも間の抜けた役廻りを文三は演じさせられていたのである。

　この後文三は、老母からの手紙を読むが左程動ずる風でもなく、とりあえず恩師・石田某の家へ就職の世話を頼みに向かう。「石田は私を知てゐる」（第十二回）と文三のいう、その石田はしかし、「凡そ一切の事一切の物を『日本の』トさへ冠詞が附けば則ち鼻息でフムと吹飛ばして仕舞つて而して平気で済ましてゐる」、そして「老人の如くに過去の追想而已《のみ》で生活してゐる」という、そんな男である。現実から何も学ぼうとせず、自分に都合のよい内的世界に閉じ込もっている人間。この同類が文三に他ならない。――「第八回」のこの出だしは、文三が変身しうる存在でありうることよりも、そうでない存在であるらしいことを示唆している。

　文三は「第九回」に入って、昇より、復職のための課長との「橋渡し」役の申し出を受けるが、ただちにそれを拒絶する。昇の申し出は、その内容が不確かであるし、また申し出の動機にも信を置きがたいところがあるのは確かだが、文三は、そういった判断上のあいまいさ・複雑さゆえに、昇の申し出を断ったのではない。自己のプライドに対する脅威として、それを拒絶したのである。この文三の心中は、昇たちによってただちに見抜かれた。「痩我慢なら大抵にして置く方が宜からうぜ」（昇）、「内の文さんはグッと気位が立上つてお出でだから…」（お政）。お勢はこの時、ただ文三を「凝視めた」だけだが。

重要なことは、この時点から、文三にとって言葉というものが、自分と他人・社会をつなぐ絆としての役目を果たさなくなったことである。そうではなく、自分という変化すべからざる〝砦〟に襲いかかって来る、敵からの矢玉のような〝物〟として、他者からの言葉が感受されるようになったらしいことである。

昇たちの笑いを背後に受けて家を出た文三が、なかば我を忘れた状態で靖国神社にたどり着くまでの間、彼の脳裏では「恥辱を取ツた」の語が繰り返される。そして、さき程投げつけられた昇のセリフが「と云ツた」、「と云ツた」と繰り返される。昇の言葉は鋭い針の如き〝物〟として文三の心を刺し貫き、標本板に甲虫が生きながらに磔けにされたように、彼の心を身動きできない状態にさせた。彼の心は「恥辱を取ツだ」、「恥辱を取ツだ」と甲虫が肢をうごめかすように、繰り返しつぶやくのみである。

かくして「第十回」の絶交場面でも文三が訴えるのは〝何故「痩我慢なら大抵にしろ」と云った〟（或いは、その時新たに追加の〝何故「丹治即ち意久地なし」と云った〟）の繰り返しである。「痩我慢」はよせ、という言葉が、文三の言うように「無礼」なのか、昇の言うように「忠告」なのかは、その実際を考えれば、慎重な判断を要する重要な問題である。しかし文三はそのレベルで思慮する気は無い。現に自分の身に突き刺さっている矢を、〝どう解釈したらよいのだろう〟、と思い悩む人間は確かにいないからだ。しかし、この事態は、文三が最早、言葉を通じて他者との新たな関係性を構築する可能性を喪失してしまったことを意味する。以後、第三篇の（終）まで――否、たとえ第四篇が書かれていたとしても、文三に変身の契機は決して訪れることはないだろう。

一方、昇が変身の必要のない存在であるのは明らかだから、『浮雲』の世界において、「色海」の「奥底にまで達したるとき」、「一二瞬間」なりとも「極致ノ境界」を垣間見せてくれる可能性が残されている人物がいるとするならば、それは、恐らくお勢だけである。

お勢を中心化した読解の試みとして、現在のところ高田知波氏の『浮雲』論は、その到達点を示しているように思われる。[23]
氏は先ず、「数少ない高等科卒業者の一員」であるがゆえに「本格的な女子中等教育からははずれ」てしまっているお勢の「中途半端な位相」に着目し、「あとは『女学雑誌』や『新聞』といったメディアを通して『西洋』に触れてそれを模倣するしかない」彼女の置かれた教育環境を前景化する。それゆえにお勢は文三に対し、「『西洋』を高い水準で体得している導き手としての期待的な信頼」を抱く。だが、それと同時に、「『老耄《としよ》ツたお袋』を『東京《こつち》へ迎へ』ることと『一家を成』すことと、そして妻（お勢）を娶ることの三つをワンセット」にして将来を考える文三に慊らぬ思いもあり、「お勢にとって文三は『交際』の相手ではあっても配偶者としての『適否』の判定はまだ下されていなかったはず」と氏は指摘するのである。
しかし、高田氏の数々の有益な指摘の中でも、「第十二回」における文三とお勢の対話に読者の注意を促したのは、とりわけ重要である。氏はこの場面について「『浮雲』全篇を通じてお勢が最も真剣な表情を見せている」という。
二人の対話は、次の一節を境に、前半と後半に分けることができる。

「イヤまづ私の聞く事に返答して下さい　弥々《いよ〳〵》本田が気に入ツたと云ふんですか
言様《いひやう》が些し烈しかツた　お勢はムツとして暫らく文三の容子をヂロリ〳〵と視てゐたが頓て
「其様《そん》な事を聞いて何になさる　本田さんが私の気に入らうと入るまいと貴君の関係した事は無いぢや有りませんか

ストーリーの展開からいえば、これに続く後半の方に重みがある。なにしろこの後、二人の対話は、お勢の「ハイ本田さんは私の気に入りました」、文三の「今迄の事は全然《すつかり》……」「水に流して仕舞いませう」、お勢の「何です今迄の事とは」、文三の「とぼけるのも好加減になさい」、お勢の「誰が人の感情を弄びました」、文三の捨てゼリフ「沢山……浮気をなさい」、そして残されたお勢の「畜生……馬鹿……口なんぞ聞いて呉れなくツたツて些とも困りやしないぞ」といった調子の「喧嘩」となり（「第十三回」で「諍論」と総括される）、これらの言葉たちが、お勢が昇に急接近してゆくプロセスを描く第三篇を下支えしてゆく仕掛けになっているからである。

しかし、これらは対話というより、まさに「諍論」であって、売り言葉に買い言葉、先のたとえを再び用いれば攻撃と防衛のための矢玉の応酬にすぎない。その場合でも、実はお勢は自分の論理からはずれたことは言っていないのだが、文三の耳には相手の論理など届いていないから、結果的には言葉の投げつけ合いになってしまっている。『浮雲』第三篇は、この言葉の投げつけ合いすらお勢に拒否された〝独語〟が、文三の発する言葉のすべて、といってよい。その意味で『浮雲』第三篇は、どこから見ても最早（アレゴリィとノベルとを問わず）〈政治小説〉ではありえないのである。(24)

しかし対話・前半におけるお勢は、もっと慎重であって、文三をまだ説得できる相手のつもりで語っている。「第十二回」は、なんとかお勢から自分の復職斡旋拒否への支持をとりつけたい（「母が何と云はうと関《かま》やァしませんやアネ本田なんぞに頼む事はお罷しなさいよ」（第十一回）とお勢にいって欲しい）と、虫のいいことを思いついた文三が、彼女の部屋へやってくるところから始まる。「文三に厭な事はお勢にもまた厭に相違は有るまい」（第十一回）——これは「第八回」冒頭の「今文三の痛痒をお勢の感ぜぬは如何したものだらう」と首をかしげる、あの間抜けぶりの延長上にある思い込みである。

迎えるお勢は、もちろん文三のこんな思惑には「頗る無頓着な容子」である。文三が、課長に頭を下げることは出来ない、といえば「出来なければ其迄ぢや有りませんか」。お政の機嫌が、といえば「貴君が貴君の考《かんがへ》どほりに進退して良心に対して毫しも耻《はづ》る所が無ければ　人が如何《どん》な貌をしたツて宜《い》いぢや有りませんか」といった調子――。しかし、それにしても、なぜそんなに課長を嫌がるのか、石田に依頼するのも課長に依頼するのも同じではないのか、とお勢はいかにも当然の疑問という風に、文三に問う。そして、とうとう文三の口から、本田の名前が出たところで、お勢から、

「宜《い》いぢゃ有りませんか本田さんに依頼したツて

の一句がとび出し、文三の本性が露わとなる……。

「彼様《あん》な卑屈な奴に……課長の腰巾着……奴隷……

「そんな……

「奴隷とは云はれても耻とも思はんやうな犬……犬……犬猫同前な奴に手を杖《つ》いて頼めと仰しやるのですか

すでに触れたように、文三が昇のことを「卑屈な軽薄な犬畜生にも劣つた奴」と見做していたのは「第八回」からである。つまり、まだ昇から「痩我慢なら大抵にして置く方が宜からうぜ」（第九回）と言われていなかった時から、文三は心の中で昇のことを、「犬畜生」と呼び慣らわしていたのだ。それが、遂に口から出てしまったのである。

自分の気に入らない人間、自分より劣っていると見做した人間を、人間以下の存在すなわち「犬畜生」と考えるのは、まさに身分意識から生まれ出てくる発想であろう。文三はなぜこれほど昇を嫌うのか。彼が自分と異なり、

いともたやすく士族意識を捨て去ったからにちがいない。文三にとって昇は、武士の風上にも置けない卑劣漢・裏切り者なのであろう。筆者はこれを、文三の士族根性という。

あきれたお勢は、それでも

「昨夜《ゆふべ》の事が有るからそれで貴君は其様《そんな》に仰しやるんだらうけれども　本田さんだツて其様《そん》なに卑屈な人ぢや有りませんワ

と応える。「昨夜の事」とは「第十回」の絶交の場を指している。しかし繰り返すが文三が昇を口ぎたなくののしるのは、それ以前からである。文三の心のゆがみは、お勢の考えているよりも根深いのである。

お勢は、文三の昇に対する認識を改めさせようと、昨夜の一件について、お政の耳に入らぬように昇が口止めをしていた事実を明かす。すると、

「古狸奴そんな事を言ゃァがツたか

「また彼様《あん》な事を云ツて……そりゃ文さん貴君が悪いよ　彼程貴君に罵詈《ばり》されても腹も立てずに矢張貴君の利益を思ツて云ふ者を　それをそんな古狸なんぞツて……そりゃ貴君は温順だのに本田さんは活潑だから気が合はないかも知れ無いけれども　貴君と気の合はないものは皆破廉恥《はれんち》と極ツても居ないから……それを無暗に罵詈して……其様な失敬な事ツて……

ト些し顔を赧《あか》めて口早に云ツた　文三は益々腹立しさうな面相《かほつき》をして

「それでは何ですか　本田は貴嬢の気に入ツたと云ふんですか

「気に入るも入らないも無いけれども　貴君の云ふやうな其様な破廉耻な人ぢや有りませんワ……それを古狸なんぞツて無暗に人を罵詈して……

「イヤまづ私の聞く事に返答して下さい　弥々本田が気に入ツたと云ふんですか

言様が些し烈しかツた

こうして対話は後半の不毛な「諍論」に移っていったのであった。

高田氏は、自分の昇評価に同意しないのは「心変わり」だと極めつける文三の一方的な論理の根拠をなしているものを「〝黙契〟にもとづく所有権の思想」だと指摘している。士族根性の根底に巣喰っているものを端的に言い当てていると思う。

不毛な「諍論」にひきずり込まれるに際しても、お勢は頑張ったのである。お勢の昇擁護をただちに愛情問題にずらして、〝じゃあお前は昇に気があるのだな〟と執拗に詰問し続ける文三に対し、お勢は〝回答不要〟を繰り返したのだが、文三が「実にひゝ卑劣極まる」と言いだし、攻撃の矛先が自分に向けられるに至って、お勢は自身に対する無礼に、つい「ハイ本田さんは私の気に入りました」と宣言してしまった。その結果、とうとうお勢は文三と同じ言語水準に陥り、文三の口癖である「畜生」を、自分も口にする破目になったわけである。(25)

だが、「諍論」以前のお勢の主張するところは、単純だが、すべて正論である。曰く――

・自分の考える通りに生きる道を選び、良心に恥ずるところ無いならば、他人の評判など気にするな。正々堂々と生きよ。

・自分と異なる意見の持ち主であろうとも敬意と礼節を保て。

彼女はこのことを文三に向かって「些し顔を赧めて口早に云ツた」(26)――つまり、普段のお勢とは少しちがう調子で、彼女の脳裏に蓄えられていて、ひょっとしたらそのままただの借りものに終わったかも知れない、流行の漢語を含む言いまわし・知見が、然るべき時と処を得て、過不足ない仕方で湧き出てきた趣きである。だから「文三は益々腹立しさうな面相」をしたのだ。〝何を偉そうに、女の癖に……〟といったところであろう。この「一二瞬間」、「根生の軽躁者《おいそれもの》」であったかも知れないひとりの娘は、些細な男女の口喧嘩のただ中で、愚劣な士族根性に立ち向かい、人間の尊厳と平等を、訴えかけた、否、ほとんど訴えた、といっていいのである。

おわりに

高田知波氏は、「諍論」以後のお勢は、「『異性選択の自由』を認めない文三の非難に対する実践的な回答として」昇と親交を深めてゆく道を選んでいったのではないか、といい、その上で次のように結論づけた。

だが相手の昇が配偶者の選択基準を「合性」と「適否」に置くのではなく、出世のための利害の線上でしかそれを考えない男であることを見抜けなかったためにお勢の「交際」は頽廃の一途を辿らざるを得なかった。(中略)……改良論全盛の時代を背景に封建的因習に対する批判意識を喚起されながら、一人の導き手も理解者も得られぬまま「浮雲」的境遇を下降していかねばならなかった女性の悲劇……(下略)。

お勢は「頽廃の一途を辿らざるを得なかった」かも知れない。しかし、第三篇までを読む限り、二葉亭四迷はお勢という女性を実にみごとに描き出したと思う。その彼が、もし第四篇を書き続けていたとするならば、本田に弄ばれ、そして捨てられたお勢を、どのように描いただろうか。

文三ごとき男の手助けなど一切なしに、彼女は自力で生き抜く道を模索したのではないか？――ひとりの男に弄ばれた末に捨てられたからといって、それで絶望する女など、恐らく男の観念の裡にしか存在しないだろう。彼女のその後を「頽廃」の一語に塗り籠めてしまうのは男性主義的想像力の所産にすぎまい。勿論、そうした観念に二葉亭もとらわれていた可能性は高い。が、しかし、小説を実際に書き続けていたならば、かならずや二葉亭の天才は、そのような男の観念の裡にしかいそうにない女性像など、何なく突き破り、その向こうにしたたかに生き続けようとする若々しい女性を描きえたのではないか。

描かれなかったその女は、最早文三のことなど一顧だにすることもなく、昇のような男の本性を見抜けなかった自身の拙さを反省し、またお政の助言やそそのかし（旧世代の知見）も当てにならぬことを胆に銘じたことであろう。そして、再び誤ちを犯す危険があることを充分に用心しつつ、それでもなお、自分自身の判断・意志を信じて生きてゆくより他に、悔いのない人生はありえないことを、確認したはずである。

この〝可能性としてのお勢〟像と、明治二十年代に文学活動を本格的に開始する若い作家たちの幾人かが、その作品世界の中で追究してゆくことになる、精神の新しいあり様とは、何程か重なり合うものとなるはずである。

――ただ。

ただ、彼らの求め始めたところの新しい精神は、大日本帝国憲法の発布を、政治的挫折、として感受しうる者のみがその政治的意義を理解しうるということ、従ってまた、そうした者に対してのみ、その精神は希望としての光彩を放つ、ということを付言しておく必要はあろう。明治典憲体制の確立を、政治的挫折としてではなく、己れの生の自明の前提と受けとめて育つ世代の登場、さらにはそれを、例えば〝東アジアにおける最初の西欧型近代国家成立の誇るべき先例〟ととらえるような歴史観の発生・普及と共に、明治二十年代の作家たちが創造しかけた希望の光は、次第にその政治的意義・輝きを失っていったことであろう。誰もそれを必要と感じなくなったはずだからである。
そして、それに代わって、あの『浮雲』第三篇に展開される文三の独白、袋小路のような彼の独語の世界が、言うべからざる魅力を発揮しはじめる。臣民として生きる者が抱える内なる政治的無力感の、かけがえのない表象であるがゆえに、近代文学はそこに〝近代世界を生きる個人の内面の底知れぬ深み〟を感受してゆくようになっていったのである。

注

（1）拙稿「〈政治小説〉と露伴」（東京大学「国語と国文学」平15・11。のち拙著『幸田露伴論』翰林書房［平18・3］に若干加筆の上、所収）。

（2）とりあえず左の三冊を参照。
鶴巻孝雄『近代化と伝統的民衆世界』（東京大学出版会、平4・5）。
牧原憲夫『客分と国民のあいだ』（吉川弘文館、平10・7）。
稲田雅洋『自由民権運動の系譜』（吉川弘文館、平21・10）。

（3）とはいえ、『情海波瀾』の方も自説をしつこく繰り返すべきなのかも知れない。例えば、過日、前田愛編『日本文学新史・近代』（「国文学　解釈と鑑賞　別冊」昭61・3）の「第二章　政治小説と文学改良」（執筆者は山田有策氏）に『情海波瀾』が次のように紹介されていることに気がついた。「芸者魁屋阿権（権利の先駆け）と和国屋民次（日本の民衆）が豪商国府正文（政府）や芸者比久津屋やつこ（日本人の卑屈な奴隷根性）の妨害をはねつけ、ついに結ばれるというストーリーで、最後には国府正文もそれを認め両国の会席（国会）で二人を祝福するという夢までつけ加えられている。」

だが、事実は、民次と阿権は結ばれていないのである。民次は阿権とやつこをめぐる三角関係を新聞にスッパ抜かれて大いに慌てるのだが、それにも拘わらず、「嗚呼彼ノ阿権ガ清楚快達《イキノフウ》ハ以テ梅花ニ優ルベク、奴ガ濃艶妍媚《アデヤカ》ナル又夭桃《モゝ》ニ劣ラザルベシ」（第四齣）などといって、どちらとも決することが出来ないままに、作品から退場してしまう。そして「第五齣」（最終回）で、〝民次はやつこへの旧情を断って阿権と夫婦となり、それを正文が祝す〟という夢をみた阿権が、夢からさめて茫然自失――というところで終わるのが、『情海波瀾』の本当の結末である。この結末が含意するのは、旧体制の政治習慣を脱することが出来ず、本来持っている天賦の人権の真の価値になかなか気づこうとしない日本人の政治意識の低さに対する、著者の危惧の念である。

また、最近では西田谷洋氏が、「第五齣での阿権の民次との結婚の夢も、官民和解を単なる願望と含意する」（『政治小説の形成』世織書房、平22・11、一二二頁）と評しているが、問題なのは民次すなわち国民の政治的覚醒の困難さ（やつこを捨て、阿権を選ぶ、ということができないことへのもどかしさ）なのであって「官民和解」が「単なる願望」であるかないか、という話ではない（民次が阿権を選んでくれさえすれば、それを国府正文が祝ってくれるかどうか、など二の次である）。

（4）注（2）の牧原前掲書。

（5）ここで、逍遙自身の後年の言葉を引いておく（『逍遙選集』別冊第一緒言、昭2・8）。
「作家の其時分の心持は此作によって回想すると、国会尚早論に傾いてゐたらしい。一般国民の資格を儇佻で、軽薄で、虚栄的であって、未だ大政に参与するに堪へないと見てゐたかと思はれる。併し、無論、薩長閥に同情を寄せてゐたのではなく、むしろこんなに無自覚では、廿三年になっても、到底、正当な立憲政体は覚束ないと心懸りに思つて、そこで諷誡の二字を割冠りにしたものらしい。」。意識変革の困難さというテーマは、『浮雲』の隠れた主題である。

（6）柳田泉『政治小説研究　中巻』（春秋社、昭43・9）その五九頁を参照。

（7）注（1）の前掲論文。

（8）「明治典憲体制」（という用語も含め）確立に関する記述は、主に大石眞『日本憲法史〔第2版〕』（有斐閣、平17・3）に拠る。なお、この他に読んだものの中で、瀧井一博『文明史のなかの明治憲法』（講談社選書メチエ、平15・12）の次の一節に、筆者は一驚した。少々長いが以下に紹介したい。

「では、万国公法が体現している徳とは、いかなるものなのか。一言でいえば、それは『文明』と呼ばれるものであった。実際この当時の国際法は、『文明国基準』というものを設定し、その適用にあずかる国を選別していた。ここでの文明とは、ヨーロッパ文明に他ならない。すなわち、万国公法の適用という恩恵を受けるためには、ヨーロッパ文明によって認知された文明国であることを要したのである。[10]

当時のある著名な国際法の教科書は、人類を『文明化された人類』、『野蛮な人類』、『未開の人類』、の三種に分けたうえで、国際法学者が直接の対象としなければならないのは、文明化された人類のみであり、『国際法は、未開の人類に対して、あるいは野蛮な人類に対してすら適用されてはならない』とはっきり記している。[11] この著者によれば、第一の文明化された人類に属するのが『ヨーロッパのすべての国家』であり、第二の野蛮な人類とは、『トルコ、ヨーロッパの属国とならなかったアジアの古い歴史ある国家、ペルシャや中央アジアのいくつかの国家、中国、タイ、日本』であり残余は未開の人類に括られる。

このようなヨーロッパ中心主義の文明秩序像のもと、国際法にしたがうのはヨーロッパ文明を継承する国々のみとされ、それ以外の国家が国際法の適用を受け、欧米諸国と平等な取り扱いを受けるためには、『何事かをなさねばならない』と求められる。[12] それが、ヨーロッパの文明基準に則った国づくりを意味することは、いわずとも明らかであろう。」（二六頁）

瀧井氏のこの書は、大日本帝国憲法制定までのプロセスを、いわば〝明治元勲たちの苦労話もしくは手柄話、成功譚〟風に描いた読みものだが（完成した憲法の出来具合について、西欧の法学者によって高く評価されたことを、氏は「お墨つきをもらった」、「太鼓判を押した」などと嬉しげに記している）、右の引用にみられる歴史認識・文明観はおそらく明治の元勲と共に氏自身も共有しているものと思われる。筆者が驚き慌てたのは、そこに付された注（10）である。注（10）には、〝参照、山内進「明治国家における『文明』と国際法」『一橋論叢』第一一五巻第一号（一九九六年）。〟とある。他の注（11）と（12）は、それぞれ出典を記すものだが、（前者はジェームズ・ロリマー『国際法綱要』〔一八八三〕、後者はウイリアム・ホール『国際法』〔一八八〇〕）、そのどちらにも「山内・前掲論文」と付記されているから、要するに右の引用文全体が、おおよそ山内論文を下敷にして書かれたものとみてさしつかえないだろう。

さて、山内進氏の論文がもし雑誌掲載のままであったならば、筆者のような法学の門外漢がそれを読むはずもなかったろう。だが、その後同論文は山内氏の著書『文明は暴力を超えられるか』（筑摩書房、平24・10）の「第四章『文明化』と日本――拡大する『境界』（Ⅱ）」に「3　明治国家における『文明』と国際法」として収められ、筆者はそれに大いに感銘を受けたのだった。

山内論文の内容はこうである。確かに国際法の適用を受けるためにはヨーロッパ文明によって認知された文明国でなければならない、という考え方はあった。トーマス・アースキン・ホランド『国際法講義』、ホール『国際法』、ロリマー『国際法綱要』には、そうした思考が窺える。ロリマーの言説は「明らかに極論といってよい」が、福沢諭吉『文明論之概略』（明8）の文明観もロリマーと同一であって、「ヨーロッパ文明の先進的性格を認め、これと一体化することによって日本をその先進世界に参加させ、『文明国』として帝国主義の時代を生き抜こうという」考え方は、福沢をはじめとする明治人たちのかなり一般的な認識であった（前掲書二九二～三一〇頁）。瀧井氏が依拠したのは、山内論文のここまでである。

しかし、欧米にはロリマーらとは異なる、別の国際法観もあった、と指摘するのが山内論文の後半である（前掲書

三一〇～三一九頁)。すなわち、

「十八世紀以前においては、偉大な自然法論者たちは国際法(the law of nation)を、『全人類に共通する法の普遍性』という自然法的世界観を前提に、非ヨーロッパ圏にまで拡大しようとしていた。彼らは、誰一人として『承認』ということを問題にしなかった。現実に存在する国家と政府があれば、それだけで国際法上の主体と考えられた。」(三一〇頁)

「十九世紀前半においてもなお、国際法はヨーロッパに限定されるものではなかった。世紀半ばに日本に開国を迫った欧米諸国が『万国公法』を振りかざし、その名のもとに条約を取り交わそうとしたのは、たしかに脅迫であった。しかし、その際に『万国公法』が振りかざされたのは何を意味するであろうか。ヨーロッパ列強は、実は日本を国際法共同体の一員とみなしていたのではないだろうか。」(三一三頁)

「十九世紀大英帝国の外交政策および有力な国際法学説において、すでに『文明』の内容や質を問わない世界認識が存在していた。これは、ホールなどに代表される国際法観と明らかに異なっている。むろん、英国政府がそう考えたのは、十九世紀の英国が最大の貿易・投資国家だったからであろう。

大切なことは経済活動を円滑に行うことであり、自身の文明の高度さを誇ることではなかった。そのために、英国経済人の生命・自由・財産を実効的に保障しうる政府があれば、それは承認に値する国家であり、交渉の可能な『文明国』であった。」(三一六頁)

そして山内氏はこう結論づける。

「アジアなどの諸国家が非『文明』的であるがゆえに、そもそも国際法の対象外であったということは、決して自明ではなかった。

にもかかわらず、明治日本においては、国際法世界の構成員となるには、とにかくヨーロッパ的な文明国となることが必要だと考えられていた。しかし、これは一つの選択肢にすぎなかった。その一つを、他の選択肢がまったくない唯一無比のものと考え、ひたすらそれを実現しようとしたところに、明治国家の基本的な生き方、明治の多くの人々の集団催眠的ともいえる思考型を見ることができる。

（中略）

もし明治国家の時代に、文明基準を形式化し技術化するという、合理的で多元的な発想が力を得ていれば、日本は近代化を推進しつつ、『文明化すなわちヨーロッパ化』の呪縛から離れ、ヨーロッパ文明とは異なる『文明国』の存在を国際法の次元で認め、それと共存し、国際法世界を多少とも主体的に変えていくことが、あるいは可能だったかもしれない。

しかし、明治日本が選択したのはヨーロッパ文明との一本化であり、その垂直的な文明概念による、『非文明国』に対する差別化と軍事的侵略であった。これは、むろん過去の出来事である。しかし、いろいろな意味で現在に繋がる過去でもある。それゆえ、国際法と文明の問題は、今もなお考えるに値する課題といえよう。」（三一八〜三一九頁）

瀧井一博氏は、山内論文前半を援用しつつ、山内氏のいうところの「明治の多くの人々の集団催眠的ともいえる思考型」を現代によみがえらせ、その継承・再生産を行なう一方、「集団催眠的ともいえる思考型」を相対化し、そこからの脱却の道を提案する山内論文後半は、完全に黙殺していた、といえる。一驚した所以である。

ちなみに、これ程までにこの注が長くなった理由――筆者のモチーフについては、拙著『幸田露伴の非戦思想　人権・国家・文明――〈少年文学〉を中心に』（平凡社、平23・2）の「第六章　日清戦争に抗する」の「2　大恥辱としての文明戦争」を参照されたい。

（9）谷川恵一『言葉のゆくえ』（平凡社選書、平5・1）。

（10）渡辺浩『近世日本社会と宋学』（東京大学出版会、昭60・10）。その「第二章　宋学と近世日本社会」の「三『国家』」参照。

（11）尾藤正英『江戸時代とはなにか』（岩波書店、平4・12）。一八～二三頁参照。
また、前田勉『兵学と朱子学・蘭学・国学』（平凡社選書、平18・3）の二一～二四頁も参照。「兵営国家」の語は同書に拠る。

（12）山田美妙が「浮雲の文章に付いて第一に起すべき非難は六箇敷《むつかし》い漢語がまだ十分に痕を去つて居ないこと」（「新編浮雲」『以良都女』第十二号）と批判し、その例として「健羨」「聞覰」を挙げたが、少なくとも「健羨の府」については、「お役人様」「官員さま」「社会の公僕」の語に、読者の関心を促す必要から、あえて選ばれた熟語である可能性が考えられると思う。

（13）溝口雄三『中国の公と私』（研文出版、平7・4）。三～四頁、および九一～一三〇頁を参照（但し後者の執筆者は田原嗣郎氏）。

（14）長尾龍一『思想としての日本憲法史』（信山社、平9・10）より、二つの文章を引く。まず、井上毅とその作品としての大日本帝国憲法の性格について。
「井上は確かに、制度に対する天才的な感受性と、敵の機先を制するという戦略家としての天分を兼ね備えた稀有の人物であったが、やはり『第二世代』としての矮小性を免れず、それが明治憲法体制の欠陥となって、後世に禍いを残した。その矮小性とは、天皇権威の物神化と、『政党に権力を渡さない』という、せいぜい短期的・二次的重要性しかもたない政治目標を、憲法体制樹立の眼目としたことである。」（二頁）
次に、この憲法体制下でかたちづくられた日本人の政治的性向について。
「……日本国民は本来平和主義的だったが、反民主主義的制度によって意志が抑圧されて戦争に引きずり込まれたのだという『理論』は、私は大局的には誤っていると思う。事実はそうではなく、普通選挙制と議院内閣制が一応成立して、国政の主人公であった昭和初期の日本国民が、中国ナショナリズムとの武力対決政策を、敢えて選んだので

ある。好戦的国民による民主主義が侵略戦争をもたらすのは、論理的必然である。」（一七頁）

(15) 牧原憲夫『日本の歴史13　文明国をめざして』（小学館、平20・12）に、「戊辰戦争は近代的な銃撃戦・砲撃戦が主体でありながら、敵兵の首を斬り取ってその数を競い合う風潮が両軍に根強かった」（五七頁）といい、また敵兵の肉を喰うエピソードが両軍共に多く伝えられているとの指摘がある。徳川時代、凍結されていた戦国武士の蛮風が、一挙に解凍・躍動し始めた気配である。文三のセリフを、決まり文句だから論ずるに足りない、と不問に付していいか、どうか。『穎才新誌』云々については、拙著『幸田露伴の非戦思想』（平凡社、平23・2）の二二頁を参照。

(16) 田中邦夫『二葉亭四迷「浮雲」の成立』（双文社出版、平10・2）。その「第三章『浮雲』の主人公文三の武士的気概」参照。

(17) 『中江兆民全集　14』（岩波書店、昭60・5）に兆民の論文の他、蘇峰の論文も〈資料5〉として収録されている。この二論文と「士族諸君に告ぐ」の関連について、米原謙『兆民とその時代』（昭和堂、平1・9）の第四章、第五章に教えられることが多かった。

(18) 『中江兆民全集　11』（岩波書店、昭59・6）所収。

(19) 注17の前掲書（『全集　14』）。

(20) 注18の前掲書（『全集　11』）。

(21) 『中江兆民全集　16』（岩波書店、昭61・3）所収。

(22) 十川信介氏は、本文に引用した兆民の『浮雲』評などから兆民を「彼もまた一種の極哀論者だった」として、二葉亭の文学観との間に距離を置こうとしている（「兆民の小説上の趣味」『中江兆民全集　13』・「月報」、岩波書店、昭60・1）。氏は、二葉亭の『浮雲』第三篇「はしがき」の「つまらぬ事にはつまらぬといふ面白味」がありうる、という言葉を引き、「もし兆民が第三編を批評することがあったとしても、彼にはこの『つまらぬといふ面白味』は決して理解できなかったにちがいない。」

と述べている。しかし、「はしがき」は「はしがき」にすぎない。十川氏自身がかつて次のように述べていた。

「この第三篇の序文には、一面では、『つまらぬ世話小説』と前二篇の内容をきめつけた、大多数の批評に対する反撥がある。しかしその反撥や彼の自虐癖を除いても、やはり『つまらぬ』というのが、彼のいつわらざる心境ではなかったか。」（「『浮雲』の世界」〔「文学」昭40・11〕。のち『二葉亭四迷論』〔筑摩書房、昭46・11〕に所収）。

兆民も二葉亭も、つまらぬ人間どもそれ自体が面白いわけではなく、そんな彼らでさえ時に思いがけないことを成しうる、そういう面白さを「つまらぬといふ面白味」と考えていたに違いないと思う。

(23) 高田知波「浮雲〈二葉亭四迷〉お勢試論」（『日本の近代小説 I――作品論の現在――』東京大学出版会、昭61・6）。

(24) では『浮雲』は何になったのか。小森陽一氏は、第三篇「第十六回」において、「理性的な外見をもちながら、その実徹底した幻想性に貫かれた、内省的表現、あるいは『内面描写』の文体」が形成されたとし、「文三が自分にとっての他者（お政・昇・お勢）の現実における意味論的場を、彼の妄想の中のそれに組み変え、そのことによって架空の自己価値を創出するという彼の意識の中での〈事件〉を捉えたところに、『浮雲』が過去のジャンルを越え、「近代小説」として読者を獲得する要因があった」と述べている（『文体としての物語』筑摩書房、昭63・4。七二頁、および七九～八〇頁）。

問題はこうして誕生した〈近代小説〉を、われわれ後世の読者は一体どういう面持ちで迎えたらよいか、ということである。本書は、『浮雲』が〈政治小説〉でなくなる最後の瞬間を、「過去のジャンルを越え」る瞬間ではなく、日本近代文学が長く見失うことになる〝可能性〟が一瞬開花した時として、読みたいと思う。

(25) お勢が、文三のことを「畜生」呼ばわりするに至ったところで畑有三氏は次のように注を付している。

「このことばは、妙齢の子女が口にする悪口としては、はしたなすぎる感が強い。露呈されたお勢の生地ということになろうか。」(角川『日本近代文学大系　4　二葉亭四迷集』昭46・3、その一七三頁)。

文三が「畜生」の語を用いている箇所には、畑氏は注をつけていないようだ。昭和四十年代の男性イメージは、まだ当然のごとくに明治以来の士族根性を許容していたということである。

(26)　注(25)の畑注釈書は、この箇所については次のように述べている。

「年齢的にも精神的にも自分の先達として接して来た文三に対して、教え諭す姿勢で正面から物をいい始めた自分に、気恥ずかしさを感じてそれが態度に反映した有様だろう。」(一七一頁)。

然り。まさしく文三は、自分に向って正々堂々「正面から物をいい始めた」お勢を目の当たりにしたのである。そしてどうしたか。お勢の主張を無視し、論点を恋愛問題にすり替え、その上で彼女を「浮気」者と侮辱する挙に出たわけである。

北村透谷

明治浪漫主義

明治浪漫主義の初期の中心となった同人誌「文学界」に集まったのは、星野天知、その弟夕影、平田禿木、島崎藤村、戸川秋骨、北村透谷。これに馬場孤蝶、上田敏が加わり、客員として樋口一葉、田山花袋、柳田国男らを数えることができる。彼らの多くはキリスト教の深い影響を受け、後に信仰から離れていった。これは白派樺など、続く明治・大正の知識青年の思想遍歴パターンの先蹤といえる。

彼ら同人たちをつなぐ本質的契機に「憧憬的精神」があるが（笹淵友一『「文学界」とその時代』）、「憧憬的精神」なるものを最も純粋に表現しえたという意味で、北村透谷はこの浪漫派を代表する詩人といってよい（但し、「憧憬」の語自体は高山樗牛と姉崎嘲風ふたりによる造語で、透谷は与り知らない）。

『楚囚之詩』（一八八九年）は透谷の文学的出発を告げる詩編で、みずからの自由民権運動体験とそこからの挫折を扱ったものとされている。しかしそこで問題とされているのは、政治的闘争とその敗北というよりも、より内的な、無形の牢獄意識である。「曾つて誤つて法を破り／政治の罪人として捕はれたり」という余は、今四人の同志と共に獄中にいるが、そこは夢の中の空間のように位置関係が定まらず、意思の疎通も許されない。余はひとり過去に思いをはせる。その過去とは、自由に空を飛翔する鷲に喩えられるような、民権運動の昂揚感覚も含むが、それ以上に、四人の同志のひとりで余の「最愛の花嫁」なる女性をめぐる、甘美な思い出である。思い出?……否、むしろ執筆当時の透谷の本源的願望、と見做すべきであろう。なにしろそれは、政治的昂揚感なのか、それとも恋愛の甘美な体験なのか、一向にハッキリしない、させようとする気遣いも窺えない、ごく曖昧な一つのイメージにすぎないからである。しかし、いずれにしても、このように過去の記憶という装いをほどこされた彼の願望・「自己の本質」の全き顕現、その輝きは、現在の牢囚意識を一層暗く重苦しいものにしてゆく。そういう仕組みになっているのが『楚囚之詩』である。

獄舎は狭し
狭き中にも両世界——
彼方の世界に余の半身あり、
此方の世界に余の半身あり、
彼方が宿か此方が宿か?
余の魂は日夜独り迷ふなり!

政治的自由か、愛の至福の時か、いずれにせよ己の生の本来的ありようは過去にあったとされる。その記憶ゆえに、魂が引き裂かれ疎外された状態として、現在は感受される。失われた自己の本来的生への「憧憬」が、生々しい牢囚意識に裏打ちされて、見事なリアリティーを獲得したのである。

「憧憬的精神」は、現在の苦痛に満ちた生を、運命ならぬ一つの偶然・不条理な呪縛と認識する意志を、更には自己の本来あるべき生に向かって生きよ、という倫理を、生み出す可能性がある。批評家としての透谷が、明治社会の変革の契機を求めて幕末精神史の探求に向かった（『徳川氏時代の平民的思想』一八九二年）のは、彼の「憧憬的精神」の展開と理解することができる。

しかし一方で、この精神が自己目的化されると、もとは願望に過ぎなかったはずの過去の至福のイメージが実体化してしまい、現在の様々な諸問題はすべて、ありもせぬ〝素晴らしかった過去の喪失〟として原因付けられることになろう。こうして透谷は、いつしか現実に肉迫するすべを失い、死への憧れをうたい続け、そして自殺した。

その後の明治浪漫主義の系譜――与謝野鉄幹・晶子、高山樗牛らの仕事は、透谷が〝すでに失われたもの〟として措定していた「自己の本質」を、現在を生きる「欲望」主体としての「我」に、即自的に体現させる。それによって一見、社会に強力に対峙しうる批判的視座が定立する。かのようだが、しかし、言うまでもなくそれは、個人を単位とする諸制度を通じて社会を解体・再編成してゆく近代化戦略を、文学サイドから補完するものでしかない。そのような意味での文学の制度化が確立されたとき、明治浪漫主義はその役割を終えたのである。

2　透谷と運動会——自由民権少年——

I

北村透谷（明1〔一八六八〕～明27〔一八九四〕）が、三多摩自由党の人々と出会い、自由民権運動に関わるようになるのは、おおよそ明治十六年の後半頃からで、十七年の始め前後が最も熱心かつ積極的であったようだ。それを象徴するような事柄として、よく触れられるのが、当時透谷が着ていたというハッピである。色川大吉氏の『明治精神史』[1]から、その一節を引こう。

さて、このころ、透谷は、北村美那子の覚書によると、身を小間物の行商人にかえて、糸や針を車にのせ、村から村へ行商しながら八王子地方を放浪していたという。そのハッピの背や襟や裾には、「土岐《とき》・運《めぐり》・来《きたる》」という文字が紺地に白く染めぬかれていた。つまり、今や自分たちの希望を達成すべき時代《とき》が、めぐり来ているのだという昂然たる気概である。

神崎清氏による「北村美那子覚書」には「村から村へ小間物の行商をしながら、自由民権の運動をして歩いたのであろう」と書かれているが私も同感である。このころの三多摩の自由党員たちは、「行商」に仮託して政治運動を行なった伝承を残している（村野常右衛門や村野栄吉の例——『三多摩政戦史料』）。ハッピに文字を染めぬくというようなことも、ひとりでできるわざとするより、背後に同好の青年グループを想定した方が自然である。

当時、言論、集会の自由は極度に制限されて、民権家の啓蒙活動は半非合法的な状態においこめられていた。かれらはそのため、あるいは寄席に立ったり、壮士芝居を演じたり、観桜会、運動会、遊船会に託したり、行商人に身を変えたりして大衆に接する道を求めていた。そうした折の、かれらの奇抜ないでたちの一種として、透谷たちのスタイルもあったのかもしれない。しかし、それらは「覚書」であるから、もちろん時も場所も真偽のほども確認できない。（傍点引用者）

右の色川氏の文章中、その後半「当時」以下について若干補足すると、明治十四年の政変によって最高潮に達した自由民権運動に対して、政府は十五年六月の改正集会条例によって、より徹底的な言論弾圧を行なった。それまで学術演説会などといった名目で開催してきた演説会も不可能になった。そこで民権家たちは、民権講談や壮士芝居を通じて、寄席や舞台の上から、運動を続けざるをえなかったのである。この他、観桜会・遊船会という形の懇親会、運動会、そして行商を装った伝道活動等で、彼らは民衆への働きかけを続けた。

さて、従来の透谷研究では一般に、この明治十七年始めの「時運来る」という〝気概〟が、一年も経たぬうちに「世運傾頽」（この時期、透谷自身の書き残した「哀願書」と「富士山遊びの記憶」二篇のうち、「哀願書」中にみえる語）という、透谷の暗い時代認識に取って替わったことを記し、透谷の政治的挫折の意義云々を論ずるのが常道といってよい。そして同年九月の加波山事件、十一月から始まった秩父困民党の武装蜂起に対する透谷の共感度数を、おのおの論者がどの程度に想定するかに応じて、政治的挫折から文学へというドラマに、多少の彩りが加えられつつ語られ続けてきた様子である。

本章も、この透谷研究の常道に大枠で従うものではあるけれども、ただ、先の引用文中にある「運動会」の語に着目して、果たして透谷にとって自由民権運動への直接参加は何を意味したのか、私に再考の糸口を探ってみたい。

2

色川氏の前掲書では「デモ」などとルビがふられていたためか、[2]この「運動会」について、筆者は長い間、大して意識することもなく見すごしてきた。しかし、今では、岩波日本近代思想大系21『民衆運動』の「Ⅲ 自由民権期の諸運動」の章に「懇親会と運動会」があり、その具体的なかたちを知ることができる。「23 旧自由党員の運動会（神奈川）」を見よう[3]（「自由新聞」雑報、明17・11・29）。

去る廿五日は前以て新聞紙上に広告せし如く、我が神奈川県旧自由党員の面々凡そ五十余名、八王子なる広徳館に集会なしたり。登下該館の床の間に白地には朱字又浅黄地には白字もて孰《いず》れも自由の花と染め抜きたる手拭両組を積置き、何か勝負遊の用意と覚へ、会員の揃ふを見て各自に鬮《くじ》を探りて両組の手拭を分ち取り、一同該駅のはづれなる子安大明神の森に出陣して、此に始めて赤白の敵味方と立ち別れて隊伍を成し、赤方には北に赤球又白方には南に白球を竹竿に高く掲げて各其本陣を占めたりける。斯くて相図の鐘を鳴らすと斉《ひと》しく、双方入り乱れて球奪の勝負を争ふこと凡そ三十分ばかりにして遂に赤方の勝となりしが、

一時休憩後、第二回戦が始まったが今度もまた赤組の勝利。この球取りゲームの次は「綱引きの戯」。またまた赤組の勝ち……。なんのことはない、「運動会」とは私たちが現在小学校・中学校でやらされている、あの「運動会」そのものなのである。

文中に出てくる「広徳館」には、注が付され「十六年十月、訴訟の鑑定、代言人弁護人の紹介、紛争の仲裁など

を取扱い、人権の保護伸長をはかる目的」で設立されたもの、「館主林副重、世話人石坂昌孝」と記されている。

石坂昌孝とは、明治十六年、透谷が三月から一ト月半程、神奈川県会の開催中に臨時書記としてアルバイトをした際知り合いとなったという（異説あり）、三多摩自由党の領袖である。透谷は彼を通じて、その息子公歴を知り、民権家たちとのつき合いを広げていったのである（後には彼の娘〔公歴の姉〕美那子と結婚する）。だから透谷が、石坂昌孝の〝若い取り巻きの一人〟として、「運動会」に参加していたとしても、別段不自然とはいえないのだ。

もちろん、十一月二十五日の、この運動会に透谷が参加したか、どうか、という話ではない。満年齢十五、六の少年が政治活動に加わる、という時、具体的にどういう活動をしたのかについて、或る程度の想像を働せた方がよいだろう、という問題である。

どこそこで運動会をやる、と決まれば、事前に会場を設営しなければならない。入口に仮設のアーチや提灯の用意。球取りゲームの球や籠・竿・綱引きの綱等の準備・運搬。今回のように紅白の組に分けるのに手拭いを用いるのなら、「白地には朱字」「浅黄地には白字」で「自由の花」と染めぬいた手拭いの発注・受け取り作業なども、若者たちは分担してやったことだろう（他に誰がやるのか）。そして、いよいよ本番、運動会の始まりである。球取り、綱引き、その他諸々の競技に、彼らは汗を流す……。

「自由の花」と染めぬいた手拭いは、運動会終了後、恐らく各人が記念として持ち帰り、使いつぶしたことだろう。あの、「時・運・来」のハッピも、この手拭いと同様に、或る日の運動会の折りなどに、ユニホームとして配られたものだったのではないだろうか。

透谷は多分、熱心にこうした仕事（繰り返すが、この運動会に彼が参加したかどうか、ではない。行商でも論旨は変わらない）に従ったにちがいない。しかし、その熱心さの内容が重要である。

運動に全身全霊的に没入していたのか、それとも同志間の分担義務として黙々と、機械的に従事していただけか。

つまりは、こうした運動にどのような思想的意義があると、透谷は考えていたのか。遺品としてのこされたものの中に「時・運・来」と染めぬかれたハッピがあった、という事実から、この問いに対する回答を求めることは出来まい。まして当時の時代・政治状況に対する透谷の認識を探るにあたって、ハッピは何ごとも語ってはいないと思う。

3

かつて自由民権運動は、反・政府的という点で、民衆による負債農民騒擾などと連続的なものとして扱われ、その差異がかならずしも明確にされてこなかったが、近年の歴史学は、この時期——明治十年代の政治状況を、〈政府——民権派——民衆〉の三極構造で説明するのが一般的となっている(4)。

政府と民権派は、国家のあり方をめぐる政策上の対立点を持ってはいるが、社会の近代化そのものについては同一の方向を目指していた。徴兵制を導入するならば、国民を国政に参加させるべし、とする民権派に対し、政府は国会開設など時期尚早、という。しかし、徴兵制そのものについて、両者は一致して積極的である。義務教育も、その内容や進め方については民権派と政府の間に妥協を許さぬ対立があったが、義務教育そのものの推進は両者ともに賛成だった。これに対し、民衆の多くは徴兵制を忌避し、学制に反対したのである。稲田雅洋氏は、政府と民権派の対立は、近代化政策をめぐる「量的対立」であるのに対し、政府と民衆の対立は、近代文明を民衆が受け入れるか、否かをめぐる「質的対立」であった、とまとめている(5)。

だとすれば、政府と民衆の間にあったのと同様の対立が、民権派と民衆の間にもあったはずであろう。両者間にもあったにちがいない、その「質的対立」について、民権派は、ではどう対応したのか?

自由民権運動は政治運動であるから、民衆の支持がないかぎり影響力を持ち得ない。エリート民権家たちは、壇上からさかんに高尚な民権理論や国家構想を説いた。しかし、度重なる集会条例の改正などによる言論弾圧は、彼らからその機会を奪ってしまった。とはいえ、言論弾圧だけが彼らエリート民権派の活動を阻んだのではない。民権理論のあるものは当時の民衆にとってすんなり同意できるものではなかったからだ。例えば、当時頻発した負債農民騒擾の要求内容は、契約がどうであれ、生活が困窮して借金返済ができないなら、貸主は当分の間返済猶予すべきだ、とか、返済期限を過ぎてからでも、借金を返せば抵当地は当然戻されるべきだ（「請戻し」）、といった、近世以来の土地意識に根ざすものである。これは、明らかに近代的所有権の観念と両立しない。

だから、自分たちの生活信条とどこか不具合で、また小むずかしくもある　弁士の演説が長く続くと、その内容についてゆけずに居眠りを始める聴衆も多かったという。そんな聴衆に対して、何より彼らは無力だった。そこで、民権家の中から、小むずかしい議論ではなく、政府批判や警官・官吏らを激しくこき下ろすことで、聴衆を熱狂させる、士族根性丸だしの者が出る。エリート民権派の代表的人物のひとり末広鉄腸は、その手の運動家を「粗暴書生」と呼んだが、なるほど彼らの主張するところの、〝われわれ民権派が天下を握れば、徴兵免除、減税、米価統制、借金棒引きが実現する!!〟は、民権派の政治的原則を明らかに裏切るものだった。減税はともかく、その他の主張はいずれも、国民化運動に対する逆行であり、近代的諸原理の否定だからである。民権派と民衆の間の「質的対立」は、民権派内部の、エリート層と「粗暴書生」＝壮士層の対立にズラされ、曖昧化された、というところであろう。

そして更に重要なのは、いささか逆説的なことなのだが、それまで政府もエリート民権家も成功しなかった、民衆の国民化という課題解決を、他ならぬ、国民化否定の論理を許容することで民衆に接近する道を選んだ、右の壮士型民権派が達成した、という事実である。その舞台となったのが、運動会だった。

牧原憲夫氏の文章を、少々長めに引用する。(6)

……演説会に対する抑圧がひどくなると、寺社の境内や河川敷などで、壮士らが紅白（民権派と政府派）に分かれて綱引き・旗奪い・棒倒しなどをしてみせる民権運動会がデモンストレーションの手段として活用された。だが、その会場には「自由万歳」と並んで「天皇万歳」や「日の丸」の旗が掲げられることが珍しくなかった。たとえば、長野県の千曲川の河原で開かれた「小児自由党」の運動会では、「自由棲処是我郷里」「天皇万歳」「自由万歳」などと書かれた蓆旗《むしろばた》が立てられ、大勢の村人が見物するなか、小児約一六〇名が競技をくりひろげた（『自由新聞』八四年六月七日）。宮崎県の野外演説会では、「中央に国旗を翻えし、四方には自由万歳、圧制撲滅なんどと記したる旗を押立て」た（同前、八四年六月一七日）。北陸七州懇親演説会でも、「会場の門前には種々の花卉《かき》をもて構造したる一大緑環門〔アーチ〕を樹て、これに十把の国旗を挿」した（同前、八四年九月二七日）。「国旗」はまさに愛国心のシンボルだった。

さらに、五箇条の誓文などを朗読し、天皇は輿論に基づく政治を望んでいるのに専制政府がそれを阻害している、われわれ民権家こそ「聖慮」の実現をめざしているのだ、と自らの正統性を強調することも多かった。これは議会開設や輿論重視を政府に強要するためのレトリックだった。しかし、政府が「天皇は本当は民権を尊重し、民のことを心配している」とアピールしても白々しいが、民権派がくりかえし演説し、また「自由万歳」と「天皇万歳」の旗を並べたりすれば、多少の真実味が生まれてくるだろう。

民衆のあいだに客分意識や反政府感情が根強かった一八八〇年前後の時期、「国民」という意識や「天皇は国民の味方だ」という観念を浸透させるうえで一定の影響力を発揮したのは、政府よりもむしろ民権運動の側であった。

運動会実施の実働部隊として参加していた時、或いは彼自身は参加したことがなかったとしても、そうした時の実働部隊主力メンバーであったにちがいない石坂公歴ら若い壮士型民権家たちとの交流において、透谷はいったいどれほど、この運動会を通じての国民化運動に、理解と支持・共感を示したのか。そもそも、そこでどういうことが起こりつつあるのかについて透谷は、冷静な観察者であったか、なかったか。

これらの問いは、彼にテロリズムへの志向があったか、などといった関心とは全く別箇のものであって、真剣に論じられるべき意義がある。それは透谷文学の核心に関わるからである。

私見によれば、透谷の文学は、国民の創造―捏造という問題をめぐって明治二十年代に試みられた、最もユニークな思想的営為なのである。[7] 透谷は、運動会の狂躁と興奮の中で、民権派と民衆によって合作された、天皇を中心とするところの、きわめて不出来な国民国家の誕生する瞬間に居合わせていたかも知れないのだが、その時、彼が何を見、どう感じていたか、――これ以上興味深い問題は、そうあるものではあるまい。

4

先に述べたように、明治十六年中頃に知り合った石坂父子を介して、透谷と民権家たちの交流が始まったわけだが、同年九月、透谷は前年出来たばかりの東京専門学校(後の早稲田大学)政治科に入学する。授業にはあまり熱心でなかったが、図書館に通って、政治学・法学などをさかんに勉強したようだ。それから間もなく彼は、神奈川民権青年の東京合宿所である静修館に入る。民権青年の人脈はこうして一挙に拡まった。例のハッピを手に入れたのも、恐らくこの時の、〝対人関係インフレ傾向期〟とでもいうべき頃ではないだろうか。

図書館での読書を通じて日ごとに深まる政治・哲学的教養と、拡がる魅力的な人びととの出会い・交流の中で誘われるままに参加していった民権運動の現場での新鮮な体験。当時の透谷は、この二つを二つながらに、追い求めたように思われる。そして次第に、前者の、自分と自分の生きている社会の関係を思想的に探求してゆく仕事に、自分の天性を見出していったのである。

　両者が一つに重なる場もあった。石坂公歴らが主催する読書会である。透谷も数えると四名の静修館メンバーを含むこの読書会の実態は詳しく調べられている[8]が、取り上げられたテキストは、透谷が専門学校で学んだと覚しい教科書との重複が多かったようである。透谷は一度しか出席しておらず、もちろんレポーターもやっていない。民権家たちとの交流の場は、少なくとも知的には、好奇心を抱く対象ではなくなっていたということだろう。

　しかし、民権運動の体験は、思想的営為に魅かれてゆく透谷に対して、知的関心とは異なる、強烈な印象を残さずにはおかなかった。彼よりも五歳年長の民権青年・大矢正夫の存在、或は明治十七年九月に起った加波山事件の領袖富松正安の運命（明治十九年十月、刑死）がそれである。大矢の人間的魅力は、長く透谷をとらえた。富松と「相語らひ、相盟ひし」（『大矢正夫自徐《ママ》伝』）という大矢は、その言葉通り、明治十八年十月、朝鮮渡航計画の資金を得るために強盗を行ない、刑に服したのであった（その際透谷は、大矢に行動計画への参加を持ちかけられさえした）。

　このように、自分に身近な人々にふりかかった苛酷な運命が、透谷の精神に後々まで重くのしかかったであろうことは軽視できない。本章が従来の透谷研究の常道に大枠で従う所以である。

　それでもなお、筆者は、この時期に透谷が書き残した断片「哀願書」[9]、特にその中の「世運傾頽」の語を、自由党員による激化諸事件とそれに続く民権運動の退潮・崩壊といった事柄で説明することに反対したい。むしろ、運動の退潮以上に、自由民権思想そのものの自滅・自壊のあり様を、透谷はそこに込めていたのではないか。筆者は「哀願書」に、甲申事変（明17・12・4）をめぐる、日本の民衆および民権派の反応に対する、透谷の幻滅を読みとるべきである、と主張したいのである。

透谷は「哀願書」前半で、「世界ノ大道ヲ看破スルニ弱肉強食ノ状ヲ憂ヒテ此弊根ヲ掃除スルヲ以テ男子ノ事業ト定メタリキ」と書いている。社会ダーヴィニズムに対する思想的な闘争宣言である。そう解釈しなければ「弊根」の意が通じない。そして、社会ダーヴィニズムに対する思想闘争とは、人権思想の哲学的基礎づけに他ならない。だが、と文章は後半に続く。

然ルニ世運遂ニ傾頽シ惜ヒ乎人心未ダ以テ吾生ノ志業ヲ成スニ当ラザルヲ感スル矣嗚呼本邦ノ中央盲目ノ輩ニ向ツテ咄々又タ何ヲカ説カンヤ児ノ胸中独リ自ラ企ツル所指ヲ屈スルニ暇アラズ是レヲ施シ是レヲ就サントスルニ世運遂ニ奈何トモスルナキヲ知ル嗚呼奈何ナル豪傑丈夫ノ士ト雖何ゾ能ク世運ノ二字ニ

「世運」が「傾頽」した。「人心」が自分のやろうしている事柄とは別の方向へ向かった。「本邦ノ中央」の「盲目」ぶりに対して、何を説いても無駄のようだ……。つまり「人心」および「本邦ノ中央」が共に、人権思想の理解・深化とは別の方向へズレてしまった、という認識が「世運傾頽」の意味するところであろう。

甲申事変をめぐる「人心」および民権派の動きを、ここで「哀願書」と対照させてみると、次のようになる（またまた牧原憲夫氏に依拠する[10]）。

…『自由新聞』は「天皇陛下ノ公使ヲ犯シ我日本帝国ヲ代表セル公使館ヲ焚《や》キ、残酷ニモ我同胞ナル居留人民ヲ虐殺」した悪業を聞いて、「愛国ノ心アルモノハ誰レカ扼腕切歯」せずにいられようか、「国旗上ノ汚辱ヲ雪《そそ》ギ、我不幸ナル被害者ノ為メニ……力ヲ尽クシ、彼［中国］十八省ヲ蹂躙」すべし（八五・一・九）とさけび、『自由燈』もまた、「死ねや死ね〳〵五十年の命、何の惜しかろ国の為」（八四・一二・二九）、「嗚呼我が日本男児よ、我日本刀を執《と》れ」（八五・一・八）と煽動した。民権派を中心に義勇兵を結成する動きが各地にひろがり、抗議や追悼の集会も開かれた。たとえば、一八八五年一月の大阪決起集会では、中之島公園から七、八百人が旗・幟・太鼓・ラッパで市内を行進し、神社の境内で綱引き・旗奪い・相撲・撃剣で気勢をあげ、終わって植木枝盛らが演説をすると五、六千人が拍手喝采したという（黒木彬文「甲申政変と『福岡日日新聞』」、地方史研究協議会編『異国と九州』雄山閣出版、一九九二年）。民権運動会とおなじスタイルである。東京・上野公園の集会でも、慶応義塾・明治法律学校等の生徒を含め三〇〇〇人が参加し、雪投げ・旗奪い・綱引・相撲や「悲憤慷慨の演説」をしたあと、市内を進行し、比較的冷静な論調だった朝野新聞社の窓ガラスをこわすといったデモンストレーションをくりひろげた。（中略）青山墓地でおこなわれた磯林大尉の葬儀をはじめ、各地で執りおこなわれた犠牲者の葬儀・追悼集会にも多数の民衆がつめかけた。さらには、「車夫馬丁に至る迄も、是非今回は支那とヤラねばならぬ、若しヤルに至らば我《ママ》も幾部の力を尽すべし」と、わざわざ大井憲太郎の自宅までたずねてきた（大阪事件裁判弁論、『大阪事件関係史料集』）。

これは予期せぬ事態だった。これまで民権に関心を示さなかった者、示したとしても米価・税金・借金・徴兵がらみで、「国旗上ノ汚辱」などには「白河夜船」だった民衆が、ついに動いたのだ。（傍線引用者）

このように民権派の煽った興奮と、中国・朝鮮に対する敵視・蔑視の中で、「わが日本」・「われわれ日本人」という意識が生まれたのである。〝運動会式国民国家捏造法〟といいたくなるところだ。「世運傾頽」の語に透谷がこめた思いは、このような形で国民と国家が、自分の目の前でつくられつつあることへの、絶望ではなかったろうか。

透谷の自由民権運動体験を象徴的に語る、〝「時・運・来」から「世運傾頽」へ〟という標語を、運動会をキー・

ワードに見直してみた。「時・運・来」については、そこからただちに透谷の気概のようなものを読み取るのは危険ではないか、と思う。そして「世運傾頽」は、自由民権運動の弾圧による崩壊という以上に、その思想的破産に対する透谷の感慨がこめられていた可能性を示唆したいと思う。

この仮説に立てば、大矢正夫の誘いを拒絶するのは理の当然である。また、その後のキリスト教への入信については、日本的なるものから限りなく遠ざかろうとする意志の表れとして、それを考察する道がひらけるだろう。例えば彼は、自由民権思想を、日本の歴史の地下水脈からとらえ直そうとしたが、その時彼が着目したのは、近松や馬琴、十返舎一九などであって、壮士型民権派の手垢にまみれた義民伝説ではなかった。[11] 武威の伝統と不可分な日本的なるものの否定によって、新たな日本を創造しようとする、透谷の困難きわまりない文学の出発点として、「世運傾頽」の語を受けとめたいと思う。

注

（1）色川大吉『明治精神史（上）』（昭和三十九年発行の初版に基づく講談社学術文庫版、昭51・7、一三一～二頁）。

（2）注（1）の前掲書、一七〇頁に、「運動会《デモ》を起し演説会をひらいて」とあり、また一七二頁にも「（明18――引用者）一月十八日の上野公園のデモ（大運動会）は」とある。ちなみに後者は、注（10）として引用した牧原論文で言及されている運動会（傍線部分）を指している。

（3）深谷克己・安丸良夫校注『民衆運動』（岩波日本近代思想大系21、平1・11、二二六～七頁）。

（4）以下の記述は、主に稲田雅洋「困民党の論理と行動」（新井勝紘編『自由民権と近代社会』吉川弘文館、平16・3所収）に拠る。また、三極構造に基づいて描かれたこの時代の簡略な通史としては、牧原憲夫『民権と憲法』（岩波新書、平18・12）がある。

（5）稲田・注（4）の前掲論文（二六三頁）。

（6）牧原・注（4）の前掲書（二八～九頁）。

（7）天皇によって統合される国民、天皇の意志（「五箇条の誓文」）として実現されるべき民権……。こうした没論理の国家創造については、別の機会に既に一度紹介したことのある、宮村治雄氏の次の一節を繰り返し引用しておきたく思う。

〝宮村治雄は『開国経験の思想史』（東京大学出版会、平8・5、一六〇～一六三頁）で、自由民権派が『民撰議院設立建白』を提出した明治七年以降から、『五箇条御誓文』を国会開設要求の根拠の一つに引用することが多くなり、それと共に、「『国会設立』という事業を可能な限り普遍的な問題の位相において捉えていこうとする態度」が後退していった、と指摘している。当然のことながら、それは「『御誓文』の普及と流布とを通じての『天皇』シンボルの社会的浸透という役割」を、自由民権運動自体が担うことをも、意味した。〟（拙著『幸田露伴論』翰林書房、平18・3、二二一頁の注［16］）

（8）色川・注（1）の前掲書（一〇七～一一〇頁）。

（9）「哀願書」の執筆時期はよくわかっていない。明治十七年は、五月に群馬事件、九月に加波山事件、十一月に秩父事件、十二月に飯田事件が起っているが、「哀願書」はこの年の後半から、翌・十八年の夏頃よりも前の間の執筆、ということが確実視されている。

（10）牧原憲夫『客分と国民のあいだ』（吉川弘文館、平10・7、一四一～一四三頁）。

（11）透谷は明治二十年頃、キリスト教伝道者ジョージ・ブレスウェストの下で、「佐倉義民伝」の英訳の手伝いをしている。勝本清一郎は「キリスト教の犠牲的精神と宗五郎との関連だけでなく、自由民権運動と宗五郎との関連にも、心の奥で、余熱に似たものの意識される日が多かったかも知れない。」と指摘している（『透谷全集　第三巻』岩波書店、昭30・9、「解題」六九八頁)。もっともな指摘だと思う。問題は「余熱に似たものの意識」が下訳作業を励ます類いのものだったか、それとも障害と感じられるものだったか、である。

ちなみに、「日本人はどうも明治の講談本にだまされているようだ。」といい、義民伝説に基づく百姓一揆観を厳しく批判するものに、田中圭一『村からみた日本史』(ちくま新書、平14・1、特にその「第四章　百姓をだました幕府――百姓一揆の道理」を参照)がある。〈政治小説〉の再評価においても、傾聴すべき見解であると思われる。

3 『厭世詩家と女性』――「小児」性について――

I

明治二十五年一月十五日、北村透谷は日記に「是よりいよ〳〵文壇に躍出る考へ専らなり」と記し、そして、同月下旬、巌本善治を訪問する際、紹介書がわりに持参したものが「厭世詩家と女性」の原稿であったという。このエッセイに対する、透谷の自信の程が窺われようというものだが、これが同時代の読者にいかに大きな衝撃を与えたかについて、もはや繰り返す必要はあるまい。

「厭世詩家と女性」（「女学雑誌」明25・2・6、20）の主題は、二つあり、それは冒頭に明示されている。

恋愛は人世の秘鑰なり、恋愛ありて後人世あり、恋愛を抽き去りたらむには人生何の色味かあらむ、然るに尤も多く人世を観じ、尤も多く人世の秘奥を究むるといふ詩人なる怪物の尤も多く恋愛に罪業を作るは抑も如何なる理ぞ。

すなわち、A――恋愛は人生の本質を解く重要な鍵である、B――詩人は恋愛において罪人となる、以上の二点をめぐって、その理由を説明するという形でエッセイの全体が構成される。今それを、簡略にまとめよう。

まずAについては、二つの理由が用意されている（第一の理由は三つの段階に分けて説明されているので次のように示す）。

A――恋愛は人生の本質を解く重要な鍵である。何故ならば、

Ⅰ（1）すくすくと成長した「小児」は自然と「想世界」を生み出し、そこに生きる。――「想世界」は従って「無邪気の世界」とも言い換えられる。

（2）「想世界」はかならず「実世界」――これも要するに「浮世又は娑婆と称する世界」に他ならない――と衝突し、敗北する。

（3）この当然の敗北による打撃・痛手を癒してくれるのが〈恋愛〉であり、それゆえに〈恋愛〉は尊い――「恋愛豈単純なる思慕ならんや、想世界と実世界との争戦より想世界の敗将をして立籠らしむる牙城となるは即ち恋愛なり」。

Ⅱ〈恋愛〉は、人間を「実世界」に繋ぎとめ、社会的存在として充実させる。――「双個相合して始めて社界の一分子となり、社界に対する己れをば明らかに見る事を得るなり」。「婚姻の人を俗化するは人を真面目ならしむる所以にして妄想減じ実想殖ゆるは人生の正午期に入るの用意を怠らしめざる基ひなる可けむ」。ゆえに〈恋愛〉は、尊い。

続いて、Bの理由説明を見る。厭世詩人は何故女性と敵対的となるか。

透谷はまず、詩人と女性の性質の「類同」性に対立の原因があるとする一般的見解を挙げた上で、別に自説ありといい、次のように述べる。はじめに詩人が厭世思想を抱くに至る説明。

抑も人間の生涯に思想なる者の発萌し来るより善美を希ふて醜悪を忌むは自然の理なり、而して世に熟せず世

の奥に貫かぬ心には人世の不調子不都合を見初むる時に初理想の甚だ齟齬せるを感じ実世界の風物何となく人をして惨惻たらしむ。智識と経験とが相敵視し妄想と実想とが相争戦する少年の頃に浮世を怪訝し厭嫌するの情起り易きは至当の理なりと言ふ可し。

そして、社会経験を積み社会的役割をひき受けた後に明確に知りうる「義務」「徳義」といった観念を持たぬ「純樸なる少年の思想が、始めて複雑解し難き社会の秘奥に接する時に誰れか能く厭世思想を胎生せざるを得んや。」と主張するのであるが、これは、より詳細に説かれているとはいえ、要するに先の、Aの説明I――(1)・(2)の繰り返しである。こうして生まれた「厭世思想」は、或いは「誠信」「経験」によってならば、それに打ち勝つことも可能かも知れない。しかし「誠信」はよほどの大聖人にのみ可能な道であり、また「経験」はもともとそれに欠ける「少壮者流」を問題にしているのだから無意味、とされる。そこで、

誠信の以て厭世に勝つところなく経験の以て厭世を破るところなき純一なる理想を有てる少壮者流の眼中には実世界の現象悉く仮偽なるが如くに見ゆ可きか、曰く否、中に一物の仮偽ならず見ゆる者あり、誠実忠信「死」も奪ふ可らずと見ゆる者あり、何ぞや曰く恋愛なり、

Aの説明I――(3)の反復である。〈恋愛〉の精神的価値を説く論理が、そのまま、「厭世思想」が生まれる説明にあてはめられ、他ならぬ(女性の敵となる)「厭世家」にとっての〈恋愛〉を説明する論理としても流用されているのである。ゲーテ、バイロンをはじめ多くの西欧文学者の名が並べられて見えにくくなっているが、このエッセイには、己れの「小児」性にこだわり続ける者、「無邪気」な「想世界」にあくまでも固執しようとする存在、と

いう以外に、「厭世詩人」についてのこれといった定義はどこにもないことを確認しておこう。

その「小児」性への徹底と継続とによって、「厭世詩家」にとっての〈恋愛〉の重要さ（Ａの説明Ｉ――（３））は弥増しに高まる（「曷んぞ恋愛なる牙城に拠る事の多からざるを得んや、曷んぞ恋愛なる者を其実物よりも重大して見る事なきを得んや」）。というよりも、「厭世詩家」という存在そのものが、Ａ・Ｉ――（１）・（２）の強調・反復によって生み出されたものなのであってみれば、むしろＡ・Ｉの主張全体をきわだたせる手段として、「厭世詩家」なる設定が要請された、と考えた方が自然なのかも知れない。

しかし、もしそうだとするならば、この設定はＡ・Ｉをきわだたせるだけにとどまらない、ネガティブな別の効果をもたらす。いうまでもなく、ＡのⅡ、すなわち人間を社会的存在として充実させるという、〈恋愛〉のもう一方の機能を、無効化してしまうのである。

　彼等は人世を厭離するの思想こそあれ人世に羈束せられんことは思ひも寄らぬところなり。婚姻が彼等をして一層社界を嫌厭せしめ、一層義務に背かしめ、一層不満を多からしむる者是を以てなり。

主題Ｂの成立である（ただ、これも見方を変えて言えば、〈恋愛〉を〈恋愛〉のままに保持しておく為に、あえて「厭世詩家」の例を持ち出した、とも考えられないことはない）。

いずれにせよ、『厭世詩家と女性』において、「厭世詩人」をめぐる主題Ｂが、主題Ａに拮抗するような意味を持っているとは到底思われない。あくまでも中心は主題Ａそのものの裡にある。恐らく透谷は、〈恋愛〉の精神性・人生論的意義を説く主題Ａにおいて、是非にもＩとⅡの両方の理由を提示したかったが、それと同時に、Ｉと

Ⅱの連結の不可能、もしくは連結を拒絶しようとする意志があったのではないか。そこで一般論としてAのⅠ、Ⅱを挙げておいて、次に「厭世詩家」という特殊を装った例（実は程度の差はあっても、本質的には一般人と少しも違わない）を持ち出して、AのⅠの強調とⅡの不可能性（主題B）を訴えたのである。

こうした曖昧・矛盾した態度を払拭できなかった結果として、このエッセイは一般レベルと詩人論レベルの両方で同じ議論がいたずらに繰り返され、かつ詩人の定義がない以上両者のレベルの違いは明瞭でなく、〈恋愛〉の持つという意義も結局のところ今ひとつはっきりしない、ということになった（反復のもたらす漸増効果がすばらしい、という鑑賞態度を否定する気は全く無い）。そしてこうした論理的な弱さを補填するように、無闇に西欧詩人の逸話が引用され（〈恋愛〉の精神性・高級感を強調する上で、この列挙方法が戦略的に有効だったという事情は考慮されねばならない）、遂には「女性は感情の動物なれば愛するよりも愛せらるゝが故に愛すること多きなり」。「葛蘿となりて幹に纏《まと》ひ夤《まつ》はるが如く男性に倚るものなり、男性の一挙一動を以て喜憂となす者なり」云々、といった女性に対する愚劣な悪罵が導入されたのではないだろうか（今日、これを擁護しようとする者はいまい）。——これは、奇妙に〝貧しい〟事態である。だが、私見に拠れば、この〝貧しさ〟の印象こそ、透谷の可能性の証しなのである。以下、この視点から、透谷と近代国家との関わりについて、考えてみたい。

2

透谷の生きた時代は、いうまでもなく日本が近代産業社会への途を邁進しはじめた時期にあたる。明治国家の課題は、既存の共同体社会の中に埋め込まれていた人的エネルギーを解放し、それを新たに中央集権的国家体制に組み入れ、効率的に編成することにある。この国家的課題の遂行はどのような現象をもたらしたか。関東一円における資本の原始蓄積のドラマと透谷の関係については、既に詳細に調べあげられているが[1]、ここでは、透谷を含め、近代文学成立に関与した人々にとってのそれを、簡単にトレースしておこう。

ほゞ明治初年の前後数年間のうちに生まれた彼ら日本近代文学の創立者たちは、そのほとんどが日本最初の近代的教育制度「学制」の下で、幼少年期をすごした。自由・平等のタテマエの下、立身出世の夢を学校という回路を通して増幅させ、過激な競争イデオロギーを試験制度によって身体レベルにまでたたき込まれた、最初の世代が彼らである。透谷の母は「普通のアンビションを抱けり即ち生をして功名を成さしめんと思ふの情切なりければ毎夜十二時頃までも窮屈なる書机に向はしめ母自身は是れが看守人たり」と彼が伝えるように、猛烈な教育ママだったらしいが[2]、彼のような没落士族の家庭は、国家のこうした動向にとりわけ敏感に反応して、我子を有望な投資対象と考えたに違いない。その意味で、〈学校化社会〉は、そのものの成立にはるかに先立って、この階層にまず生の規範モデルとして定着したのである。これを、フェミニズムの視点から言い換えるなら、邪魔な中間集団（ムラや階級的相互扶助集団）を解体して国家が直接〈家〉を掌握する過程、公に対して無防備であるばかりかその代弁者としても機能する私領域――学校権力に従順な教育ママのいる家庭――を創出する過程ととらえることができるだろう。そして、子供に対して教育ママであるような女は、夫に対してはどのような役割をひきうけねばならないか。

私領域が公領域のなくてはならない、だが見えない半身として作りだされた時、それは競争と効率のストレスの多い公領域からの避難所、愛と慰めの聖域として作りだされた。そういう私領域としての家庭は、時間と空間を超えて普遍的に存在するものと見なされ、その存在理由を疑ってみることさえ許されなかった。だが、私領域が男に対して持っている意味と、女に対して持っている意味とはまったく違っている。男にとっては避難所であっても、そこで愛と慰めを供給するように期待されている女にとっては、家庭は職場の一種にすぎない[3]。

一見したところ、この新しく創出された私領域における男／女の在り方は、透谷が『厭世詩家と女性』で示したそれに大変よく似ている。教育ママにしごかれて育った「学制」世代の青年の思い描いた〈恋愛〉が、「想世界の敗将をして立籠らしむる牙城」、まさに避難所であったということは、フェミニズム批評の立場からすれば話が旨すぎるほどである（「想世界」はさしずめ学校という回路で増幅された立身出世の夢、「アンビション」ということになろうか）。フェミニストが『厭世詩家と女性』にいらだちを隠そうとしないのには理由がある。(4)

透谷のいう、〈恋愛〉の重要性を説く理由A・Ⅰは、従来共同体社会から好色・色恋としてかろうじて認知されるにすぎなかったものに、鮮やかに精神的価値を付与する論理のはずであったが、このフェミニズムの視点に立てば、近代国家による〈家〉の、私領域への囲い込み戦略に手をかす屁理屈に成り下がる。また、A・Ⅱは、このようにして共同体から自立（分離）した私領域を、再び公領域——新国家体制——に「見えない半身」として送り返すための美辞麗句ということになろう。透谷自身はさておいても、ロマンチックな読者がこのエッセイを、以上のようなものとして受け入れた（無意識裡に）可能性は高い。このような観念装置の完備・普及によって、近代国家の境界線は、男／女の私秘的関係性の領域にまで、延長されたのである。

しかし、このような「厭世詩家と女性」の批判的な読み直しの上に、1で検討した、A・ⅠおよびⅡに関する透谷の曖昧かつ矛盾した態度を重ね合わせてゆくと、透谷が一体何を目論んでいたのかが、興味深い問題となってくる。

1の検討では、透谷は主題A・ⅠおよびⅡについて、「厭世家」をめぐる擬似主題Bに隠された形で、その連結と切断の両方を願っていたのではないか、と推論した。一般的なとらえ方からすれば、透谷はA・Ⅰ、Ⅱの連結をあくまで願っていたけれども、実生活上の経験（ミナとの不幸な結婚生活）からの教訓によって、両者の切断とA・Ⅱの不可能を嘆くしかなかった。透谷＝「厭世詩人」ということになろう。そして、この読みに従うならば、恐らく右のフェミニズム批判に対抗できる論理は、エッセイには何一つない。

そこで本章は次に、透谷の思想の裡に、ⅠとⅡの切断を積極的に主張する契機がありえたか、を考察する。また、あったとすれば、それは近代国家の〈家〉をめぐる戦略に対してどれだけ対抗的意義を持ちえたか、を。

3

『厭世詩家と女性』を発表した翌月、透谷は本格的な小説評論として『伽羅枕及び新葉末集』（「女学雑誌」明25・3・12、19）を続けて発表した。透谷はそこで、元禄文学再興の気運の元凶として紅葉・露伴を挙げ、彼らの「粋」「侠」を理想化するが如き姿勢を、「恋愛」を盾に攻撃した。

……元禄文学者の恋愛に対する思想は好し純然たる遊廓外の素人を写す場合にも宛然として遊廓的恋愛即ち世に所謂好色的恋愛を主としたる事実は一点の弁析を容るの余地なかるべし。思へ、好色と恋愛と文学上に幾許の懸隔あるを、好色は人類の最下等の獣性を縦《ほしいまま》にしたるもの、恋愛は、人類の霊生の美妙を発暢すべき者なる事を、好色を写す、即ち人類を自堕落の獣界に追ふ者にして真の恋愛を写す即ち人間をして美を備へ霊を具する者となす事を好色の教導者となり通弁官となりつる文士は即ち人類を駆つて下等動物とならしめ、且つ文学上に至妙至美なる恋愛を残害する者なる事を。

「真の恋愛」は「人類の霊生の美妙を発暢すべき者」、これに対して「好色は人類の最下等の獣性を縦にしたるもの」で、「好色を写す」作家──「粋」「侠」を持ち上げる紅葉・露伴を指す──は、「人類を自堕落の獣界に追ふ者」だという裁断は、何ともすさまじい。が、ここでは論の当否はしばらく措き[5]、「真の恋愛」から性愛的要素がすっぱりと切り棄てられている点に注目したい。というのも、この評論の前身（草稿の一？）といえる『粋を論じて伽羅枕に及ぶ』（明25・2頃）には、「恋愛」と、「好色的恋愛」の温床である遊廓の理想「粋」との間を、かくも厳しく峻別しようという姿勢はなく、ましてや両者の違いが性愛的要素の有無に求められているわけでもないからである。

われ曾て粋と恋愛との関係を想ひて惑ひし事あり。そは旧作家の画き出せる粋なる者真の恋愛とは異なる節多ければなり。粋と恋愛とは何処かの点に於て相撞着するかに思はる、は非か。

『粋を論じて伽羅枕に及ぶ』において、透谷は「粋」を、「迷はぬを法となす」もの、すなわち遊廓という〈悪所〉として制度化された場を決して逸脱するようなことがない〈欲望〉の在り方としてとらえる。反対に、「恋愛」は、「人を盲目にし、人を癡愚にし、人を燥狂にし、人を迷乱さす」逸脱的〈欲望〉とされる。つまり、それが社会に対して順応・調和的であるか、それとも逸脱・破壊的であるか、によって「粋」と「恋愛」は区別されているのであって、その際、〈欲望〉の内実そのものは不問に付されている。ところが『伽羅枕及び新葉末集』では、人類の本性そのものが「最下等の獣性」／「霊生の美妙」に分節化・序列化されて、その上で両者に「好色」／「恋愛」がふり当てられるのである。

このように、とりあえず人間の〈欲望〉そのものの内実には触れないで論を進めようとする態度と、何らかの超越的規準を立ててそれによって〈欲望〉や人間性といったものを裁断してしまおうとする態度との間のゆらぎは、実は透谷の文章の早い時期のものにも、既に見えている。石坂ミナ宛書簡草稿[6]（明20・12・14）にいう。

既に此世は情と慾とによりて水の如くに流れ渡るものにしあれば、情にさからふ人は狂人なるべく、慾に背く者は白痴と云ふて可ならんか、情の力はいと強し、此は自然に強きなり、如何なる学者も智者も宗教家も聖人も情の力に敵する事かなわじ、既に情は自然の力なりと認め得なば、余は寧ろ情の俘擒となり、情の為めに死罪に行はるゝとも毫毛もいとふまじ、何となれば自然は神のたまものなればなり、神も（能く）情の強きを許したまふべし、

透谷は「情と慾」が「自然の力」であり、「神のたまもの」であること、そしてそれが社会に対して時に、破壊的・逸脱的であることを認める。しかし、なお彼は「情」に殉じることを選ぶのである。

だから、

若し一方から考へて人と人との関係を推窮したなら、情と云ふものに制限を立てねばならん、慾にもきまりをつけなけりゃいかん、

という、社会倫理・〈法〉が問題となる。が、それはあくまでも〈欲望〉を否定するため、ではなく肯定するがゆえにこそ必要とされる〈法〉であるはずだろう。

ところが、この書簡草稿にも、〈欲望〉や人間性に区別立てをしようとする発想がしのび込んでいる。

今は世人の喜ぶ所の情は自然の情にあらずして、花の香をぬすむ情なり、其色を戦はさんとする情なり、即ち優美なる情にあらずして、殺ばつ変幻なるものにあらずや、

先の「情にさからふ人は狂人なるべく、慾に背く者は白痴と云ふて可ならん」とこの一節とを結びつけるのは容易ではあるまい。「情」に逆らうことは理性にも背くことを意味する、だからこそそれは「自然の力」とされるはずだとすれば、「自然の情」とそうでない「情」を区別する方法が、人間にあるとは思えない。

また、透谷は「人は己れの慾心を充たすが為めには、いろ〳〵の悪るい事をする、之れもやはり人類の目的にか〔な〕のふ者であらふ」と、言いはなつのだが、それに続けて、世の人は「利によりて己れの目的を立つるも、利に因りて己れを楽ましむるを欲せぬ人」と「利に因りて己れの目的を定め、且つ利に因りて己れの快楽を求むる人」の二派に分かれるとして、暗に〈法〉の根拠を前者に求めているかのようである。だが、この二派の分類が、人間おのおの本性にもとづくと考えているのか、立場や置かれた状況の違いに応じて生じると考えているのか、不明である。二派が、状況次第で変わるのならば、分類は無意味だろうし、またそれが本性にもとづく分類だ（つまり、生まれながらの善人と悪人がいる?）とすれば、「自然の情」とそうでない「情」を区別するのと全く同じ困難を、二派を分類する時味わうことになるであろう。

このような書簡草稿における。混乱に対して、『伽羅枕及び新葉末集』と『粋を論じて伽羅枕に及ぶ』の間の、粋／恋愛の区別の仕方に見られるあの〝ゆらぎ〟を、つき合わせてみるならば、透谷が真に問題にしていたことが何であったか、おぼろげながらも了解されるはずである。

透谷が評論家として本格的に出発した明治二十五年、彼は「詩人」「恋愛」「粋」「侠」を俎上にあげたが、それらはいずれも一つの主題に収束する。すなわち。人間の〈欲望〉の全面的肯定と、その上でなお社会を維持してゆくために必要な〈法〉の確立は如何にして可能か、という問題である。

彼は「厭世詩家」という擬似テーマを導入することで、〈恋愛〉と社会との安易な関係づけに疑問符を打った。（A・ⅠとⅡの切断）。〈恋愛〉は経験や徳義といった社会的観念をすべてそぎ落とされた若者の、いわば夾雑物をとり除かれた純粋な〈欲望〉であるから、それだけに、どのように社会に接続しうるのかは、当然慎重でなければならないはずだからである。その一方で、透谷はそれまで旧社会の中におとなしく組み込まれていた「粋」「侠」との対比によって、〈恋愛〉を新しい社会の中心的構成原理・新しき〈法〉の価値的根拠として鍛えようとしたように思われる（A・IとIIの連結への意志）。「粋」「侠」が比較対象として持ち出されたのは、それらが〈恋愛〉と並んで好色の周辺に位置する近接的概念だったからだろう。しかし、両者の比較作業を通じて、透谷は「粋」「侠」が単なる否定的対象として葬られるべきものではないこと、無理にそれをやろうとすれば人間性を等級化するようなマネをせねばならぬことを確認する。[7]〈恋愛〉の概念を鍛えることは、「粋」「侠」を本腰を入れて考えることと表裏の関係にあるのであって、それが『徳川氏時代の平民的理想』（「白表女学雑誌」明25・7・2、16、30）を書かねばならなかった理由である。その過程で、透谷の自由民権運動体験の結晶ともいうべき秋山国三郎の思い出が想起されたのも当然といえよう（『三日幻境』は同じく「白表女学雑誌」に、同年八月十三日、九月十日と分載された）。

こうして、〈欲望〉の全肯定——自由の追求と〈法〉の問題、というテーマが、透谷の文学の前面におどり出る。

4

自由は人間天賦の霊性の一なり。極めて自然なる願欲の一なり。然るに彼等は呱々の声の中より既にこの霊性を喪へるを自識せざる可らざる運命に抱かれてありたり、自然なる願欲は抑へて不自然なる屈従を学ばざる可からざるタイムの籠に投げられてありたり。

この一節に明らかなように『徳川氏時代の平民的理想』は、自由を希求する心を「人間天賦の霊性」「自然なる願欲」（「願欲」の語は『他界に対する観念』〔「国民之友」明25・10・13、23〕にも見え、そこでは「デザイア」とルビがふられている）のひとつとし、これと「タイムの籠」すなわち時代との関連を考察したものである。そしてその文脈の中で「粋」「侠」がとらえ直される。

われ常に惟へらく至粋は極致の翼にして天地に充満する一種の精気なり。唯だ至粋を嚮《むか》へて之を或境地に箝《は》むるは人間の業にして時代なる者は常に其の択取したる至粋を歴史の明鏡に写し出すなり。至粋は自ら落つるところを撰まず（中略）至粋の降るところ、臨むところ時代之を受けて其時代の理想を造り、その時代を代表するもの之を己が理想の中心となす。自由を熱望する時代には至粋は自由の気となりて、ウィリヤム・テルの如き、代表者の上に不朽なる気稟をあらはし、忠節に凝れる時代には楠公の如き、はた岳飛張巡の徒の如き、忠義の精気に盈ちたる歴史的の人物を生ずるに至るなり。

恐らく、ここにいう「至粋」が人間の内部に降り立ったものが、先の引用文中に見える「天賦の霊性」「自然なる願欲」に当たると思われる。さて、これを受けとめる徳川時代は、どのような理想によって「至粋」を具体的な形にするのか。

徳川氏の時代に平民の上に臨みし至粋は如何なる理想となりてあらはれしや。我は前に言へりし如く二個の潮流あるを認むるなり。その源頭に立ちて見る時には一大江なり、其末流の岸に立ちて望めば二流に分れたり。普通の用語に従ひて我は其一を侠と呼び他を粋と呼ばむ。

『伽羅枕及び新葉末集』と比べて、これを「粋」「侠」の再評価・認識の深まりとするのは勿論正しい。だが、それ以上にここで重要なのは、「粋」「侠」と「恋愛」の差異を明確にする理論的枠組みをつくった点である。この論法に拠れば、両者の間の差異の本質は、肉欲的か精神的かといったところにあるのではなく、「至粋」の着床する〈場〉の違いにもとづくことになろう。一方は、どのような逸脱的〈欲望〉も廓の中に封じ込め、制度化してしまうしたたかな江戸の社会、他方は、近代社会、というよりその社会の〈主体〉であるところの、旧き共同体からひきはがされた個人の内面である。

『伽羅枕及び新葉末集』には、真の「恋愛」を「造化の花」、「遊廓的恋愛」を「其自然なる地位より退け」られた、「砂地」に生えた花に、それぞれ喩える一節があるが、普遍／特殊という見方でいえば、時代の価値秩序の裡に降り立つという「至粋」の在り方からして「粋」「侠」の方が普遍的であるともいえる。それが「砂地」に生えた花なのは、江戸時代という「タイムの籠」の本性に基づく必然だからである。一方、時代の子でありながら社会への同調を拒絶する人間、すなわち「小児」性にこだわる「厭世詩家」の内面に「至粋」を、美しい「造花の花」のままに隔離してしまおうとするがごとき「恋愛」は、むしろ特殊・一時的な在り方だというべきである。この一時的な隔離によって、既存の価値観から自由な個人が成型され、旧社会変革の契機となる……、これが透谷の狙いの核心に違いない。

ところで、「我邦の生命を知らんとの切望」から「至粋」の流れを歴史的にたどった、この透谷の試みは、一体何を意味するのか。それは例えばありもしない「国民国家」を遡及的に屹立させようとする想像的な企て、といったものに類するのだろうか。ここで、関曠野の民族論を参照したい。

> 封建的な身分制社会においては、個人と彼が属する集団の関係は一種の宿命にすぎない。しかし身分制秩序が崩壊すると共に、民族の意識が芽生え文学の可能性が開ける。すなわち個人が共同体に帰属することの意味が問われ、この問いかけが深い苦悩と歓びの源泉となるような世界においてこそ、民族の観念が生まれるのである。[8]

内なる「小児」性にこだわる「厭世詩家」というフィクションを設定して、〈恋愛〉の中に「至粋」の純粋な姿をとどめようとする透谷の試み――それはまた、明治浪漫主義の核心ともいえる、あの「憧憬的精神」につながる運動でもあるが――は、恐らくはこの、「民族の観念」の萌芽の問題に重なり合っている。

関に拠れば、[9] 民族《ネーション》の観念は、ローマの帝国的秩序との関係において定義された未開の民「ローマの公的秩序《キヴィタス》に属して地位や位階をもつことも文明の恩恵に浴することもない、たんに人間として『生まれた者』であるにすぎない存在」ｎａｔｉｏに由来し、これがピューリタンのローマ教会と英国国教会に対する闘争を経ることで、その伝統的意味を逆転させ、「人間は『生まれた者』としてあるだけで自由で平等な人間としての権利を享受しうる高貴な人間本性を備えた存在であるとする思想」に変容した、という。そして彼らピューリタンは新大陸アメリカに渡り、この概念に磨きをかけた。彼らは旧大陸の諸制度や習慣を携えていったが、新大陸の環境の下で、日常生活の必要に応じてそれらをゆるやかに修正・解体していった。こうして生まれた新しい社会を内実として〈民族〉なる概念は完成する。

> 民族は「想像された共同体」であるだけでなく、一定の生活様式の共通性を民族意識の基盤にもっているが、環境への適応の必要から生じたその日常的な生活様式にはイデオロギー的な要素はない。

自由民権運動に関わった透谷にしてみれば、ただ「生まれた者」であるだけで、自由で平等な人間としての権利を享受しうる、という理屈は、理屈としてだけならば、既になじみ深いものであったろう。だが、新大陸でこの思想にふさわしい新しい社会を築き上げたピューリタン達とは異なり、明治の日本人はただ「生まれた者」であるはずの個人があっという間に様々な歴史的条件の下で汚染され、新しい慣習の主体としての可能性を失う。勿論そうした諸条件の中に、新しい生活の糧と倫理を探し求める努力はなされねばならない。「誰か知らむ、徳川氏時代に流れたる地下の大江は、明治の政治的革新にてしがらみ留むべきものにあらざるを。」(『徳川氏時代の平民的理想』)という主張はまさにそれである。色川大吉は、先のミナ宛書簡草稿に見える、「情と慾」の肯定の上に立った新しい社会倫理の確立というテーマを透谷がつかんだのは、明治十七年頃の貧しい民衆との接触体験に因るのではないかとして、この「地下の大江」を歴史的・具体的に裏づけていった。そして色川に後続する鶴巻孝雄の明らかにしたところに拠れば[10]、明治初年の民衆の精神世界は中世以来の土地慣習を基盤とした豊饒なものではあるが、しかしまた、それゆえに近代的思惟の安易な了解を拒むものでもあった。この点は前章でも見た通りである。透谷が彼らについて、きわめて抽象的にしか語ることができなかったのを責める権利は誰にもない[11]。

透谷のさらなる困難は、彼の「情と慾」が既に新国家によってアンビションの方向にさしむけられてしまっていたことである。そこで透谷はどうしてもこのアンビションを打ち砕き、再び「至粋」=「小児」の「自然なる願慾」を取り戻すしかない。そして新たに甦った「自然なる願慾」に充たされた私領域を〈恋愛〉として外界から隔離したのである。それをすんなりと公領域に接続させることを拒むのは、あくまでも思想的な判断ととらえる必要がある。たとえこの拒絶のふるまいが、自己の「小児」性ｎａｔｉｏにこだわるだけの愚行に見えようとも、主張としてはいたって〝貧しい〟この姿勢の中にこそ、新しい社会と〈法〉、そして狂信性や閉鎖性や排他性と無縁な、まともな〈民族〉の誕生の契機を我々は認めるべきだろう。

注

(1) 色川大吉の一連の仕事。『明治精神史』(黄河書房、昭39に基づく講談社学術文庫、昭51・7)、『自由民権の地下水』(岩波同時代ライブラリー、平2・5)、『北村透谷』(東京大学出版会、平6・4)など。

(2) 石坂ミナ宛書簡一八八七年八月十八日。

(3) 上野千鶴子『近代家族の成立と終焉』(岩波書店、平6・3)七七頁。

(4) 上野千鶴子「『恋愛』の誕生と挫折」(「季刊文学」第5巻第2号、平6・春)中山和子「『厭世詩家と女性』論」(『透谷と近代日本』翰林書房、平6・5所収)など。

(5) 透谷の批評の当否については、次章を参照。

(6) この書簡草稿を重視し、ここから透谷文学を貫くテーマとして自然の肯定と社会倫理の確立の問題を導き出したのは、勝本清一郎「透谷の宗教思想」(「文学」昭31・2)である。

(7) 野山嘉正は、『厭世詩家と女性』の「想世界」が「我が自ら造れる天地」とあるのに対し、『内部生命論』(「文学界」明26・5・31)では「内部生命」に「人間の自造的のものならざる」と全く逆の規定をした点をめぐる論考の中で、透谷が「内部世界を倫理的な次元へと引き上げ、そこに文学の原点を設定しよう」とした時、「悪を認識する地点はもはや天上にしかなく、悪は認識の対象というよりは、否定さるべきものの位置におし下げられるのである。悪に対する視点の閉鎖は情念の開放の否定である。」と述べている(「『内部生命論』における世界像の変質」「国語と国文学」昭43・8、9)。

(8) 関曠野『世紀転位の思想』(新評論、平4・9)四一～四二頁。

(9) 以下の要約と引用は、関曠野※『国境なき政治経済学へ』（社会思想社、平6・7）の一〇三頁～一〇八頁から。
(10) 鶴巻孝雄『近代化と伝統的民衆世界』（東京大学出版会、平4・5）。
(11) 民権派と民衆の間の質的対立（近代法世界と近世慣習法世界の対立）の問題を前にして、いわば透谷は正確に立ちすくんだのである。その文学的表れが、『時勢に感あり』（「女学雑誌」明23・3）冒頭の、あの有名な一節に他ならない。

※ 関曠野は後に、『民族とは何か』（講談社現代新書、平12・12）でその民族論をまとめた。同書に拠れば、中世ラテン語のNatioと、近代のNationとの意味の断絶が、十六世紀の宗教改革における聖書各国語翻訳のプロセスと結び付けて論じられている。

ラテン語から英語への翻訳過程において、「たんに人間として『生まれた者』であるにすぎない存在」という意味のNatioに、「(一) 世界は複数の政治社会によって構成され、(二) そうした社会は対抗し競争するライバル関係にあり、(三) その中で自分たちの社会は別格の地位を占めており、(四) 他の社会とのライバル関係が問題であるかぎり自分たちの社会の構成員は〇〇人という地位と資格において全員が平等である」という意味が加えられ、近代的な民族の観念Nationが誕生した、というのである。さらにこれに、ハンス・コーンの「近代の民族主義は、十七世紀の英国において最初に完全な形で現われた」とする見解をふまえ、次のようにまとめている。

——メイフラワー号で新世界アメリカに移住した急進的なピューリタンは、ヨーロッパからの渡航を出エジプトとみなし海の彼方の土地を新しいイエルサレムと考えていた。

それゆえに宗教改革を契機として民族の観念が生まれ民族主義が歴史に登場することになった決定的な原因は、聖書の中のイスラエルが政治の理想的なモデルとして当時の激動するヨーロッパの歴史に介入してきたことなの

である。（六三～六四頁）

ただ、関の新著『なぜヨーロッパで資本主義が生まれたか』（NTT出版、平28・6）では、民族の観念に、〝ネーションの成員としてのすべての市民の法的平等〟という観念が結びついたのは、英国ではなく、フランス革命においてであった、としている（六九頁）。

4 『伽羅枕及び新葉末集』——自由について——

I

明治の日本社会は、明治政府による〝西欧列強の脅威〟なるアジテーション※に煽り立てられるように、急速な近代化・産業化の途を邁進した。身分制に守られた共同体社会の中に埋め込まれていた人的エネルギーを解放し、それを新たに中央集権的国家体制に効率的に組み入れること。その為に明治国家は万民の自由・平等の理念を掲げる一方、彼らを〈大日本帝国臣民〉として統合・管理する政治的・文化的イデオロギー装置を整備した。旧秩序から解放するや忽ち新国家システムに——立身出世という回路を使って——回収する目的で設定された、このような官製の自由・平等に抗し、真の自由とは何かを問うことは、近代文学成立の本質的契機であったろう。実際、タテマエに反して幕藩体制崩壊後も、旧社会の或る部分は大した変化もなく存続したろうし、人々もまた、新システムにまきこまれながらも旧社会の最良の遺産を（時に最悪なものと共に）次世代に継承し続けようとしただろう。そして何より、人々の或る者のうちには身分制社会を超出しようとした自生的な運動の記憶が蓄えられていた。自由・平等の理念は、こうした歴史的存在としての人間と新国家システムとの闘争の中で、その内実を得るのである。ここに、北村透谷が文学史を書くことの必然性があった。

本章は、透谷が「元禄文学攻撃の第一着手」（日記、明25・3・8の条）として書いた評論『伽羅枕及び新葉末集』（「女学雑誌」明25・3・12、19）をめぐる諸問題について、批判された側である幸田露伴の『新葉末集』（明24・10）の読解作業を通じて、考えようとするものである。

既に平岡敏夫から、透谷によるこの『新葉末集』批判について、不審点が指摘されていた。(1)『新葉末集』は『辻浄瑠璃』（「国会」明24・2・1〜26）と『寝耳鉄砲』（同紙、同・3・10〜4・26）の連作をまとめたものだが、両作品の主人公・西村道也（虎吉）は、もともと『辻浄瑠璃』冒頭で語り手の叫雲老人から「君子でこそ無けれ才気爛慢の畸物」（第一。傍点は引用者、以下同じ）と説き起こされていたように、常に限定付きで扱われており、決して作家の理想的人物などではない。しかも『寝耳鉄砲』最終回（第三十一）には、道也を痛烈に批判する浄珠老人の視座が用意されているのだが、何故か透谷は、この浄珠の存在に全く触れずに、道也の「凡々たる遊冶郎」ぶりを非難するのみか、

　「風流仏」、「一口剣」等に幽妙なる小天地想を嘔《うた》ひ、一種奇気抜く可らざる哲理を含みたる露伴の詩骨は徒らに「心機霊活の妖物」なる道也の影に痩せさらばひぬ。

といって、批判の矛先を作家露伴その人にまで向けるのである。その後、『新葉末集』全体の構成に分裂の印象を見る北川透(2)や、新聞初出文には浄珠が設定されていなかった点を重視した平岡の再論も出たが、(3)透谷の批判に窺われる、或る硬直した印象は説明し尽くされているとはいえない。これを明らかにするには、『新葉末集』そのものの読解を避けて通るわけにはいかないのである。

　些細な疑問と思われるかも知れない。だが、私見によればこれは透谷の「恋愛」観の内実および「粋」「侠」観の成熟という問題を明らかにする重要な鍵なのである。というのも、道也や尾崎紅葉の『伽羅枕』（「読売新聞附録」明23・7・5〜9・23）における女主人公・佐太夫の「粋」「侠」ぶりを、透谷はキリスト教的「恋愛」観から批判するのだが、その際の「恋愛」観と、『厭世詩家と女性』（「女学雑誌」明25・2・6、20）におけるそれとの間には、決

定的ともいうべきズレがあるからである。また、この評論で否定的に扱われていた「粋」「侠」が、わずか四カ月後の『徳川氏時代の平民的理想』（「白表女学雑誌」明25・7・2～30）では「始めて我邦に挙げられたる平民の声」「地下の大江」ととらえ直されるのは、どうしてなのだろうか？　これらの点について、できる限り明瞭な見通しを提出したいと思う。

2

まず『辻浄瑠璃』の道也は、どのように描かれていたか。

早くに父を失い母一人の手で育てられ、美男ゆえに若い頃から娘たちにもてはやされた結果、遂にひとかどの放蕩者になってしまう、そんな道也について、語り手が再三強調するのは、彼の「聰明《りこう》」――「怜悧《りこう》」さだった。

京都の名のある釜師の家に生まれた彼は「根が聰明なれば前髪落す頃には何処へ出《いで》ても人に圧されぬ腕前」（第二）となるが、「素より万事に曉き虎吉、不図せし事より浄瑠璃を学《まなび》はじめ」（同）家業を擲ってそれにのめり込む。当然家は傾き、若妻もみすみす死なせてしまい、とうとう老母と一人娘を捨てて江戸に逃げのびる破目になるが、その時も語り手は「聰明の虎吉、留守の間に是程老母の辛配さるゝと思やらぬではあるまじけれど、胸中に充る万丈の鋭気妙に外《そ》れて人情も義理もとんと関はず」（第七）とコメントすることを忘れない。どうやら彼は、愚かな放蕩者というよりは、愚かしい放蕩を一種聰明な精神によって選ぶ者のようである。「例の自分で自分を冷笑《あざわら》ひ」（第九）ながら、道也は決して愚行を改めようとせず、逆に、世間の掟を自然のこととして受け入れて暮らすまっとうな人達の神経を逆なでして楽しむ。少し戻るが、老母とのやりとりの場面を見ておこう。遊びに出てゆこうとする道也をつかまえ、老母は切々と我家の惨状を訴える。そして次のように言葉を継ぐ――

虎吉が是聞いたらまさかに浄瑠璃もかたるまい、よもや巫山戯《ふざけ》てばかりも居まいに、我子の虎吉は疾くに亡せて狗か狸が其代りになり、猶も妾等に憂目を見せ西村の家《うち》を辱しむるに相違なし、虎吉か狗か狗なら疾く去れ、虎吉ならば云ふ事あり、と顫《ふる》へて詰《なじ》る母を茶にして、ワン、と一声戸外《おもて》へ飛び出し、二日帰宅《かへら》ず三日かへらず。（第四）

「ワン」の一声は、どう応えれば一番老母を深く傷つけることができるかと思案した上の、まるでねらいすましたかのような一撃である。「渠は悪を悪とするを知る、然れども悪の悪なるが故に自ら制止することは能はず、能はざるに非ず、するの意志を有せざるなり。」とは、透谷が文覚を評しての言(4)だが、これはそのまま道也にもあてはまるだろう。だが、それでは彼は、一体何のためにこんなことをするのだろうか。彼が浄瑠璃に注ぐ情熱は何に由来するのか。

恐らくこの点について最も示唆的なのは次の一節である。江戸に向けて家を出、「鈴鹿を下り坂の我身の運と冷笑つて」、遂に四日市で無一文になってしまった時の心境である。

是からが虎吉の舞台ぢや、跳やうと睡やうと青天井に土蓆、戸障子なしの大世界、御見物は天下の人々、拙い狂言をいたせば彼奴は馬鹿と御笑ひなさる、凄いことをすれば悪党と云はるゝ、粋をやれば濡事師、ゆすりをすれば無頼漢《ごろつき》、滑稽《とぼけ》れば巫山戯た男、金を奪《と》れば盗賊《どろぼう》、人を殺せば兇状持、何にでもなれるが面白し（第七）

自分は何者かとして生まれ育ったから、かくかくのことを成す、のではない。逆に、自分が何者であるか、それは自分の行為によって決まる、というのである。勿論、世間は自分を釜師の息子・その家を継ぐ者と見做し、それにふさわしい行為を要求する。道也にとっての浄瑠璃は、そのように世間によって同一化を迫られる自己を否定し、逃走するための手段であったに違いない。こうして「何にでもなれるが面白し」とうそぶいている道也は、みごとに同一化の圧迫から逃げおおせ、自分が何者でもない存在となったことに欣喜しているのだ。〈辻浄瑠璃語り〉とは従って、俗世界にぽっかりと空いて浮遊する、鋭気の充満した〈空虚〉なのである。

江戸に下ってからの道也にも語り手はさかんに〝りこう〟を連発するが、表記が「怜悧《りこう》」に変わる。それは、これから毛利讃岐守御隠居にとり入ろうと決心する場面で、まず彼は「殿様」と「女」の間には、たらしこむ際の難易の差こそあれ他には何の違いもない、と「人を人ともおもはざる」ことを言う。である以上、自分も自分を人間として扱う必要はない、「兎角人と角交際《つのつきあひ》のやうな風」に生きることと「丸く〳〵と滑こく世を渡」（第十四）ることとの間にも、また、何の違いもないのだ。そして前者の生き方から後者の生き方に、見事に切り換えてみせる能力が、つまり「怜悧」である。その帰するところは、結局こういうことになる。

> 善悪虚実関《かま》ふところにあらねば世に珍らしきものと我を名乗りて一杯も二杯も三杯も食はせ奉つり、猫をかぶりて御膝の上に這ひ上らむ、フ、フ、斑は美しうても虎は臀の下に敷れ、能は無くても猫は膝の上に乗るが世間の常例《つね》、五重の塔の頂点《いたゞき》に達するは翼の利く鳥と其鳥の羽に着いて居る虫ぢや、（第十五）

虎吉はかつて犬になり、乞食を経て、今また猫になり寄生虫になる。「何にでもなれるが面白し」、これが道也の本質である。

ところが『寝耳鉄砲』に入るや、道也のこの有り様はあっさりと翻される。以下は黒船来航に騒然となった世相に臨んでの彼の感慨である。透谷が引用したのも、ここである。

> 道也は素より心機霊活の妖物、治世結構、遊んで暮さむ、乱世妙なり、何かして呉れむといふ肌合の男なれば、時勢漸く変り行き上下の景状稍動き立つを見て、面白し〳〵、我西村虎吉自ら恃める一吐皮、時宜に合するも合せざるも関ふことにはあらねど大名の幇間で終るも厭なり、一度は皮肉にねぢくれし考より乞食になつてさへ平気の平左で、（中略）好た業して五十年を洒落飛すには如じと思ひし程の我、其後分別が劫を経たか年齢が了見を老させたか、酔興の蚯蚓のやうに天日に曝されて大地の上にのたれ死も可笑からず　（第二）

蚯蚓は御免だ、というのは凡庸な改心にすぎない。かつて、あれほど〈家〉を軽蔑していた彼が「名を起し家を成し、人らしき体面を備ふるやうになるは此所にあり」（第二）といい、「僅に地上の乞食たらざるも遂に席上の乞食たるをまぬかれぬ口惜しさ」（同）をいう時、はっきりと以前の道也は死んだのだ、といってよい。
〈空虚〉としての道也が死に、新たに〈家〉という〈実〉にすがる道也が生まれる。そしてその彼は、遊廓という制度化された〈虚〉――〈実〉の裏面にしてその補完物にすぎない〈虚〉としての遊廓で、遊ぶ存在となる。（第四）から（第十九）までが品川遊女お万との虚々実々の駆け引き、続く（第二十）から（第三十）は朱座の娘にまつわる「艶物語」（「寝耳鉄砲後書」）、つまり『寝耳鉄砲』はその大半が、まさに透谷のいう通り「凡々たる遊冶郎」の物語なのである。

最終回（第三十一）の「国会」初出文は[5]、道也の一生を総括して「徳足らずして才あまりあり、腕霊ならずして心怜き男なりし」という。これは既に見たように『辻浄瑠璃』冒頭にあった「君子でこそ無けれ才気爛漫の畸物」に合わせた表現に過ぎない。延々と「艶物語」を書かされた作者にしてみれば、「遊冶郎」たる道也に一言いってやりたくなったとしても不思議ではないだろう。そこで露伴は、単行本収録時に第三十一をそっくり書き替え、浄珠の道也批判を載せたのである。

浄珠の言い分は要するに釜師の名誉は見事に釜を鋳くこと、それによってのみ「職人の意地」が立つ、というのに尽きる。勿論この言葉自体は　単純だが、重要である。〈技術〉の人生論的意味というテーマ[6]に係わるからである。ただ彼の言は、特定の職分（〈実〉）の中での人間の可能性と自由について語っているが、その職分が当人にとって生まれながら決められたものとしてあるか、それとも自分で選んだものとしてあるか、という、あの『辻浄瑠璃』の道也が徹底してこだわった問題には、全く関わらない。浄珠の批判が正鵠を得ているといいうるのは、〈家〉という〈実〉にすがりついて生きようと思い直した『寝耳鉄砲』における道也の、ぶざまな生き様に対してのみである。

3

ところで、『辻浄瑠璃』における道也のあの〈空虚〉に向かおうとする情熱は、露伴文学の流れの中ではどのように位置づけられるのだろうか。

この連作の前年、露伴は『大珍話』（「読売新聞」明23・8・31〜10・27）『艶魔伝』[7]という、過激な実験的小説を書いている。両者は共に、旧社会の倫理観や秩序意識がこれから先全くアテにならず野放図な〈欲望〉が暴れ回ることになれば、社会はどうなるかをシミュレートした作品だ、といっていいだろう。前者は同時代への諷刺をたっぷり効かせた〈法〉の全面的死の物語、後者は〈欲望〉の自由な運動がおのずと〈法〉発生を促す、というモラル・サイエンス的希望を織り込んだ作品である。しかしこの希望の現実性を確かめるべくシミュレーションの精度を高めてゆく時、露伴は一つの技術的難問にぶつかる。この試みを成功させる為には、〈欲望〉主体からあらかじめ社会的なものへの志向性を出来るだけ排除しておく必要があるが（社会化された〈欲望〉の運動の中から社会性が生まれても、当たり前のことにすぎない）、そうするとこの役割を担った主人公は、何故自分が自分の〈欲望〉につき動かされるのか、わからなくなってしまうのである。『辻浄瑠璃』の直前に書かれた『封じ文』（「都の花」明23・12・7）の主人公・幻鉤は、こう自問する。

何故我は恋をするか、何故我は人を殺したいか（中略）なんで我が身を愛するか、なんで此様な事を考ふる乎。笑ふに堪へたり、一応は理屈があつて畢竟は無理屈。

そこで彼は「面白しとせば」猛毒を海に流して世界中の民をみな殺しにしてもよい、などといいだす。

偸盗邪淫、両舌綺語、飲酒博奕、詐欺万引、謀反、慈善、忠義、情死《しんぢゆう》、共逃《かけおち》、牢破り、なにをやつても差支へなし、

しかし、その後の幻鉤は、というと何の前ぶれもなく「人は元来大法中の一物」と曖昧に悟ってしまい、ひき裂かれた内面を抱え込んだまま、山にこもって終わる。「何にでもなれるが面白し」とうそぶく道也は、この「なにをやっても差支へなし」と言い放った幻鉤の後身なのである。

旧い価値観から自由になった〈欲望〉主体は、あるいは盲目的な〈欲望〉運動に翻弄される〈空虚〉に還元されてしまいかねないのだが、そうした人間がなお具体的な歴史空間で生き〳〵と活躍する様を描くことができたなら、それは来たるべき社会の自前の秩序形成にかならずやよきヒントを与えてくれるに違いない。このようなモチーフを持った露伴にとって西村道也は恐らく格好の素材であり[8]、後半の「艶物語」までつき合ったのは、いわばその代

償だったといってよい。

　以上の考察をふまえて、透谷の批判に返ろう。

　まず確認しておきたいのは、平岡・北川ともに、透谷の批判は『辻浄瑠璃』一作に対してならば妥当するかも知れない、と口をそろえて言っている点である。[9] 浄珠の視座の有無を考慮しての発言と思われるが、この主張はあらすじレベルの話としてもおかしい。すでに触れたように道也の「遊廓内の豪傑」ぶりは『寝耳鉄砲』の大半を占めているが『辻浄瑠璃』には、ほとんどそうした記述がないからである。より本質的なレベルでいっても、『寝耳鉄砲』の世界は、島津藩にとり立てられた新興・西村家と由緒ある朱座・佐藤家の対立（〈実〉）を背景とするお柳の恋の物語と、遊廓（制度化された〈虚〉）におけるお万の物語の二つから成り、結局お柳が正妻に、お万はおとなしく別宅を与えられ先妻の娘と暮らすという、〈実〉と、それに結局は屈服するしかない〈虚〉の関係を象徴する構成となっている。透谷の「元禄文学」批判の要諦は、ゆるがぬ〈実〉世界を尻目に、「小頑小癖小不調子小不都合」にこだわる、制度内的〈虚〉の、こうした無力さ・狭小さにあったはずである。透谷の批判は、『寝耳鉄砲』にこそまさにあてはまる。

　そして透谷の批判に浄珠の視座がはずされている点については、もし透谷がまともに『辻浄瑠璃』を読んでいたとすれば、浄珠の批判が『辻浄瑠璃』とは無関係なことにも彼は気づいたはずである。つまり『辻浄瑠璃』をどこまで読み込んだかによって、透谷が故意に浄珠を黙殺したと考えることが可能となるのだ。これは、『寝耳鉄砲』を「国会」初出文で読んだ透谷が、そのままの読後印象で言及したとすれば、透谷の批判は通る」（平岡）[10] などと、詩人の粗忽を仮定する必要から、我々を免除してくれる考えである。

　だが、それならば何故透谷は露伴を責めたのか。本当に透谷は『辻浄瑠璃』の意義をつかんでいたのか、――つかんでいたからこそ、作家を無理にも責めようとする、あの硬直した批評を書いたのだ、と考えたい。

ここで尾崎紅葉の『伽羅枕』にも少し触れておく必要がある。本書は〈辻浄瑠璃語り〉としての道也の在り方――身分制社会を軽蔑し、そこから我身を〈空虚〉に向かってひきはがそうという衝動を強調したが、『新葉末集』と『伽羅枕』を並べてみると、或る共通性に気づく。第一、『伽羅枕』にも幾人か、道也と同じように身分制社会の息苦しさに耐えられず、その中に浸りきった自分自身を超出しようとする衝動に身を任せる人物が登場する。佐太夫を江戸に連れてきた前田新右衛門は、透谷のいう「霜頭翁」であるのだが、その年令にも拘らず、突如「紫水晶」の自家生産の夢にとり憑かれて家をつぶす。また、オイエの為とて実母に殺されてしまった小鈴木半之丞は「まことに其の心中には主なく、母なく、武士なく、家なく、我もなければ世間もなく」（三十七）ひたすら遊女買いにうつつをぬかす、いわば無自覚な道也といった趣である。水戸尊皇運動に関わって国事犯となった田島弦左衛門、身体の障害ゆえに自分自身からも疎外されかろうじて佐太夫の傍らでのみ生きがいを感じる多くの男たち、これら幕末の社会で窒息しそうになっている者たちが、紅葉の言葉を借りるなら佐太夫という「橋」[11]を渡ることでわずかに光を浴び、そして歴史の闇に消えていったのである。佐太夫自身、透谷の指摘した通り、三枚橋辺での身分差による痛切な体験の「感慨」が、彼女を「女豪傑」にしたのだった。人間の自由を求めて発するうめき声が、ここには確かにある。第二、ところが、道也の〈辻浄瑠璃語り〉の精神が『寝耳鉄砲』に入るや無惨に「凡々たる遊冶郎」に矮小化されてしまったのと同様に、『伽羅枕』の場合も、これら見事な幕末人間群像は、佐太夫の「粋七分侠三分」を弥増しに飾りたてる為の素材として浪費され、全体が「好色一代女」式の安定的構成意識によって括られてしまうのである。これは、どう考えても明治の新文学を担うはずの作家として、不甲斐無いのではないか？

恐らく透谷は、両作品にみなぎる、自由を希求する精神に気づき、その重要性を直観したからこそ、この二つの作品を並べて批評の俎上にのせたのである。透谷にとって重要だったのは、『辻浄瑠璃』の道也であって、『寝耳鉄砲』に入り変質してしまった道也でも、その道也を説教する浄珠でもなかった。浄珠を黙殺した所以である。けれども、その時点の彼もまだ、このアモルフな精神を適切に扱う批評言語を持っていなかった。そこで彼は、この精神を吸収し結局覆い隠してしまいもした「粋」「侠」を批判し、またそれを許した露伴・紅葉を、無自覚な作家たちと看做して責めるしかなかったのである。透谷が堕落の一途をたどった道也への怒りを、露伴その人へのいささかヒステリックな悪態にまで飛躍させたのは、こうした事情にもとづく。時代をやみくもに超出しようとする精神も、それ自体ではなく、既成概念としての「粋」「侠」に固定化して、それをキリスト教的恋愛観によって批判することはたやすい。

しかし、自由を求める、時に凶々しいほどの精神のイメージは、うまく対象化できはしなかったが、否、容易に対象化できなかったからこそ、それを、自由民権運動にまで繋がるところの「所謂一種の平民的虚無思想」「徳川氏三百年を流る丶地底の大江」（『徳川氏時代の平民的理想』）という精神史的概念にまで磨き上げる、心的必然性を透谷に課したのではなかったろうか。そこに至る四カ月の間には、星野天知や山路愛山の侠客論などからの影響があったことが知られているが、例えば、無意識裡に道也の面影が透谷に秋山国三郎の思い出を新たに甦らせる（両者には幾つかの類似点がある）といった、影響などというもののはるか手前の、「侠」概念を内的に発酵させてゆくような一種の契機を、『伽羅枕及び新葉末集』は果たしたのではないかと思う。間歇的に噴出する江戸的ニヒリズムに自由民権の精神的起源を求めようとするこの試みは、安易に一揆の伝統に訴える民権壮士派を乗り超えるための不可欠な営為であった。

最後に、「恋愛」観について付言する。

確かに、真の「恋愛」を「造化の花」に喩え、これに対して元禄文学は「恋愛を其自然なる地位より退けたる事」が「罪」、「遊廓的恋愛」はいわば「砂地」に生えた花だという批判は、わかりやすい。しかし、『厭世詩家と女性』において「恋愛」は、「小児」の「想世界即ち無邪気の世界」が「実世界即ち浮世又は娑婆と称する者」と衝突して敗れ去った時の、「想世界の敗将をして立籠らしむる牙城」と理解されていた。これは「恋愛」を、人工・反自然性に対する自然性だとする議論とは、レベルを異にする。『厭世詩家と女性』における「恋愛」は、いわば社会的な出来事・傷痕としてとらえられている。そして「恋愛」を自然性ではなく社会性のレベルで論じようとするこうした姿勢は『粋を論じて伽羅枕に及ぶ』（明25・2頃）でも同様であった。「迷はぬを法となす」ところの「粋」、とはつまり制度化された〈虚〉としての遊廓内できれいに遊び、〈実〉の世界にまで感情を持ち出さない、すぐれて社会的な〈欲望〉のかたちを指す。これに対して「恋愛」は、「人を盲目にし、人を癡愚にし、人を燥狂にし、人を迷乱さす」逸脱的・反社会的〈欲望〉とされる。その限りで透谷の「恋愛」観には、実は道也のあの、いったん社会から超出しようとする精神に通ずる側面がある。逸脱的だからこそ、透谷の「恋愛」観は、人間をいったん旧社会から精神的に隔離し、回復された「自然の願慾」の発露として結ばれるふたりの空間（制度化された〈虚〉とは勿論全く対蹠的な、「牙城」としての空間）から、新しい社会を生み出すという、革命的要素を含みえていたのである。ところが、『伽羅枕及び新葉末集』では、それが好色／恋愛といった不毛な議論にズレてしまった。[12]このことと、先に述べた「粋」「侠」に対する批評言語の未成熟とは、恐らく同根である。

注

（1）平岡敏夫『北村透谷研究』（有精堂、昭42・6）。
（2）北川透『北村透谷・試論Ⅰ　〈幻境〉への旅』（冬樹社、昭49・5）。
（3）平岡敏夫『北村透谷研究　評伝』（有精堂、平7・1）。

（4）『心機妙変を論ず』（「白表女学雑誌」明25・9・24）。

（5）『露伴全集　第五巻』所収の『寝耳鉄砲』本文は単行本を底本とし、この「国会」初出文は『露伴全集　第十巻』の「逸文」に収められている。

（6）このテーマの露伴文学における重要性については拙著『幸田露伴論』（翰林書房、平18・3）の第六章を参照。

（7）『風流魔』として明治二十二年六月頃に脱稿と推定されている。翌年二月『艶魔伝』と改題されて「しがらみ草紙」に発表された。

（8）露伴は、道也のことを岡崎雪声から取材したという。ちなみに、『島津斉彬言行録』（岩波文庫、昭19・11）に拠れば、薩摩藩は軍備費捻出の目的で貨幣鋳造を計画、その鋳銭法の伝習として「嘉永六年癸丑五月、江戸ヨリ茶釜鋳物師西村道弥ト云フ者ヲ御雇ヒ下シ相成リ、（此ノ西村ハ江戸銭座ノ鋳銭職工ナリシトゾ、奥御茶道上村良節召列レ下レリ）」とある。

（9）注（1）注（2）の前掲書。

（10）注（3）の前掲書。

（11）「新著月刊」（明30・6・3）の「作家苦心談」（『唾玉集』明39・9、に拠る）に「丁度佐太夫は川の橋のやうなもので、客の方は通行人である。前にいツた人と後に通る人と何の関係もない（中略）彼作《あれ》は全く事実を綜合して、それに首尾を附けて、潤色を加へたものに過ぎない」と語っている。

（12）色川大吉『北村透谷』（東京大学出版会、平6・4）で。その不毛さが鋭く指摘されている（二二八頁）。

なお本稿の趣旨の一部は、第一二回北村透谷研究会（平9・6・7）において、既に言及したものである。

※　幕末維新期の日本に、列強国による植民地化の危機・脅威がどれだけ存在したか、という問題については、筆者は石井孝『明治維新と外圧』（吉川弘文館、平5・7）の見解に従う。氏に拠れば、十九世紀中葉の英国は「小英国主義」政策をとり、日本にとってそれは外圧の相対的緩和を意味した。英国はできる限り内政干渉の外観を与えないよう気を配りつつ、徳川政権の貿易独占体制の廃棄と、諸藩の貿易参加の実現を期待し、日本の内紛に対しては厳正中立の立場を貫いた（もっとも、国際法で「中立」とは、正統政府に対抗する勢力を〝反徒〟ではなく、〝交戦団体〟――つまり準国家的団体と認めることを意味するから、これは西南雄藩に有利に働いた）。当時の日本の国際的立場を「半植民地的分割化の危機」と規定するのは幻想で、「資本主義的世界体制のもとでの従属国」と規定するのが適当、と石井氏は主張している。本書「1　〈政治小説〉のゆくえ――『京わらんべ』から『浮雲』へ――」の注（8）で引いた山内進氏の論考と併せ考えるべき見解であろうと思う。

5 『我牢獄』の両義性——解放／閉塞——

Ⅰ

北村透谷の小説『我牢獄』（「女学雑誌　甲の巻」明25・6）は、次の一節で始まる。

もし我にいかなる罪あるかを問はゞ我は答ふる事を得ざるなり、然れども我は牢獄の中《うち》にあり。(1)

誰が彼を「拘縛」したか、どんな「罪」を犯したのか、「我は識らず我は悟らず」といい、「然れども事実として我は牢獄の中にあるなり。」と繰り返すのみである。その獄舎のあり様は、周囲が鉄塀で囲まれ、加えて「倒石」「悪蛇」「猛虎」「毒蝮」によって不断に脅かされ緊張を強いられ続ける空間であるという。折々彼の様子を見に来るのは、「名誉」「権勢」「富貴」「栄達」といった名の「異様の獄吏」である。――してみれば、どうやらこの「牢獄」とは、立身出世主義の浸透と共に現れた競争社会、そこからあふれ出てきた人的エネルギーを効率的に編成する中央集権的国家体制そのものの喩のようである。(2)

しかし続けて彼はいう。

我は生れながらにして此獄室にありしにあらず。もしこの獄室を我生涯の第二期とするを得ば我は慥《たし》かに其一期を持ちしなり。その第一期に於ては我も有りと有らゆる自由を有《も》ち、行かんと欲するところに行き、住《とゞ》まらんと欲する所に住まりしなり。われはこの第一期と第二期との甚だ相懸絶する者なる事を知る、則ち一は自由の世にして他は牢囚の世なればなり、

彼の思いは、この「第一期」・「自由の世」へ向かう。それは彼にとっての「故郷」である。

もしわれに故郷なかりせば、もしわれにこの想望なかりせば、我は此獄室をもて金殿玉楼と思ひ了しつゝ、楽《たのし》き娑婆世界と歓呼しつゝ、五十年の生涯誠とに安逸に過ぐるなるべし。

彼の現在の「牢獄」意識は、この「故郷」の記憶によってもたらされているというわけである。さらにその「故郷」の記憶の中には、「吾が悲恋を湊中すべき者」（「湊中」は集める、の意）すなわち「彼女」の記憶も、含まれている。そして、「吾《わ》が天地を牢獄と観ずると共に我が霊魂の半塊を牢獄の外に置くが如き心地」がするのと同様に、この「彼女」に対する彼の思いも、真っ二つに引き裂かれたものである。

我は白状す我が彼女を相見し第一回の会合に於て我霊魂は其半部を失ひて彼女の中《うち》に入り、彼女の霊魂の半部は断れて我中に入り、我は彼女の半部と我が半部とを有し、彼女も我が半部と彼女の半部とを有することゝなりしなり。

つまり、「牢獄」であれ、恋愛であれ、ここで透谷が語ろうとしているのは、「霊魂」の「円成」したあり方から、現在が隔てられている、という意識である。現在、その不断の緊張状態と閉塞状況――「名誉」やら「権勢」やら

に脅かされた生のあり様を、「霊魂の半塊」という、己れの本源的生からの逸脱・欠損として認識しているのである。こうしたとらえ方を、今仮りに〈疎外論的かまえ〉と呼んでおこう。

さて、「我」なる人物は右の引用箇所の直前で、「彼女」への愛の精神性を強調するために、『我牢獄』の一年近く前に発表された、幸田露伴の異色の小説『風流悟』（『国民之友』明24・8）を援用している。

雷音洞主が言へりし如く我は彼女の三百幾つと数ふる何の骨を愛づると云ふにあらず、何の皮を好しと云ふにあらず、おもしろしと云ふにあらず、楽しと云ふにあらず、

『風流悟』は、他の露伴の小説が豊富にもっているような「精細緻密な描写・気質、容貌等の造型」（北川透）などは一切ない」（平岡敏夫）[3]し、文体も『我牢獄』と同じ漢文訓読体に近く、しかも「我」が「彼女」への思いを独白するという形式まで、『我牢獄』と非常によく似た作品である。その上でさらに、「我」の「彼女」への思慕の質が、共にプラトニックなものである点で等しいことを、『我牢獄』の語り手はあえてみずから確認しているわけである。

しかし問題はその先にある。確かに両作品で設定された〈恋愛〉は、いずれも肉体性を全く欠いた、純粋に精神的なものである。にも拘らず、二つの作品の中で〈恋愛〉が機能している意味は、およそ異なったものであり、さらにやっかいなことに、その差異を、『我牢獄』の語り手は『風流悟』を誤読ないしは曲解するかたちで、次のように主張しているからである。

雷音洞主の風流は恋愛を以て牢獄を造り、己れ是に入りて然る後に是を出でたり、然れども我が不風流は牢獄

の中に捕繫せられて然る後に恋愛の為に苦しむ、我が牢獄は我を殺す為に設けられたり、

最良の透谷理解者のひとりである北川透は、この一節を、

雷音洞主すなわち幸田露伴の「風流悟」は、恋愛によって自由を奪われるが故に、《愛恋（ママ…引用者）を以て牢獄を造》っている、しかも、その牢獄の苦しみは、〈知恵〉とか〈意〉という観念上の操作によって、法悦に変えられてしまい、そこにまた風流がみられてもいるのだ。しかし、ここに独白されているように、透谷の不風流はあくまで体験に裏打ちされて、みずからの生きている社会の閉塞を牢獄と内視しているのであり、露伴とは逆に恋愛は、故郷と同じく自由の世としての位相で把握されているのである。

と、敷衍しており、[4]『我牢獄』解釈からすれば確かにこう読むことは正しいだろう。というよりも、こうとでも読まなければ、「恋愛を以て牢獄を造り、己れ是に入りて然る後に是を出でたり」の意味は解しようがない。だが、これは『風流悟』に対する、単純な誤読なのである。『風流悟』の「我」は「是に入りて然る後に是を出でたり」などしていないし、従ってまた、「牢獄の苦しみは、〈知恵〉とか〈意〉という観念上の操作によって、法悦に変えられてしま」ってもいない。

どうしてこういうことが起こったのか。本章では、『風流悟』が透谷に与えたであろうインパクト、および透谷の短い文学活動において『我牢獄』の占める位置について考察する。

2

『風流悟』における「我」は、社会から「最劣者」として規定されるしかない存在である、という。ゆえに彼にとっては社会の全体が、また社会を生き社会の規定をひき受けざるをえない自身の「身」そのものが、「敵」となる。ところが、そんな「我」が「彼女」に出会い、「彼女が胸中に有せる無価の寶壺より溢る丶至妙の香気に撲《う》たれしより」、「恋の牢獄」に捕らえられる。ここでの「獄丁」は「彼女」である。

> 我普通の牢獄にあらば其獄丁を充分恨むことを得て、幾分か尚ほ毒の満ちたる一睨に胸中の気を吐くことをせめてもの腹癒《はらい》せとせんなれど、恨み憤るといふ自由さへも恋の牢獄にては奪はれたるなり。我が身は鉄の鎖にも繋がれず我が頸には重き松の木の枷もかけられねど、我が魂魄は実に他の一端は彼女の手中にあるところの鉄鎖に繋がれ、狗の如く牽れつ丶あるなり、我が心には彼女の名の刻まれたる石の枷のか丶り居るなり。

しかし、これによって「我」は、彼に「最劣者」の烙印を押す社会というものから、いわば隔離される。「恋の牢獄」は従って、「悪の箭《や》を防ぐの鉄壁」「悪魔の蠱惑の大手腕より発する強電気と、其に感じ易き傾きを有せる実証ある人との間に立てる、浄玻瓈の絶縁者《インシュレートル》」なのである。

こうして社会の影響下から解き放たれた「我」は、社会的産物であったところの「僻みたる性」を和らげられ、遂に「未曾有の歓喜」を得るに至る、というのが『風流悟』の主旨である。

以上の要約だけからも、『風流悟』の「恋」から「身」が厳しく排除されねばならぬ理由は明らかだろう。「身」

は社会の領域に属するからである。「我」は、社会領域で営まれるところの恋愛――結婚生活、「世の所謂恋の成就といふもの」を、次のような理屈で否定する。

成就にいたるまでには必ず多少の智恵の働き、及び強き意の働きあるを見るなり、而して其智恵の働きは恋慕に随伴してにはあらずして意に随伴して働けるを見るなり。されば仔細に観る時は真の成就にはあらずして、意欲の働きの休止するところ是れ世の所謂恋の成就なるものなるを知る。卑《いや》しきかな恋慕に沈みて而して俗の所謂恋の成就を望む人の心や、醜なるかな俗の所謂恋の成就を望んで而して多くは術数的なる智恵を用ゆる人や。

「智恵」「強き意」――世俗社会でならばその価値を疑われることのないだろう徳目が、「我」の希求する「恋」の領域においては、無効化され、軽蔑される。「牢獄の苦しみは、〈知恵〉とか〈意〉という観念上の操作によって、法悦に変えられてしまい、そこにまた風流がみられてもいるのだ。」という北川透の断案は、『風流悟』の解釈として見るならば、根も葉もない話という他ないのである。

そして『風流悟』は次の一節を以て閉じられる。

我は見ざる語らざる恨まざる、而して長く忘れざる恋をなしたり、世人が見て成らずとなせるところの恋をなしたり。今も尚ほ恋の牢獄の裏《うち》にあつて生活《くら》せり。此牢獄と名のついたるものは即ち常に、今も存せる彼女と我とが手を携へて逍遥するところの楽園なり。牢獄は即ち楽園なり、蛇の居らざる楽園なり。

見まがいようもなく、「我」は「恋の牢獄」を「出でたり」（透谷）などしていない。「我」は「牢獄」を「楽園」に変えはした。透谷はそこを「出でたり」という風に読んだのだろうか。ならばそれはしてはならぬ曲解であろう。[5]なぜなら『風流悟』の真の問題は、「牢獄」から一歩も出ないでそこを「楽園」（それがどういう質の「楽園」であるかについては後述）に変換させてしまったところにあるからである。

本来的に、『我牢獄』は『風流悟』と多くの類似点を持つにも拘らず、性格の異なる作品である。『我牢獄』に窺われる、生の現在を「牢獄」と感受する精神のあり様も、女性へのプラトニックな思慕も、また死ないし滅びへの憧れも、『風流悟』などとは無関係に、『楚囚之詩』（明22・4）――『蓬莱曲』（明24・5）の詩業の中から、自然に継承されてきたものといってよい。[6]それらのテーマを小説として総括した時、先に述べた〈疎外論的かまえ〉が前面にでてきた、というのが『我牢獄』であり、そうだとすれば、『風流悟』の影響は形式等の外在的なものに留まる、と考えるべきであろう。

むしろ『風流悟』は『我牢獄』よりも、『厭世詩家と女性』（明25・2）によく似ている。すくすくと成長した「小児」は自然に「想世界」を生みだすが、それはいつか「実世界」「浮世又は娑婆と称する世界」と衝突し、敗北する。『我牢獄』でいえば、「自由の世」の終わり、「牢囚の世」の始まりである。だが、『我牢獄』では「自由の世」は「我」から完全に奪われ、「我」に「牢獄」意識をもたらすだけの思い出としてあるのに対し、「牢囚の世」にあってもなお「自由の世」を保つ手だてが、『厭世詩家と女性』には用意される。「想世界と実世界との争戦より想世界の敗将をして立籠らしむる牙城となるは即ち恋愛なり」。あらかじめ「想世界」＝「小児の自然」があった、とする〈疎外論的かまえ〉に近い）発想は、『風流悟』にはない。しかし、『風流悟』でいう「牢獄」に幽閉され、社会から隔絶されたことで「我」が得た「未曾有の歓喜」と、この、恋という「牙城」によって俗世間から守られることで、「想世界」が維持され、それゆえに得られるであろう充実感ややすらぎとが、その内実においてそう隔たったものだとは思えない。

してみれば、『風流悟』が透谷に与えたインパクトとして考えうるのは、『楚囚之詩』『蓬莱曲』という流れを散文において総括する『我牢獄』を書かせるようなモデル、「我」による観念的独白体といった外在的契機を提供したことの他に、より重要なこととして、それまで「牢獄」を政治的ないしは社会的拘束性の喩としてのみ用いてきた透谷に、「牢獄」には「浄玻瓈の絶縁者《インシュレートル》」の機能、すなわち精神を社会から隔離し、保護する力がありうることを『風流悟』が示唆してみせた点なのではないか。「牢獄は即ち楽園なり」の語に、透谷は慌てたに違いない（曲解の原因？）。しかし、これが、『厭世詩家と女性』の要となるところの「牙城」としての恋愛という考え方の発酵を透谷に促す働きをした、と思われる。

『我牢獄』の成立時期について、勝本清一郎はそれを、一八九一年下半期あたり、と推定している。(7) 『風流悟』はその年の八月、『厭世詩家と女性』は翌年二月の発表であるから、勝本の推定は、三作品の関連を考える本稿の立場からすると都合がいい。透谷は八月に『風流悟』を読んだ後、およそ数ヶ月間のうちに、まず『我牢獄』を、そしてしばしの思想的発酵期間を経て『厭世詩家と女性』と、継続的に書いていったらしいのである。

3

今日透谷研究者の間で、透谷と『風流悟』あるいは露伴の関わりという問題を真剣に視野に入れて発言しているのは、恐らく平岡敏夫ひとりといってよいだろう。その彼が、いわば透谷研究者を代表する形で（引用文中の「私たち」とはそういう意味だと思う）、次のように述べている。(8)

「我」はその生涯を第一期「自由の世」、第二期、「牢囚の世」と語っており、自由民権運動の記憶を私たちは指摘し、そのかかわりにおいても「我牢獄」を高く評価してきたのだが、そのことが誤っているはずはなく、自由民権の純化・再生を疑わないにしても、運動から離脱し、牢獄観を深めたこと、露伴の「風流悟」「風流仏」、「浮雲」等、明治二十年代小説をもふまえつつ創作を志したこと、その成果のひとつが「我牢獄」であるということ、この当然の認識の上に立って、透谷中心主義、その純粋化、特権化の前提を相対化することで、透谷を文学史に広く解放（開放）し、あらためてその独自性を明確にしていきたいと思う。（傍点引用者）

ここで二つのことが自明視されているが、後者――明治二十年代小説と『我牢獄』の関係については、『風流悟』にかぎってではあるが、既にみた通りとして、残る前者――自由民権運動の記憶と『我牢獄』の関係について、次に検証する必要がある。というのも、実は平岡自身が、右の論文が発表された翌年に書き下ろされた大著『北村透谷研究　評伝』の当該箇所[9]で、この自明の問題に関わってひとつの疑いを投げ掛けているからである。

　第一期・自由の世・故郷・悲恋は重なっているが、「厭世詩家と女性」や透谷体験からすれば、強大な実世界にやぶれた想世界の敗将に恋愛がおとずれる、すなわち「想世界と実世界との争戦より想世界の敗将をして立籠らしむる牙城となるは、即ち恋愛なり」であって、民権運動期の記憶と恋愛の記憶にはずれがある。従来、ここへの着目はないようだが、たとえば、北川透氏に「『楚囚之詩』や『蓬莱曲』と違って、この作品では、自由の世としての恋愛からもきびしく杜絶されている」という一節があり、「自由の世としての恋愛」として一括されている。かつて小論でも同一視してきたし、作品の読みとしてはそれでよいとも思われるのだが、透谷論ということになると「自由の世としての恋愛」とはどうしても言えないのだ。「有りと有らゆる自由を有《も》ち、行かんと欲するところに行き、住《とゞ》まらんと欲する所に住《とゞ》まりし」第一期・自由の世に、恋愛もまた成立していたというのか。

つまり「自由の世」の記憶・〈過去〉と〈恋愛〉とが一括りにされて、「牢獄」に幽閉されている、というのでは、『厭世詩家と女性』の〈恋愛〉観とあまりに違うではないか、〈恋愛〉観において、『我牢獄』と『厭世詩家と女性』の間には断絶があるのか、――これが平岡の疑問である。この疑問自体は、2で述べたように、『風流悟』の〈恋の牢獄〉――「鉄壁」「絶縁者《インシュレートル》」としての〈恋愛〉――観を間に導入すれば、とりあえずは解決するように思われる。『我牢獄』の〈恋愛〉は、『楚囚之詩』以来ずっと〈過去〉と一括りだったが、『風流悟』の〈恋愛〉観に触れたことによって、ようやく『厭世詩家と女性』の「牙城」としての〈恋愛〉観が完成したのだ、と。しかし、実をいえば我々がここで真に問題にしなければならないのは、〈恋愛〉ではなく、むしろ〈過去〉の扱い方に関する断絶を、『我牢獄』と『厭世詩家と女性』以降の評論との間に、しかと見据えることなのである。そしてその為には、『風流悟』の〈恋の牢獄〉観を取り入れつつ『厭世詩家と女性』を書く上で、自己の裡なる〈牢獄〉観（『我牢獄』のそれ）を清算・克服する必要に、透谷は迫られていたのではなかったか、という思想的プロセスにまで立ち入る必要がある。

『我牢獄』の、第一期「自由の世」・「故郷」に、自由民権運動体験の記憶を重ね合わせるのは正しい（「そのことが誤っているはずは」確かに無い）だろう。己れの過去へのこのようなまなざしを一時期の透谷が切実に必要としたに違いない、という意味では。しかし、同時にそれは、してはならなかったのではないだろうか？　誰にとって？　他ならぬ透谷自身にとってである。

自由民権運動への参加は、透谷にとって、新たな生の開示、自由への目ざめと、それゆえに引き受けねばならぬ〈富松正安の刑死や大矢正夫の運命に象徴される〉困難を思い知らされた、この上なく貴重な体験であったろう。しかし、というよりも、だからこそ、そこで生き生きと希求されたはずの〈自由〉は、「その第一期に於ては我も有りと有らゆる自由を有《も》ち」という、そんな本来ありうるはずもない、無規定的な〈自由〉と同じものであったとは考えられない。一体、「我」は自分の〈過去〉というものを、どこまで正確に語られるべきものとして追想しているのだろうか？「我」の過去像には、現在の悲惨に打ちのめされた「我」が已れのあこがれと理想を、ただ過去に投影している以外に、どれほどの実質があるか？――ここには、已れの〈過去〉を正しく認識しようとする意志も、〈自由〉の本質に思いを凝らす姿勢も、ない。ゆえに、それほど貴重な「自由の世」がどうして失われてしまったのか、という核心的な問いが、問題として成立しないのである。

斯くも懸絶したるうつりゆきを我は識らざりしなり、我を囚へたるものゝ誰なりしやを知らざりしなり、今にして思へば夢と夢とが相接続する如く我生涯の一期と二期とは懵々《もうもう》たる中にうつりかはりたるなるべし。

「夢と夢とが相接続する如く」・無意識の裡に〈過去〉を見失ってしまった者は、その当然の報いとして、〈現在〉に対してなす術《すべ》を知らず決定的な無力さに沈む。

我は今この獄室にありて想ひを現在に寄すること能はず、もし之を為すことあらば我は絶望の淵に臨める嬰児なり、

〈未来〉に向かって開かれ、無限に自己を変容させてゆくことを本質とするはずの「嬰児」は、豊かな「想世界」を糧として「俗世界」と闘う可能性を秘めた存在（『厭世詩家と女性』）ではなく、ここでは単に、失われた「自由の世」を「故郷」と呼んでただ後ろむきに己れの「想思を注ぐ」無力な存在の喩にすぎないのだ。

この、彼の無力さの真の理由は、〈過去〉を己れ自身の失われた本質とするかまえが、〈過去〉をないがしろにするだけでなく、〈現在〉直面している問題を、或る本質の欠如、としてしか説明しようとしないからである。その結果、直面している問題の、意味も、その背景も、解決の方途も、すべて〝失われた本質の回復〟という見果てぬ夢に塗り込められてしまう。それでも、〈現在〉自分を拘束している者どもについて、「我」が全く盲目であるわけではない。先に触れたように、彼を日頃監視する「獄吏」は「名誉」「権勢」「富貴」「栄達」等である。しかしそれなら、「我」の精神を幽閉し、苦しめ、緊張を強いてやまないそれらの、よって来たるところのもの、明治立身出世主義やそれに支えられる競争主義的社会・近代国家システムの追究に向かうべきだろうに、「我」にその気配はない。〈過去〉の「自由の世」の記憶を駆使して〈現在〉の本性を見破り、変革するための力をひきだそうとする姿勢も窺えない。彼の「自由の世」の記憶は、〈現在〉をただ動かしがたい「牢獄」——本質から遠ざけられ手も足もでない状況——であるかのように見立てることに奉仕するのみである。変革の力を持つということこそ、「自由」であることの謂であろうに。

要するに〈疎外論的かまえ〉は、どんなに貴重な記憶であっても、無力で牙を抜かれた、ただの詠嘆の対象にしてしまうのである。だとすれば我々は『我牢獄』の第一期・「自由の世」に、自由民権運動期の透谷の姿をみるだけで済ましておくことはできない。そうではなく、むしろ『我牢獄』は、そのように己れの〈過去〉を固定化・無力化してきた自身の性向——〈疎外論的かまえ〉——を、透谷が力強く勇気をもって剔抉するための作業としてとらえるべきなのではないだろうか。[10]

『楚囚之詩』『蓬莱曲』から続いた〈疎外論的かまえ〉が、どこかで清算されることなしに『徳川氏時代の平民的理想』（明25・7）のあの有名な一節「誰か知らむ、徳川氏時代に流れたる地下の大江は、明治の政治的革新にてしがらみ留むべきものにあらざるを。」が書かれうるとは到底考えられない。そして、『徳川氏時代の平民的理想』を書き得た後に、ようやく透谷は己れの〈過去〉を生き生きと『三日幻境』（明25・8、9）として甦らせ、そこに見事な革命者像を描いたのである。己れの裡なる〈疎外論的かまえ〉を客体化し、そこから貴重な自由民権運動の記憶を救出すること。まさにそのために『我牢獄』が――いわば『風流悟』を無理にも否定的媒介にすることによって――書かれる必要があったのだ。透谷研究者はしばしば実に安易に、『我牢獄』の「自由の世」に『三日幻境』を重ね合わせるが、これは透谷の精神的葛藤の軌跡を無視したものだと思う。

以上の如き透谷の内面のドラマを想定した時、はじめて『風流悟』『我牢獄』『厭世詩家と女性』三作の影響関係なるものを論じる可能性が得られるのである。

4

平岡敏夫は『風流悟』の〈恋の牢獄〉が透谷の〈牢獄〉に較べて「強靭な力」を持っていると指摘しているが、[11]しかしそれは両義的であるとつけ加える必要があろう。確かに『風流悟』の〈恋の牢獄〉は、社会性の一切を遮断し、「我」の「僻みたる性」を和らげ、「未曾有の歓喜」を彼に与えた。だが彼はそこで得たものを携えて社会にたち戻り、それを社会に還元することができない。元来、作者露伴がこの作品を書いた理由は、超越的愛の、社会に対して持ちうる意義の検証であったはずだから、[12]これでは元の木阿弥という他はない。また、俗世間から隔離されたところで成立する精神的な愛という観念は、一見するとみにくい欲情から解き放たれた清浄なものとしてイメージされはするが、実のところそれ自体としては、公から独立した私領域を正当化するものでしかない（清浄／汚濁を区別するのは俗世間である）。そこから、公領域へ向かって自らを責任主体たるべく育ててゆくような個人の生まれることはないのである。作品の最後で語られる楽園について、もう一度見ておこう。「我」は「牢獄」を「今も存せる彼女と我とが手を携へて逍遥するところの楽園」といっていたわけだが、この数行前にはなんと「彼女は病に罹りし、我は常に其癒えんことを祈りし甲斐なく彼女は今は亡し」とあるのである。「牢獄」＝「楽園」は同時にまた墓所でもあるのだ。

かくして露伴は『風流悟』のような作品をその後二度と書くことはなかった。彼は一方で既に『辻浄瑠璃』（明24・2）『寝耳鉄砲』（同・3〜4）を書いており、『いさなとり』（同・5〜11）も執筆・連載中であって、明らかに問題追究の水準を抽象から具体に合わせていったのだった。

透谷はどうか。彼は露伴の『風流悟』から〈恋の牢獄〉というヴィジョンを、圧倒的な質感を以って感受したに違いない。『楚囚之詩』の詩人には、その為に必要なすべてが既に備わっていたはずだからである。『我牢獄』は文字通り、透谷自身の裡にあった〈牢獄〉のヴィジョンを再確認する作業を意味し、従って彼の〈疎外論的かまえ〉がもっとも無雑作に露呈してしまったのでもあろう。だが透谷は『風流悟』を、みずからの〈疎外論的かまえ〉を克服するための否定的媒介として利用しただけでなく、そこに含まれていた〈恋の牢獄〉のアイデアを、〈恋愛の聖化〉と同時に〈恋愛の俗化〉の、両面でとらえる画期的な概念に磨き上げた。『厭世詩家と女性』がそれである。『厭世詩家と女性』以後、透谷もまた、右の露伴小説への批判（『伽羅枕及び新葉末集』）などを通じて、同じく歴史に向かって思考の冒険を始め、先に触れた『徳川氏時代の平民的理想』以下の名エッセイを書いたのである。

が、しかし、その冒険は思いのほか短いものであったようである。『風流悟』を『我牢獄』のようにではなく、

『厭世詩家と女性』のように読むこと。そうすることによって、はじめて『徳川氏時代の平民的理想』の方向が開かれた。だが、『厭世詩家と女性』に内在していた、あの〝貧しさ〟（婚姻という「俗了」を通じてこそ人生は豊かになる、と主張しながら同時にその不可能性を熱心に説く、透谷の思想的不毛——本書「2『厭世詩家と女性』——「小児」性について——」参照）は、恐らく『徳川氏時代の平民的理想』の方向を貫徹させてゆくのに必要な、社会・実生活への執着心、貪欲な世俗的エネルギーを透谷にもたらさなかったのであろう。透谷は次第に、『我牢獄』の閉塞に逆戻りしていった。すなわち、死の一年程前あたりから、透谷の書く評論には、再び現実を、或る超越的価値・本質の欠如としてとらえる発想が前面に押し出てくる。宿痾ともいうべき〈疎外論的かまえ〉の再来である。

人間の内部の生命なるものは、吾人之を如何に考ふるとも、人間の自造的のものならざることを信ぜずんばあらざるなり、（中略）生命！此語の中にいかばかり深奥なる意味を含むよ。宗教の泉源は爰にあり、之なくして教あるはなし、之なくして道あるはなし。之なくして法あるはなし。

（『内部生命論』明26・5）

これほど超越性の次元に設定された「内部の生命」から、一体どうやって現世を律する（はずの）「教」「道」「法」を導き出すことができるのか、エッセイは明らかにしていない。であるならば、時として「内部の生命」なる観念は、或る特定の「教」やら「道」やら「法」やらを、絶対化・正当化するための方便に堕することを、防ぐ術《すべ》が用意されていないことになろう。

「自然」は万物に「私情」あるを許さず。私情をして大法の外に縦なる運行をなさしむることあるなし。私情の喜は故なきの喜なり、私情の悲は故なきの悲なり、彼の大琴に相渉るところなければ、根なき萍の海に漂ふが如きのみ。情及び心、個々特立して而して個々その中心を以て、宇宙の大琴の中心に聯なれり。

（『万物の声と詩人』明26・10）

石坂ミナ宛書簡草稿（明20・12・14）に始まった、人間の〈欲望〉の全面的肯定と、その上でなお社会を維持してゆくために必要な〈法〉の確立は如何にして可能か、という問題の追究は、ここに至って、〈欲望〉の全否定を以て終息する。生き生きとした具体的生を「私情の喜」とおとしめることによって、内容空疎な本質――「内部生命」、「自然」、「宇宙の大琴」等――が、真なるものとして、玉座に据えられるのだ。露伴も〈欲望〉追究の過程で、一時人間存在を「大法中の一物」と観ずる誘惑に屈しかけたことがあった（『封じ文』明23・11、12）。人間を「大法」や「天」との連続でとらえたいとする、こうした誘惑は、また例えば夏目漱石のような人の作品にすらしばしば見られるものでもある。だがひとたび絶対的超越的価値を認めてしまえば、新しい社会秩序を自由な個人がその責任に於て創造する、という、近代の最良の可能性を自ら手離すことになるのである。

万ろづの事皆な空にして法のみ独り実なり、法のみ独り実にして法に遵ふところの万物皆な実なるを得べし。

（同右）

天か、自然か、内部生命か、いずれにしても、これに連なるものと認められれば「万物皆な実」であり、認められなければ「万ろづの事皆な空」であり「私情」である。しかし誰がそれを判断できるのか？　どうやって？　もともと「自然」や「内部生命」といった超越的価値は、まさにその超越性ゆえに、具体的な判断規準・根拠を明示しない。そこで透谷は「詩人」の任務として、次のようにいうのである。

法は一なり。法に順ふものも亦た一なり。法と法に順ふものとの関係も亦た一なり。情及び心、漠として捕捉すべきやうなき如き情及び心、渠も亦た法の中にあり、渠も亦た法の下にあり、法の重きこと斯の如し。斯に於て、凡ての声、情及び心の響なる凡ての声の一致を見る、高きも低きも、濁れるも清めるも。然り此の一致あり、この一致を観て後に多くの不一致を観ず、之れ詩人なり。この大平等大無差別を観じて而して後に多くの不平等と差別とを観ず之れ詩人なり。（同右）

「一致」「大平等大無差別」／「不一致」「多くの不平等と差別」は、言うまでもなく「自由の世」／「牢囚の世」の再来である。そして『我牢獄』の「我」と同様、詩人にできることは「この大平等大無差別を観じて而して後に多くの不平等と差別とを観ず」ることのみとされる。世界の本質を知るがゆえに、特権的で、かつ現実に対しては無力な存在としての詩人。

こうして〈疎外論的かまえ〉が復活するが、かつてはまだしも「牢囚」という透谷の生の実感を根に持っていたのに対し、今度はより高尚で抽象的な宇宙論的規模にまで肥大している。その時、『我牢獄』の、次に引用する結末部分も、当然浮上してこざるをえないだろう。しかも今度は、彼の思考ばかりでなく、彼の生そのものを拘束するものとして。

「死」は近づけり、然れどもこの時の死は生よりもたのしきなり。我が生ける間の「明」よりも今ま死する際の「薄闇」は我に取りてありがたし。暗黒!、暗黒!、我が行くところは関《あづか》り知らず。死も亦た眠りの一種なるかも、「眠り」ならば夢の一つも見ざる眠りにてあれよ。をさらばなり、をさらばなり。

彼が咽喉を突いて自殺をはかるのが『万物の声と詩人』を発表したその二ヶ月後の十二月二十八日、芝公園二十号四番の自宅で縊死を遂げたのは、明くる明治二十七年の五月十六日の明け方である。その五ヶ月余りの間に、透谷の著述はない。

注

（1）透谷の引用は、『明治文学全集　29　北村透谷集』（筑摩書房、昭51・10）に拠るが、ルビ・傍点等は適宜省いた。

（2）尾西康充は『楚囚之詩』における「牢獄」という環境設定に関して、M・フーコーを援用しながら、「法制度の所与性に疑いを持つことが困難な「主体」の在り方が如実に示されており、そのことはまた透谷の『内部』なるものが近代刑罰システムとそもそも同じ起源を持っていたことの反映とも見做せる」と指摘している（『北村透谷――近代ナショナリズムの潮流の中で――』明治書院、平10・2、その「第三章　第四節　透谷詩における社会的言説との関連――『楚囚之詩』論――」）。もっとも同論文は、監獄をめぐる歴史的記述に紙面の多くが費やされ、右の視点が活かされたとはいいがたいように思われる。

（3）平岡敏夫「透谷と明治二十年代小説」（『透谷と近代日本』翰林書房、平6・15に所収）。引用箇所に（北川透）とあるのは、笹淵友一の「『風流悟』は『我牢獄』に較べれば、殆ど比較を絶する位に精細緻密であり、また、恋愛の対象についてもその境遇、容貌等をかなりの程度まで浮び上らせ、その原型としての中世紀的ローマンを彷髴させる。しかし『我牢獄』から愛人のイメージを浮び上らせることは全く不可能である」（『「文学界」とその時代　上巻』明治書院、昭34・1、その「第十一節　小説・戯曲」）という一節をふまえて、北川透が次のように主張していることへの批判である。

「ここで透谷が採用している方法は、露伴の小説がもっているような精細緻密な描写でもなければ、気質、容貌等の造型でもなく、まさにみずからの体験が《一種の牢獄》としてかかえこんでいる闇を直接的に表白するところにある。」(『北村透谷・試論Ⅱ　内部生命の砦』冬樹社、昭51・9)。つまり、笹淵友一の『風流悟』に対する誤読をそのまま鵜呑みにして、〝透谷は露伴とは違うんだ〟と力説した北川を、平岡は批判しているのである。

(4)　注(3)の『試論Ⅱ』より。ちなみに引用文中「《愛恋を以て牢獄を造》つて」と北川は『我牢獄』の言葉を引いているが、これは北川が依拠した岩波版『透谷全集　第二巻』(昭25・10)そのものの誤植であり、正しくは「雷音洞主の風流は恋愛を以て牢獄を造り」である。この一節は今もなお、しばしば岩波版『透谷全集　第二巻』の誤りが踏襲されたまま、引用・流通している。

(5)　勝本清一郎は、ここを透谷が「露伴のように風流や悟りには逃げずに、透谷流の方向に深刻に、『不風流』に突き詰め」た、と読んでいる(『透谷全集　第二巻』の「解題」、四五八頁)。

(6)　「牢獄」意識については、『楚囚之詩』から『我牢獄』の間に、自由民権運動からの脱落・挫折感の精神的深化の過程をみ、まだ体験が素材のまま生な痕跡を留めている『楚囚之詩』に、『蓬莱曲』で明確に出てくる「牢獄《ひとや》ながらの世」の意識をどこまで読み込むべきか(そこに決定的な飛躍や断絶をみるべきか)といった点に、研究史上の対立があるようである。「恋愛」についても、石坂ミナとの恋愛・結婚・失望といった透谷の生活意識を作品にどのように読み込むかについて各研究者それぞれの見解があるようだが、総じて、諸作品のどこに伝記的トピックスという重みをかけるか、という問題が、透谷研究の重要論点らしく、個々のテクスト分析のレベルでの対立は見かけほどあるようには思われない。

(7)　注(5)の前掲書。

(8)　注(3)の「透谷と明治二十年代小説」より。

(9)　『北村透谷研究　評伝』(有精堂、平7・1)その「第四章　文壇への登場――明治二十五年(一)」。

（10）『我牢獄』には（著者附記）として、「たゞ篇中の思想の頑癖に至りては或は今日の余の思想とは異なるところなり、友人諸君の幸にして余が為に甚く憂ひ玉はざらんことを。」とある。

（11）注（3）の「透谷と明治二十年代小説」より。

（12）この点について詳しくは拙著『幸田露伴論』（翰林書房、平18・3）の第七章を参照。

樋口一葉

6 一葉初期作品と『風流仏』・『風流悟』

はじめに

幸田露伴と樋口一葉の文学的関わりについて、今日までの研究は決して盛んとはいえない。また、幾つかある業績はもっぱら一葉サイドからのものに限られている。その内容も、一葉による露伴作品の表面的模倣の指摘に留まり、主題レベルでの実り豊かな比較研究が行なわれてきたとはいい難い。主題レベルのおいては、〝あくまでも現実に目を向け続けた一葉〟〝女という立場で悩み抜いた一葉〟〝悟りなどという甘っちょろい解決と無縁だった一葉〟等々の作家像を補強するためのダシとして、必要に応じて、〝理想主義的〟〝男性的〟〝悟脱志向〟等、文学史的におなじみの露伴イメージが召喚されてきた疑いが強いように思う。

もしそうだとすれば、日頃から既成の（右の如き）露伴像の克服をめざしてきた筆者としては、いかにも残念である。また、一葉文学の可能性をより明らかにしようとする上でも、生産的なこととはいえまい。そこで本書は、一葉が露伴小説をいかに読み、どのようにして自己の文学世界に活かしたか、等について露伴サイドから気づいたことの幾つかを報告しようとするものである。

I 『風流仏』と『うもれ木』・『別れ霜』

露伴と一葉というテーマがくれば、すぐに『うもれ木』（明25・11〜12）における『風流仏』（明22・9）の影響を思い浮かべるのが常である。しかしそれは、妥当ではあるが、逆につまずきの石となる危険性があることを主張しておきたい。というのも、『うもれ木』は文体レベルでも主題レベルでも『風流仏』から強い影響を受けているが、とりわけそれが甚だしい冒頭と末尾部分をみると、冒頭は文体・主題ともに、ほぼ忠実な『風流仏』冒頭の模倣といってよいが、末尾の方は文体レベルの模倣に限られているからである。より正確にいえば、『うもれ木』末尾は、『風流仏』前半の主題のみを継続借用すると同時に、後半から新たに展開する『風流仏』のもう一つの主題の方は一切無視しているので、両作品の〝近さ〟が見えにくくなっているのである。

まず両作品の冒頭をみよう。『風流仏』の「発端　如是我聞」は主人公・珠運の紹介から始まる。その数行を、次のようにA〜D四つに区切って引用する。

A三尊四天王十二童子十六羅漢さては五百羅漢、までを胸中に蔵めて鉈小刀に彫り浮かべる腕前に、
B運慶も知らぬ人は讃歎すれども鳥仏師知る身の心恥かしく。其道に志す事深きにつけておのが業の足らざるを恨み。
C爰日本美術国に生れながら今の世に飛騨の工匠なしと云はせん事残念なり、
D珠運命の有らん限りは及ばぬ力の及ぶ丈ケを尽してせめては我が好の心に満足さすべく、且は石膏細工の鼻高き唐人めに下目で見られし鬱憤の幾分を晴らすべしと、

これと、『うもれ木』主人公・入江籟三を紹介する第一回全体を見比べていただきたい。「描き出だすや一穂の筆さきに、五百羅漢十六善神……濃淡よそほひなす彩色の妙」（筑摩版全集第一巻［昭49・3］の頁数と行数を付す。百五〇

頁一行～五行）までが、A＝様々な象形を胸中に収めていることの誇示。「砂子打ちを楽と見る素人目に、あつと驚嘆さるゝほど、我れ自身おもしろからず」（同頁五行～六行）が、B＝現在の己れの技量へのあきたらぬ思い。「筆さしおきて屢々なげく斯道の衰退……美術奨励の今日うまれ合はせながら……世の中、憤るほど管《くだ》なるべし」（同頁六行～一五二頁三行）は、当時の陶芸界への具体的憤懣を含んで分量が大幅に増やされてはいるが、C＝国粋主義的立場からの現状批判。そして残る「さりとも我れは我が観念あり……我が心満足するほどの物つくり出して」以下、この第一回終わりまで（同頁三行～一三行）は、D＝主人公の名乗りとその志の表明。というように、文体はいうまでもなく、主人公に課せられた主題までも完全に（叙述の順序まで）一致していることが了解されるだろう。[1] 文体模倣のこの徹底性は、作品末尾（『うもれ木』第十回と、『風流仏』「第十如是本末究竟等　下」の後半）においても、いちいちの引用は紙面の制約上できないが、容易に確認できるはずである。

　そこで、多くの一葉研究者は次に、〝冒頭はともかく、結末の類似は表面的なものにすぎない。結末において『うもれ木』は、『風流仏』に対する主題的オリジナリティを獲得している〟という論調に組する。なぜなら、『風流仏』における、主人公の「芸」の完成＝仏像が動き出して珠運と共に昇天し、現実の諸問題は皆どこかにすっ飛んでしまう、という能天気この上ない結末と、『うもれ木』において籟三が「天下万人みな明きめくら、見すべき人なし見せて甲斐なし」と、壺を庭石にたたきつける結末との違いは、誰が見ても明らかだからである。右の主張は大いに説得力をもつわけなのだ。いわく、「籟三は孤立し自分一箇の世界に閉じこもるという結末は、一葉独特のものである[2]」、「『芸』の持つ『悪』なる側面、そして『芸』を捨てられぬ者が抱かざるをえない孤独感は、『風流仏』の結末には見ることのできなかったものである[3]」云々。結末だけを見比べればこうなるのは当然であるが、しかし、籟三の「孤立」は実は一葉のオリジナルでも何でもない。これもまた、一葉が『風流仏』から吸収した要素のひとつなのである。すなわち、「第八　如是力　上」の、花嫁・お辰を奪われた珠運の境地が、それである。

そこでは、かつてあった「日本美術国」への誇りや一体感も社会秩序への信頼といったものも、珠運から一切失われ、まさに「孤立」というしかないところに、彼は置かれる。

残念や無念やと痼瘻の牙は噛めども食付所なければ、尚一段の憤悶を増して、果は腑甲斐なき此身惜からずヱ、木曾川の逆巻水に命を洗つてお辰見ざりし前に生れかはりたしと血相変る夜半もありし。

珠運の「芸」のあり方も一変し、[4]自殺をも思うこの一節以降、彼の「芸」は、国粋的感情と不可分だったそれから、彼の「妄想」（お辰との楽しかった思い出）にだけ奉仕する「芸」へと移り変わるのである。

つまり一葉は、『風流仏』熟読（それがいかに徹底的であったかを、冒頭の模倣ぶりから想像すべきである）の過程で、社会的価値と結び合わされていた「芸」観念の崩壊を描く「第八」の「上」までを正確に理解し、それに倣いつつ『うもれ木』の籟三に関する物語を構想したのである。

その一方で、いわゆる後半の主題――「第八」の「下」〜「第十」の「下」で展開される、男の「妄想」の「芸」による特権化という主題には、一葉は何の関心も向けなかった。ただ、「第十」の「下」の文体のみは、『うもれ木』結末部で再び採用して、その武張った高調子を、作品に一貫性を与えるトーンとして利用したわけであろう。では、「第八」の「下」以降の『風流仏』が、文体レベル以外には一葉の関心をひかなかったかというと、これまた、そうともいえない。男の「妄想」の特権化などというテーマは歯牙にもかけなかった一葉だが、その新テーマ導入のせいで犠牲にされたお辰の肉声を、一葉は聞き逃してはいなかったようなのだ。

『別れ霜』（明25・4）は、許婚の間柄だった松沢芳之助と新田高が、お高の父・運平の企みにより引き裂かれ、遂には心中に至る（ただし女の死は男の死の七年後）という物語である。婚約を破棄された後、しばらく二人は会うこともできなかったため、芳之助はお高に裏切られたと思いこみ、その間彼女を深く恨むことになる。

姿こそ詞こそやさしけれ瓜の蔓に生らぬ茄子父親《てゝおや》と同じ心に成つて今の我が身に愛想が尽きてか人伝ての文一通夫《それ》すらもよこさぬとは外面女菩薩の内心女夜叉め

（第三回　末尾）

これに続く第四回は、芳之助の誤解を解こうとするお高の、（夢の中での話だが）必死な姿を描く場面である。

他人はとまれお前さま斗《ばかり》は高が心御存じと思うたは空だのめか情ないお詞お前さまと縁きれて存命《ながらへ》る私しと思しめすか恨みを申さば其のお心が恨みなり

この第四回、あるいは第十回の後半場面での、自身の誠心を訴えるお高の言葉は、『風流仏』「第十」の「下」前半の、ほぼ忠実な模倣といってよい（「下」後半が『うもれ木』末尾で模倣した部分）。『風流仏』の珠運は、お辰婚約を伝える新聞を見せられた結果、完全にお辰に捨てられたものと絶望し、彼女への恨みのありったけをぶちまける。「お辰を女菩薩と思いしは第一の過り」。彼は、それまでに得たお辰の言葉の数々を、ひとつひとつ、否定するために思い起こす。田原に託して寄越した手紙（「第八」の「上」で珠運はそれを読んだことになっていた）で、お前が書いた「御なつかしさ小時《しばし》も忘れず」云々は、あれは嘘だったのだな。亀屋の奥座敷で結婚の約束をした際、お前はなんといっていたか……。その時お辰が語っていた珠運への深切この上ない愛情にあふれた言葉（字数にして千二百字余り。「第六」の「下」で珠運はそれを聞いたことになっていた）が、ここではじめて、あろうことか、珠運によって偽りと決め付けられるために、読者に明かされるのである。

珠運は、よくもあれだけうまい嘘がつけたものだ、とばかりに、お辰への嘲罵を重ねる。と、その時、彫像が「情なき仰せ此辰が」と口をきくのである。「あまりの御言葉、定めなきとはあなたの御心」、手紙に返事を出せなかったのは「それは他《あだ》し婿がね取らせんとて父上の皆為されし事」、「それまでに疑はれ疎まれたる身の生甲斐なし、とても事方様の手に惜しからぬ命捨たし」――これらの言葉と、『別れ霜』における、芳之助に振り払われ振り払われつつも必死に変わらぬ心を訴えるお高のそれとは、ほぼ重なり合うだろう。

〝菩薩のような気高い姿かたちをしていても、心は夜叉のような女め〟と、恨みの言葉を言い募る男たちに対する、真心からの女の言葉たち。

『風流仏』では、この時すでに勝負がついていた。正真正銘お辰の発した言葉であるのに、「芸」による男の妄想の絶対化なるおぞましい主題の実現のために、それらの言葉たちは生身のお辰から奪い去られ、妄想の化身（「堅く妄想を捏して自覚妙諦」）たる彫像に横領されてしまっていたからである。『別れ霜』のお高の言葉は、こうした露伴の企みに対する、一葉なりの抵抗ではなかったろうか。もちろん、仮にそうだとしても、一葉の試みは決して成功には至っていない。そこに記された言葉が、〈心中物〉という古臭い趣向に絡め取られてしまっているからである。

とはいえ、一葉のおいて、『風流仏』という作品、ひいては露伴という作家がいかに特権的な存在であったかということは、これで確認されたといえるだろう。特に、両者の関係の中に、〈女菩薩／夜叉〉という表象をめぐる抗争がかいまみられる気配であることは、注目に値する。

2 『風流悟』と『やみ夜』

『暁月夜』（明26・2）に対する『対髑髏』（明23・1、2）の影響についてもすでに幾つかの指摘があるが、[5] 一、二つけ加えておきたい。

『暁月夜』の語り手の性格について、島田裕子は、敏という視点人物が香山家の空間をことさらに「古典的レトリック」で色づけしたことがらを、語り手が冷笑的に揶揄することによって「語り手の余裕を生んでいる」と指摘している。[6] してみれば、これは『対髑髏』の語り手〈露伴〉の戯画化された人物設定だけでなく、さらにその連作的意味合いをもつ『毒朱唇』（明23・1）の、ヒロインの長演説を聴く男（途中から居眠りしてしまうけれども）の存在も想起しておいた方がよさそうだ。後者の男は、赤城山中に「どうも云へぬ仇な所ありて然も異体なる」「無気味の女」ありとの噂を耳にするや、

それは面白し、我出逢ひて語り合ひ、若し気に入らば引出して妻とせん、左様の女ならでは我が細君となすには足るまじ

と、積極的に女に会いにゆくのである。この腰の軽さを『対髑髏』の〈露伴〉に加味した上で、そのヒロインお妙——会話中に西行の和歌への返し歌の一節を折り込み、〈露伴〉をして「女の男めきたるならで神らしき方に近づきたる方外の女」「不思議不思議」といわしめた女——と出会わせれば、

拾いきしは白絹の手巾にて、西行が富士の烟りの歌を繕ろはねども筆のあと美ごとに書きたり、いよいよ悟めかしき女、不思議と思へば不思議さ限りなく

とばかりに早速香山家の庭男に住み込んでしまった『暁月夜』の敏の造型が出来上がるだろう。

もう一つは、『暁月夜』との関連ではないが、『対髑髏』にも「肺病もつまりは恋故よしや女は鬼なりと」の一節があることである。例の、〈女菩薩／夜叉〉という表象である。(7)

出原隆俊が、『やみ夜』（明27・7～11）を、〈女菩薩／夜叉〉の表象とヒロインの自己認識の関連から論じている。(8)彼は右の表象が明治二十年代の小説の中でなかば慣用句的に用いられていることを指摘し、これに対して一葉は、女主人公お蘭にどのような思いをこめて「女夜叉」という自意識を持たせているか、という興味深い問題を提出した。しかし、そのことと、「蘭」と「お蘭」の使い分けの問題、更に川上眉山『賤機』（明26・5）との関連という、筆者には全く別個にみえる問題をつなぎ合わせたために論点がすっかりぼやけてしまったように思われる。そこで、本章は〈女菩薩／夜叉〉問題にしぼって論述を進める。だが、その前に、「蘭」／「お蘭」使い分け問題は（出原論文を読む限りでは、「使い分け」がどれほど有意味的にみられるのかが充分に確認できぬように思われるので）しばらく措き、眉山『賤機』と『やみ夜』の関係如何をかたづけておきたい。

出原は両作品の冒頭部分を引用・対比した上で、以下のように述べている。

この両者において、「都会ながらの山住居」と「鄙の住居」という舞台設定を初めとして、修辞を中心として多くのところで類似の表現があることは明らかであろう。「淋しとも思はぬか」などは「淋しとも思はず」そのままであり、まるでトレース紙を載せて書き写したかのようである。

『やみ夜』にいう「都会ながらの山住居」とは、舞台となる松川屋敷が東京市中にありながら「山住居」のような世間と没交渉な暮らしぶり、の意である。一方『賤機』の舞台は「利根川を遡りてこれが板東一の源かと呆れらる、辺《ほとり》」、ヒロイン綾子がここへ来たのは「伊香保よりの帰途」とあるから赤城山ふもと付近の山荘といったところだろう。また、松川屋敷が「大門は何年ぞやの暴風雨をさながら、今にも覆へらんさま危ふく」（傍線は出原。以下同じ）というように真に荒廃した状態なのに対し、『賤機』の屋敷のあり様は「（軒は百年の昔を忍びて古優りたる殿作《とのづくり》、時代に風趣を染めて見るに奥ゆかしく、）其後手入れを忘られし築庭も、荒れて態《わざ》とならぬ風情を添えたる一天地」（括弧内は出原の引用で省略された部分。以下同じ）と、自然に古色を帯びた堂々たる邸宅ぶりであって、場所・たたずまい共に、両作品の間に舞台設定の「類似」は、ない。

「淋しとも」云々も同様である。「醜名ながく止まる奥庭の古池」をひかえた人気少ない荒れ屋敷で「お蘭さまとて冊《かしづ》かる丶娘の鬼にも取られで、淋しとも思はぬか」――いや、淋しくないはずはなかろうに「習慣あやしく無事なる朝夕が不思議なり」、というのが『やみ夜』。これに対し、『賤機』では、邸内に独り暮しの屋敷守りの二代目「与作は淋しとも思はず」。なぜなら与作という男は「雪の降る日はたゞ寒く、夏は午睡《ひるね》して夕風に一嚏《ひとくさめ》、善もなく悪もなく」「都の人にいはせたらば、物いふ虫か神か仏か」という御仁だからである。つまり淋しさなどという感情をいまだ持ち合わせていない朴念仁の境位を指しているのが「淋しとも思はず」の意味内容である。

これほど異質な冒頭を「トレース紙を載せて書き写したかのよう」といい、「『闇夜』は『賤機』が存在しなければ小説としての肉体を持ち得なかったとまで言えよう」と極言する出原の真意は、筆者の理解を超える。[9]

右の如き男主人公・与作と、『やみ夜』の直次郎――世間を恨み世間に恨まれる男――との間には、共通点はあるまい。女主人公の方も同断である。出原は「お蘭の女菩薩としてのイメージの源泉も『賤機』にある」と主張し、それぞれの男主人公がヒロインをみた時の反応の「一致」をその根拠として挙げた。

まだ魂の極楽にや遊ぶ、いづれ人間の種ならぬ女菩薩枕辺におはしましけり　（『やみ夜』）

天より降りしか地より湧きしか。（うツ魂《たま》消げたる美しき女一人、此前村芝居で見たる如き衣裳着て、生れて初て見し女傘を肩に、雪のやうなる手に車百合の花を持ちて、）さながら菩薩の如く拝まれたり　（『賤機』）

しかし、これはむしろ逆に、両ヒロインの造型において影響関係が存在しないことの証拠である。なぜなら、前者は謡曲『東岸居士』の一節「いづれも〳〵極楽の、歌舞の菩薩の御法とは、……絃管ともに極楽の、御菩薩の遊びと聞くものを」をふまえた表現だからである。文脈的にも、前者は「女菩薩」の天上界性がポイントなのに対し（「極楽」におわしますはずの「女菩薩」が俺の枕下に、ということは俺の魂は極楽にでもあるか？〜その（四）に「最初の夜見たりし女菩薩枕のもとにありて介抱し給ふと覚しく、朧気ながら美くしき御声になぐさめられ、柔らかき御手に抱かる、我れは宛然《さながら》天上界に生れたらん如く」とある。妙音・遊び・天上界というイメージのつらなり）、後者は「菩薩」の現前性がポイントである（以前は「天」にいたか「地」にいたか知らんが、それが今ここにいる！）。

『やみ夜』の考察において、『賤機』は考慮に値しない、と断言してよい[10]。

『やみ夜』の直次郎は、先に少し触れたように、世間を深く恨む男である。私生児として生れ、「野猪に似たりし勇のみあふれて、智恵は袋の底にや沈みし」「警察のお世話にも幾度とかや、又ぞろ此地も敵の中と自ら定めぬ」、そんな毎日を送る男であった。重要なのは、そんなひねくれ者の彼が、お蘭との出逢いを契機にすっかりおとなしくなってしまい、従者のような態度を自然にとる点である。お蘭を「女菩薩」とあがめるうちに、直次郎の心は浄化され、この世に生れたことの喜びを初めて経験するのである。「これが世に出で初めの終り」（その十）。つまり直次郎にとってお蘭が「女菩薩」と呼ぶにふさわしい存在であるのは、彼自身を現世的価値の支配する世界（そこでは彼は無価値な存在とされ、何時まで経っても生き甲斐を見出せない）から救い出してくれる天上界的性格ゆえであって、決してその外面的な美（内面夜叉の対であるところの女菩薩性）にあるのではない。この、ふたりの間の関係性は、『風流悟』（明24・8）で説かれる「恋愛」観念と強い類縁性をもつ。

『風流悟』の主人公・「我」も、直次郎同様社会から「最劣者」の烙印を押された存在である。その彼が彼女への愛に目覚めることによって「恋の牢獄」に捕らえられ、社会から隔絶されてしまう。しかしそれは彼に真の喜びをもたらす。なぜなら恋が「浄玻瓈の絶縁者《インシユレートル》」となって、社会的産物であったところの「僻みたる性」を彼から抜き去るからである。彼は「未曾有の歓喜」を得る。この『風流悟』の「恋の牢獄」というヴィジョンは北村透谷に影響を与えた。そして『厭世詩家と女性』（明25・2）の「想世界の敗将をして立籠らしむる牙城」としての「恋愛」という観念の成立に関わったのである。

一葉も透谷と同様に、『風流悟』の〈恋愛＝牢獄〉観にひと通りの関心と敬意を払っていることは明らかであると思われる。しかし、他方で一葉は、男から「女菩薩」などと崇め奉られる側の問題、〈女菩薩／夜叉〉という観念に取り込まれる女の運命の方に、より切実な問題性を感じ取っていた。誠に当然なことというべきで、女性という視点に立てば、天上界の存在とされようが、〈女菩薩／夜叉〉という観念的枠組においてその美を称えられようが、人間と見なされない点では同じだからである。しかも『風流悟』の論理は、女に対し、男を社会から隔絶する「絶縁者《インシユレートル》」の役目を果たさせる為に、彼女自身の社会的属性を剝ぎ取っておく必要上、女を永遠に男の手の届かぬ存在――死者にしてしまわざるをえなかった。また、男を社会から守る「牙城」の役割を引き受けさせられる『厭世詩家と女性』の女の場合は、その後「醜穢なる俗界の通弁」と嘲罵され冷遇される運命をまえもって告知されていた。女としては、これらの理屈におめおめと従うわけにいくはずがない。一葉がお蘭に天上界イメージを被せつつも、お蘭自身には「我ながら女夜叉の本性さても恐ろしけれど」（その七）と言わせる物語を書いたことには理由があるのだ。
その結果として、世間からの個人の截断、すなわち旧き社会の慣習・諸観念から個人を自由にし、新しい人間同士の連帯を育む契機としての〈恋愛〉という、（特に透谷がより明確に定式化した）方向性は、この作品から失われた。直次郎の恋情は、世間から無価値の烙印を押されてきた彼に真の人生の喜びを知らしめたはずであるのに、その行きついた先が破滅的なテロリズム以外でなかったのは、指嗾者＝「女夜叉」・お蘭に何ら新たな社会への構想がない以上（彼女にあったのはくだらない男へのつまらぬルサンチマンにすぎない）これまたやはり不可避であったのである。[11]

とはいえ、こうして『風流悟』『厭世詩家と女性』『やみ夜』を並べた時、三者のうちのどれが最も優れていたか、といったことに頭をつかうよりも、その時代を生きるものに避けられなかった問題とは何だったかを、そこから探ることの方がより重要な課題であろう。

近代社会は、身分意識に裏打ちされた安定的共同体を解体し、そこに埋め込まれていた諸個人を新たな公領域へと解放する。新たなその領域は、自由で平等な諸個人の連帯の場となる可能性をはらみつつ、かつてない浸透力をもって国家権力が効率的に国民を編成・中央集権化しようとする、せめぎ合いの空間である。透谷らが構想した〈恋愛〉観は、共同体社会の因習から自由な人間の〝誕生と連帯の神話〟という面を持っていたはずである。しかし、自由な公領域が形成されてゆく過程で、もう一つの領域が要請されていた。共同体から自立した、裸の、自由だが弱々しい個人を支えるための、私領域としての家庭である。つまるところ、公領域への参加を許されたのは男だけであって、女はこの私領域としての家庭――愛と慰めの聖域――に閉じ込められることが、近代というプロジェクトの前提だった。繰り返すが、一葉が露伴・透谷の〈恋愛〉の観念を拒否したのには、深い理由があったというしかない。

近代国家による社会の再編成のプロセスが、明治二十年代、いよいよ男女の私秘的関係性の領域にまで介入し始めたことにまつわる諸問題の同時多発ぶりを証言する史料として、この三人の作品は、たえず相互に参照・論及されるべきものであると思う。

注

（1）このあざといまでの模倣ぶりの理由は、伊狩章もいうように「彼女は何とか人気をとりたかった。そのためには流行作家幸田露伴の作風に習うことが最も早い成功の道だ―一葉はこう考えたのであろう。」といった推測以外にはありえまい（『幸田露伴と樋口一葉』以文選書、昭58・1）。そして星野天知がこの作品で一葉に注目し、「文学界」とのつながりが生れたのであってみれば、事は一葉の目論見通りに運んだ、といえよう。

（2）関礼子『樋口一葉をよむ』（岩波ブックレット、平4・6）。

（3）塚本章子「一葉『うもれ木』における〈芸〉の歴史的位相―露伴『風流仏』・鷗外訳『埋木』との比較を通して」（「近代文学試論」平9・12）。

（4）出口智之は「樋口一葉『うもれ木』論」（「国語と国文学」平19・7）で、『うもれ木』は「〈芸〉を描くこと」ではなく、その問題意識はむしろ『苦心録』に近いと主張している。一面の妥当性はあると思う。ただ、出口は『風流仏』後半の〈芸〉観念のみを問題としてきた従来の一葉研究に依拠しており、『風流仏』における〈芸〉のあり方が前半・後半で異なることを看過している。

（5）長谷川泉「一葉と紅葉・露伴」（「国文学」昭32・11）。笹淵友一『「文学界」とその時代（下）』（明治書院、昭35・3）など。

（6）島田裕子「潜在する女の物語―『暁月夜』の語り」（『論集　樋口一葉　Ⅱ』おうふう、平10・11）。

（7）これは平仮名古活字版三巻本『宝物集』下「女はぢごくのつかひにてよく仏のたねをたつ。かたちはぼさつに似たりといへ共心のうちは鬼のごとしととき給ふ也」に拠る。

（8）出原隆俊「『闇夜』の背後」（「日本近代文学」平7・5）。

（9）「借用」をめぐる出原の一葉研究のほとんどは、〝一葉小説にみられる語彙には同時代の小説のそれと共通するものがある〟というわかりきったことを実証しただけのもののようである。※

（10）主人公を仏師にしているせいだが、『風流仏』も女性を諸仏に喩えた表現が無暗に多い。ヒロインお辰が「白衣の観音」「女菩薩」に喩えられる他に、お辰の母・室香も、その死に際して「鳥部野一片の烟となつて御法の風に舞ひ扇、極楽に歌舞の女菩薩一員増したる事疑ひなし」（第三　下）とされていたことを記しておきたい。一葉が『東岸居士』当該の詞章を右の『風流仏』の一節を経由して知ったと主張する気も必要もないが、ここで「女菩薩」が、現世ではなく極楽の住人として出現しているという点はやはり重要だろう。ちなみに、『賤機』の方の、「天より降りしか地より湧きしか」と類似の表現も、『風流仏』にはある。いよいよ仏像が現前するシーン「ガタリと何かの倒る、音して天より出しか地より湧きしか、玉の腕は温く我頸筋にからまりて」（第十　下）がそれである。この一節は続く「玄の又玄摩訶不思議」が、冒頭「風流仏縁起」の戯作調の結語「変の又変馬鹿不思議」と首尾照応しているから、『賤機』の「うツ魂消げたる」云々というユーモラスな誇張表現と通ずるものがあろう。さらに、女にうぶな武骨男があこがれ人をモデルに芸術作品をつくる、という設定も『風流仏』と『賤機』は共通している。つまり、なにがしか『風流仏』からの影響下にあったかも知れない『闇夜』と『賤機』が、その出自の当然として類似の表現を持った、ということも考えられるのである。

（11）直次郎が、お蘭の「夜叉」性に本質的な関心を抱いていない点からも、彼のいう「女菩薩」は〈女菩薩／夜叉〉の二項対立とは無縁だといいうる。関礼子は、暗殺計画における直次郎の「没主体化」「お蘭の操り人形」ぶりを批判しているが（「『暗夜』の相互テクスト性再考」「国文学」平15・5）、確かに彼にもあったはずの世間への恨みと、お蘭の

「夜叉」性との間に共振作用が起こっていれば、直次郎の行動はもっと迫力が感じられるものとなっていただろう。しかし、それはありえないのである。お蘭の天上界性が、すでに彼の中から恨み・主体性を拭い去っていたからである（「残る恨みも我れは無き身」〔その十二〕）。

※注（9）がこのような書き方になったのは、出原氏の論文（「『闇夜』の背後」）に、本文に引用した「『闇夜』は『賤機』が存在しなければ小説としての肉体を持ち得なかったとまで言えよう」に続けて、次の一節があったからである。「一葉と先行の小説との係わりは、以前から論じられてきたし、論者自身も指摘する機会が多かった。しかし、これ程までに甚しい例を見ないのである」。

氏は、その後、単著『異説・日本近代文学』（大阪大学出版会、平22・1）を上梓されたが、それには当該論文を収めておられない。しかし、だからといって「闇夜」が「賤機」の強い影響下にある、という自説を撤回されたわけではないようで、右の論集中、「『闇夜』は川上眉山『賤機』を《典拠》にしており、微細な字句の一致も見られる」（二七三頁）、「『闇夜』の場合も大枠を『賤機』に負っており」（二七六頁）と、当該論文の主張がそのまま繰り返されている。氏に、拙稿（平20・3）に対する何らかの反論がおありであるのか、どうか。これに関しては、筆者は審らかにしていない。

7『にごりえ』と『風流微塵蔵』――女の手紙――

Ｉ

『にごりえ』（明28・9）冒頭に出てくる「巻紙二尋」「二枚切手の大封じ」の手紙が、問題化されるようになったことは喜ばしいことだ。[1]

しかしそれが「赤坂以来の馴染」客をめぐる手紙であるという事実を、一葉研究者は今なお、いささか持て余し気味であるような気がする。その理由を筆者は、彼らがこの手紙の内容について、皆等しく偏見にもとづく臆断を下しているからではないかと疑っている。つまり、〝その手紙はあくまでも酌婦が客に出す手練手管に決まっている〟という臆断である。[2] はたして、本当にそうなのだろうか？　もし、そこにお力の真率な言葉の数々が記されていたとしたら、という可能性は考えなくてもよいのか、どうか……。

『にごりえ』との関連で、言及したい露伴小説は〈女の手紙〉にちなむものである。

初期露伴は、〈女の手紙〉が作中の男を慌てさせ、立ち往生させてしまうという小説を二度書いている。二度目にいたっては、作家の意図をも超えたその狼狽ぶり（?）のために、作品そのものが突然中絶してしまったほどである。

最初の作品は「封じ文」（明23・11、12）。かつての破戒僧で、今また山中にこもって修行を再開している男のもとに、彼の娘が母（つまり男が一度は妻とした後、棄てた女）の遺書を持ってはるばる訪れる。その手紙を読み上げるのは、なんと「身の丈十五丈ばかり」の「藍面金眼の夜叉」である。鬼は、手紙を読み了えるたびに男を引き裂き、喰らい、また最初から読み始め、喰らう、という何とも途方もない小説である。はじめから破綻覚悟で書かれたに違いないこの小説において、夜叉に読まれるべく創造された〈女の手紙〉（そこには、人間は等しく「旧悪の記録」であるがゆえにこそ自由・平等、かつ慈しみの対象であるという主張がこめられていた）にまともに応えるために、露伴は明治二十四年のすべてを費やした、という点については既に論じたのでここでは省く。(3)

もうひとつは『みやこどり』（明28・2〜4）である。『風流微塵蔵』全九作（『ささ舟』［明26・1〜2］から『みやこどり』まで）の最後の作品。と、結果的にはそういえるが、作家が最初から計画していたことではない。それどころか『みやこどり』執筆時も、途中までは次作との関連を考慮しつつ書き進めていたのである。それが、突然、終わってしまった。『みやこどり』のヒロインが、次々と手紙を書き出したせいで……。

『みやこどり』のあらすじ（後半のみ）を簡単に紹介しよう。悪友に騙されて吉原に連れていかれた真面目な青年・雪雄は、相方とされたヒロインと一夜を明かす。彼女は大阪の豊かな商家の生れだが兄の失敗でここに売られてきたばかりだった。二人の間には何も起こりようもなかった。

その後、女から計五通の手紙が届くことになるのだが、雪雄が返事を出すのは始めの二通までで、残る三通については、来る度に繰り返し繰り返し、熟読はするが返事は出さず、という態度を貫く。そして、唐突に作品は幕を閉じるのである。

構想段階で露伴がこの小説をどう展開させるつもりであったかを想像するのは容易である。真面目で誠実な雪雄と純情可憐なヒロイン墨染（本名・文）が、双方の純情さゆえに次第に泥沼にはまり込んでゆき、何らかの悲劇が訪れる、というものだ。そのことは、件の悪友を相手に、

およそ人間界で一等の残忍酷薄な業体は彼の遊廓の娼家ではあるまいか、賤業婦なりとて元は良家の女である

に一度堕落すれば助かる瀬なく、肉も血も節操道徳も畢竟は皆彼の娼家の餌食となつて仕舞ふ、（其二十三）

云々、「一ト通りの学説でも攻究する如き調子」で長演説をして憚ることを知らなかった雪雄が、墨染からの最初の手紙につい返事を出した際、語り手より、

雪雄は世間知らずの人の好さより答をなせしが、これぞ悪縁の絆み初め、思はぬ淵に身も心も臨むに至る初めとは後にて思ひ知られける（其三十）

と予告されているところから明らかである。想定されていたのは、「悪縁」、つまり常識的な因果律を下敷きとする物語であったろう。しかし、女の行動と男の思慮は、そのようなあらすじを難なく先取り・相対化してしまい、物語を無化したわけである。

女からの一通目の手紙への返事のなかで、雪雄は「他の眼に触れ候も憚りある事ゆゑ重ねての御文は御容赦なされ度候」と要望した。その上で、「御前様が成べくは鮑魚の市に馴れて臭きを忘るゝやうになり玉はぬ間に、其世界を脱し玉はんことを祈るのみにて候」という励ましの言葉を記した。これを読んだ女は二通目の手紙を書く。返事をもらった嬉しさに充たされつつ、しかしその内容は、所詮励まされても無理なことだから「今は望みも無く頼みもなく」諦めている、というものである。

これを受け取った雪雄は、女と共に花見にゆく、あるいは二人の婚礼場面、といった夢をみる。読者の予想を先取りしてみせる、読本の系譜をひいた当時の小説作法の常套で、この作品がまだまだ続くことを露伴が計算していたことの証しといえよう。

一通目と異なり、二通目の返事を書く雪雄は、幾度も書き損じ、大いに苦しむことになる。「一ト通りの学説でも攻究する如き調子」は完全に払拭され、「およそ人間界で一等の残忍酷薄な業体は彼の遊廓の娼家」云々という持説の裡に、今まで意識したことのなかったらしい、様々な意味が含まれていることに気づきつつある気配である。恵まれた者の保身感情、「賎業婦」への同情のつもりの差別意識等々。かろうじて返事をしたためたものの、その言葉はおのずと弱々しくならざるをえない。

望みも無く頼みも無くと一概に味気無くおぼされ候は些差《ちとちが》ひ申すべく、捨てる神助くる神、七転び八起きと下世話にも申し候はずや。心だに美しく身だに非理ならず行ひ居たまはば、小草隠れの菫の花、それと知らるゝ香気あれば、何時まで御不幸にのみあり玉ふべき。

(其三十五)

この返事を読んで、女はためらうことなく三通目の手紙を書く。否、望みはないのだ、と。

たゞ青空のみ眺め遣りては太息吐き居り候ばかりに候。枉げても身の自由を望み候て痴たる人の云ふがまゝに土人形のやう成らば、此地を出でゝ明るきところにも参らるべけれど、一生を心にもあらず送りて思はしからぬ人と共に表面のみ連れて過し候はんこと、生命に代へても厭はしく候へば、今の望みは今一目母兄に会ふことを得候て後、遠からぬ中に此身の霜雪と消え行かんことのみに候

(其三十七)

「女の出世」なるものの拒否と死の覚悟。そして女は、雪雄に向って、「好き人にも会ひ好き運にも会はんほどにとの御仰せは、御恨めしく存じまゐらせ候」「心豊かに日を経よと諭し玉はりたる御恨めしさ」「流れに萍ばかりは

咲かず、齢ゆかずとて侮り玉はば甚く御恨みまゐらすべし」と、「恨み」の語を繰り返すのである。

とりわけ筆者に重要と思われるのは、この三通目の手紙冒頭近くで、二通目の時には喜びのあまり無視してしまった雪雄の要望――「憚りある事ゆゑ」もう手紙はくれるな――に対する、はっきりした拒否回答として、〝手紙を出す権利〟を女が主張している点である。

何卒何卒せめて文ばかりは御許様《おんもと》へまゐらせ候を御許し下され度候。……御父上様御母上様の御眼に触れ候へばとて、文書きぶりの拙く文字の幼きほかには露羞かしきところも無しと自は愚なる眼より見候文を、思ひに堪へかねてまゐらせ候なれば、左のみ憚り玉ふことも無かるべき歟と我にはたより好く考へ申し候。成程口惜き地にも堕ち情無きものにもなり居り候が、さりとて人らしき心も失はず狗猫らしき行ひもせず、苦しきが中に生命をかけて忍び居り候身に候へば、申すは烏滸なれど猶羞かしからぬ心を抱きて居り申候に、此心をもて御許様に打対ひまゐらすること、過ぎたる言には候へど羞かしからず覚え候。

（其三十六）

これは、女菩薩の言葉でも、夜叉の言葉でもない。女としての、人間としてのぎりぎりの自己主張であろう。――来ないでよい。ただ私の言うことを聴け。この断念と、この主張あるがゆえに、女は男に対して、「恨み」の語を繰り返すことができたのである。

一方雪雄は、この手紙を幾度も読み返し、じっと考え、何やら思いに沈み、そして沈黙を選んだ。この後、さらに二通の手紙がくるが、雪雄はそれにも沈黙を守り通す。それらの手紙を、遊女の手練手管かもしれない、と勘繰ったからではあるまい。そうではなく、これがひとりの人間の尊厳をかけた真の訴えであること、それゆえに安易に出来合いの理屈に従った体裁のよい返事をしてはならぬことを承知したからである。

こうして、ヒーローとヒロインふたりの意志によって、物語は絶ち切られた。

2

『にごりえ』に戻ろう。

『みやこどり』の女は「狗猫らしき行ひもせず」といい、そこに彼女の誇りと共に死が不可避となる理由があった（もちろん「遊廓」は女をむざむざと死なすような所ではあるまい。拷問、強姦……）。お力は、これに対し、生き延びるために「狗猫らしき行ひ」を商売に選んだ女である。

「赤坂以来の馴染」へ手紙を出す、とはどういうことであろうか。赤坂でお力は芸者だったか、やはり芸者とは名ばかりの売春婦であったのか、しかし、いずれにしても今現在この新開地で酌婦になるまでのお力の行状を知るのが、「赤坂以来の馴染」であろう。この男は、恐らくお力がそのような境涯に流れ至った事情の多くを、耳にもし、目にも見つつ、それでも猶お力への関心を失うことなく、つい先頃まで菊の井まで足を運び続けたはずである。そういうことが、お力に対する或る程度の理解、人間的興味なしにありうるとは思えない。しかも『にごりえ』の読者は、お力が自分の〈身の上話〉を、これはと思う客に対する有効な酌婦の手管として見事に使いこなす女であることを知っている。短くない付き合いの間に、お力はこの男に語るべきことは語り終えているだろう、と想像することは決して無理ではない。

と同時に、お力の〈身の上話〉語りは、〝単なる酌婦の手練手管を超えたもの〟でもある。それが、何か言葉になり切らぬ思いを必死で相手に伝えようとする、お力の真率な欲求に支えられているところにこそ、お力の語りの本質がある。とすれば、「彼の人」は、結城はおろか、源七にも劣らぬほどの、お力を知る人、と考えてよいのではないだろうか。これは、ひとつの可能性である。しかしこの可能性は、そのまま「巻紙二尋」「二枚切手の大封じ」の中身が、酌婦のありふれた手練手管ではなく彼女の真率な言葉からなるものであるという、もうひとつの可能性につながっている。

お力は、自身について「大方逆上性《のぼせせう》なのでござんせう」「我が身の自堕落」「一トロに言はれたら浮気者」といっている。これは、自分をわかって欲しい、わかってくれる男にならば幾人とでも本気の〈恋〉をする、ということではないか。これはという男が現れたら、お力は頃合を見計らいながら〈身の上話〉を聴かせてゆく。語るべきことを語り、聴くべきことを聴いたふたりの間には、しばしの幸福な時間が訪れる（源七における「去年の盆には揃ひの浴衣」。結城における「日の出やがかすていら」の買い物）。しかしその後、彼らの間には、心身ともに親密な関係に入った後にこそ次第に顕在化してくる類いの考え方のズレや具体的な障害等が生じ、昂じては何時かそれが「紛雑《いざ》」となり、やがてふたりの別れがくる。「巻紙二尋」「二枚切手の大封じ」には、そんな最終局面にはいった段階で、相手に伝えようとしてどうしても伝わらないお力の気持ちが、とめどもなく混乱した文章で綴られていたのではないか。

源七の場合は、金銭と女房子供持ちが「紛雑《いざ》」の原因だろう。結城ならばうまくゆくだろうか。お力の望みを具体的に詮索すれば、要するに酌婦から足を洗い、男女の対等でまっとうな関係をつくることであろう。が、しかしそれを「酌婦の出世」「女の出世」と呼ばれたら、お力はそれは違う、というだろう（「持たれたら嬉しいか、添うたら本望か、夫れが私は分りませぬ」）。「お前は出世を望むな」という結城の言葉をきっかけに露呈したふたりの間のズレは、ふたりの結びつきを阻むものではなく、かえって促進する契機になった気配ですらあるが、しかしいずれ、このズレはふたりを引き裂く大きな亀裂になりうる。結城のこの言葉は、彼がお力のことを所詮酌婦としか見ていなかったことをはしなくも語っているが、お力が男たちに必死に訴えようとしていたのは、まさに自分をひとりの人間として理解して欲しい、ということであったに違いないからである。

私の身の行き方は分らぬなれば、分らぬなりに菊の井のお力を通してゆかう、人情しらず義理しらずか其様な事も思ふまい、思ふたとて何うなる物ぞ

この「菊の井のお力」を、たとえば「私娼に徹する生の選択」[4]というように読んでいいはずがない。〈身の上話〉の中で、お力は懸命に言い続けていたではないか。祖父以来、「終《おはり》は人の物笑ひ」あるいは「気位たかくて人愛のなければ贔屓にしてくれる人もなく」、つまり「人情」やら「義理」やらの支配する世間の考え方からすれば、自分たちは「気が狂つた」といわれる生き方をしてきた人間だ、と。「世間」からすれば「三代伝はつての出来そこね」。しかし、本当に祖父や父の生き方は間違っていたのか？ 無価値だったのか？ という問いが、ここに含まれているのは明らかである。「菊の井のお力」を通す、とは「私娼に徹する」云々とは全く逆に（そもそも実際に酌婦をやっている女が、あらためて私娼に徹すれば、こんなに世間からみてわかりやすい話はない）、たとえ酌婦と呼ばれてはいても、臆することなく他者からの真の理解と生きてあることへの敬意を求めないではいられない、幾人にでも本気になる、そういう今まで通りのお力の生き方を指すのだ。お力・源七の関係を、いたずらに〈馴染／情夫〉という酌婦的発想の裡に閉じ込めて考察しようとするのも、お力の真意から離れてゆくだけのアプローチであると思う。

お力の男（客）に対する態度が、「義理」や「人情」からみると「狂気」の烙印をおされかねないまでの「自堕落」（「人情しらず義理しらず」）＝同時複数的本気の〈恋〉だったとすれば、彼女の行為は彼女自身はもとより、相手の男にとっても危険この上ないものであるだろう。だから、お力に「丸木橋をば渡らずはなるまい」の覚悟が必要であったのと同様、それと承知で近づいていこうとする男たちにも、それなりの覚悟が要求される。それは『みやこどり』の女が、雪雄に対して、下手に受けとめれば全身が火だるまになるような言葉を放ったことの、延長線上にありうる行為である。雪雄は、その重みをすみやかに察し、沈黙を以ってそれに応えることで、作家・露伴があ

らかじめ用意していた物語を御破算にした。その物語が、雪雄の沈黙以上に、女の言葉の重みを正確に伝えうるものではないという判断を、露伴は下したのである。この、露伴が書くことを回避した物語、否、書けなかった物語として、『にごりえ』は位置付けられる、というのが筆者の見立てである。(5)

注

(1) 戸松泉「『にごりえ』論のために―描かれた酌婦・お力の映像―」(「相模国文」平3・3)、出原隆俊「『にごりえ』の〈彼の人〉」(「文学　季刊」平6・春)等。

(2) この手紙はお力が書いたとする戸松・出原(注1の論文)は勿論、それに反論して「赤坂以来の馴染」からのものと主張する高田知波も、その理由を説明する中で「もしこれがお力からの、酌婦としての手練手管の手紙だとすれば」続くお力とお高の会話がうまく説明できないから、としている(「声というメディア―『にごりえ』論の前提のために」『論集　樋口一葉』おうふう、平8・11)。お力とお高の会話を理解するためには、酌婦としての発想の枠内でしか考えないお高に、そういう枠の中にはおさまらない感情を持て余し気味のお力が、なかば説得を放棄している状況を想定する必要がある。

(3) 拙著『幸田露伴論』(翰林書房、平18・3)第七章から第十章まで、および本書「10　露伴小説における悟達と情念―『封じ文』から―」を参照。

(4) 今井泰子「『にごりえ』私解」(『日本の近代文学―作家と作品』角川書店、昭53・11)。

(5) 『にごりえ』未定稿Aが、お力の相手役として世間知らずで「脇目もふらぬ勉強家」の書生・伊豆正雄を設定していたことは、『みやこどり』の影響関係を考える資料として、多少は役立つかも知れない。とはいえ、筆者が主張したいのは、両作品のどこそこが似ている云々ではなく、ヒロインが共に読者に向かって〝お前たちは私の言うことを、人間の言葉として聞くことができるか?〟と、迫ってくるという意味において、『にごりえ』は『みやこどり』と血でつながっている作品だ、ということである。

8 『たけくらべ』と『風流微塵蔵』
――子どもたちの時間?――

I

一葉『たけくらべ』(「文学界」明28・1~明29・1。明治二十九年四月の「文藝倶楽部」に一括掲載)後半のクライマックスともいうべき酉の市の日、美登利の身に一体何が起きたか(初潮?「初店」?―等々)については、本章には論ずる用意がない。本章が着目したいのは、その日揚屋町を出た美登利が、正太を呼びとめて付添いをまず追い払った後、今度は正太を置き去りにしてサッサと寮に帰ってしまって以降、いわゆる美登利の〝変貌〟の場面に関わる、或る描写についてである。

置いてけぼりをくった正太は美登利のあとを追って彼女の住む寮の縁先からそっと中に入る。と、美登利の母より、朝から機嫌が悪いから正太さん、相手をしてやっておくれ、と声を掛けられ、そこで正太は伏せっている美登利の枕元に近寄り、恐る恐る様子を問うのである。涙で濡れた目を拭って、美登利はいう。

正太さん私は怒つて居るのでは有りません。

しかし、正太の「夫れなら何うして」という重ねての問い掛けに対しては、「物言はずして自ずと頬の赤うなり」、己れの身にふりかかった昨日今日のことを反芻するうちに、正太を気遣うゆとりも失せて思い屈するばかりとなる。

そうして、とうとう、

　帰つてお呉れ正夫さん、後生だから帰つてお呉れ、お前が居ると私は死んで仕舞ふであらう、

云々、と美登利は正太を拒絶してしまう。――実は、正太を拒絶したかったというより、自分と正太を中心とする仲間たちとの昨日までのつながりが永遠に失われてもう二度と戻ってこないという事実の逃がれ難さから、目をそらしたかったからなのだが。

　問題は、この間、すなわち枕元の正太を追い出すまでの美登利の心中を語る、次の一節である。

成事《なること》ならば薄暗き部屋のうちに誰れとて言葉をかけもせず我が顔ながむる者なしに一人気まゝの朝夕を経たや、さらば此様の憂き事ありとも人目つゝましからずは斯く迄《まで》物は思ふまじ、何時までも何時までも人形と紙雛《あね》さまとをあひ手にして飯事《まゝこと》ばかりして居たらば嘸かし嬉しき事ならんを、ゑゝ厭《い》や〱、大人に成るは厭やな事、何故このやうに年をば取る、　（十五）

すでに山根賢吉氏の指摘[1]によって周知のことに属すると思うが、これは幸田露伴の連作長編小説『風流微塵蔵[2]』（「国会」明26・1～明28・4）中、『きくの浜松』（明26・9～12）より以下に引用する箇所を、一葉が参考にして書いたものと思われる。

　ならうことなら底の深い、光の無い、風の音のせぬ、人の来ぬ、極々《ごく〱》静かな小《ちいさ》い谷間のやうなところに此身が

今悉皆《そつくり》此儘引取られて、それきりにすや〳〵と睡り死《じに》に死んで仕舞ひ、而《そ》して片端からづく〳〵と雪の解くるやうに消えて仕舞ひたいやうな、あゝ何事も詰らぬ、可厭《いや》なと長太息《ためいき》つく〳〵自己《おの》が心から心を映らせて世を味気無く思ひなし居たるが、　（其三十一）

登場人物のひとり久四郎が恋人お初に捨てられた折りの述懐である。『対髑髏』（「日本之文華」明23・1、2）や『毒朱唇』（「都の花」同・1）で試みられた白骨観の文学的応用を、今度は失恋のために自暴自棄となった男の心境描写に転用した趣である。脱世間願望と〝死〟（＝時間停止）の願いは、美登利において、大人の世界の拒絶願望と〝子どものままでいたい〟（＝時間停止）という願いに置き代わっている。死の希求という点を重視すれば、両者の間に『にごりえ』（「文藝倶楽部」明28・9）の、

お力は一散に家を出て、行かれる物なら此まゝに唐天竺の果までも行って仕舞たい、あゝ嫌だ嫌だ嫌だ、何うしたなら人の声も聞えない物の音もしない、静かな、静かな、自分の心も何もぼうつとして物思ひのない処へ行かれるであらう、つまらぬ、くだらぬ、面白くない、情ない悲しい心細い中に、何時まで私は止められて居るのかしら、これが一生か、一生がこれか、あゝ嫌だ〳〵と道端の立木へ夢中に寄かゝつて暫時そこに立どまれば、　（五）

を据えて、三者を較べてみるのもよい。〝死〟への希求から〝もう一つの生〟への希求へと主人公の願望の重心がずらされると共に、仏教由来のイメージが払拭されてゆく様態を確認することができるはずである。[3]

とはいえ、一葉研究にとって、右の事実はさほど重要な意味を持っていないと思われる（現に注目されてもこなかったようである）。『たけくらべ』も『にごりえ』も、『きくの浜松』から完全に独立したそれぞれの作品世界を確立しており、三者の比較作業が一葉の文学に新たな視点を提供する可能性は、恐らくないからである。

だが、そうした比較作業は『きくの浜松』を読み解く上では、非常に有益かつ不可欠だ、というのが本章の立場である。『きくの浜松』だけではなく、『風流微塵蔵』全体、或いは、日本近代文学成立期の問題の核心を解明する上で、そうなのである。一葉の卓越した批評眼に導かれながら、『風流微塵蔵』という作品の扱いにくさ、やっかいさの由来するところを明らかにしてみたいと思う。

2

『風流微塵蔵』は、大量の登場人物が次々と紹介される序章的意味合いを持つ内容の物語が何時までも続き、結局ほんのとば口のところが終わったあたりで、突如作者自身の予期していなかった事態が作品中に起こって、そのまま中絶してしまった連作長編小説である。結果的に最後となった作品（『みやこどり』）に登場した一女性が、次から次へと主人公の青年に向けて、手紙を書き始めたのである。しかもそれは、青年が返事を出すわけにゆかぬ性質のもので、従って女の手紙は主人公をただ袋小路に追い込み、そうして遂に『風流微塵蔵』そのものを終わらせてしまったのだった。

問題のヒロインが登場する『みやこどり』（明28・2～4）の中絶、つまりは『風流微塵蔵』全体の中絶の、ほゞ二ヵ月後、一葉は『にごりえ』執筆を開始したといわれている。長いつき合いの終局にさしかかっていると思《おぼ》しい男（「赤坂以来の馴染」）に「巻紙二尋」「二枚切手の大封じ」の手紙を書きながら、それを出しあぐねている女・お力の登場は、『みやこどり』のヒロインが提起した問題に対する、一葉の回答ではなかったか、という点については、前章で問うた通りである。或る作品を袋小路に追い込んだ要素に新しい役割を吹き込み、別の物語・『にごりえ』を始動させた、一葉の批評性と創造力の謎を解き明かそうという目論見だった。本章はこれと同様の試みを、『きくの浜松』および他の『風流微塵蔵』作品群に対する『たけくらべ』の位置づけをめぐって行なおうとするのである。

『風流微塵蔵』と『たけくらべ』をつなぐ手掛かりについては、先に触れたように山根賢吉氏の指摘が、現在のところ最も具体的である。それは、およそ次の三点にまとめることができる。

一――共に少年少女の世界が描かれ、またその世界が別離によって閉じられる、という構想の一致。

二――「一葉の小説に始めて登場する喜劇的人物、おどけ者の背の低い才槌頭の三五郎」と、『風流微塵蔵』中の『荷葉盃』に登場する真里谷家の小作人・三蔵の息子「三太郎」の類似。『荷葉盃』で「何事も新三郎が云ふまゝになる魯鈍《ばか》の三太郎といへる滑稽児《おどけもの》」(其九)、「年こそ上なれ平生《ひごろ》の玩弄物《もてあそびもの》」(同)とされる三太郎から、年下の正太郎に従う『たけくらべ』の三五郎は着想を得たのではないか、と氏はいう。

そして、三が、先に引いた『たけくらべ』(十五)の美登利の「成事《なること》ならば」以下の心中描写と、『きくの浜松』(其三十一)の久四郎「ならうことなら」以下のそれとの類似である。(4)

以上三点の他に、山根氏は一葉が「国会」新聞を購読していたことがはっきりしている時期(明26・5・11〜7・13)が、『荷葉盃』後半、新三郎とお小夜の別れのシーンが掲載された期間にあたること等にも触れており、いずれも正鵠を得た指摘と思われる。

右の指摘をもとに、本章の関心にそくした次の二つの問題をひき出すことができそうである。

第一は、山根氏の指摘の一、二よりのもので、『風流微塵蔵』の中の『さゝ舟』から『さんなきぐるま』の(其二）までにおいて、少年少女の世界がどのように描かれていたか、それを一葉はいかに読み、いかに批判的に摂取したか、という問題である。
第二は、山根氏の指摘の三より、久四郎の恋情のような、誰からも真の共感を得られぬまま世俗の塵にまみれ埋もれてしまった個人の内面を、露伴・一葉がそれぞれどのように扱ったか、という問題である。
本節で第一の問題を、次節で第二の問題を論じることにしたい。

第一の問題、少年少女の世界がいかに描かれているかという問いは、『風流微塵蔵』の構成に深く関わっている。この点について、まず柳田泉の伝える露伴の直話をみておこう。

新三郎お小夜の物語から発端して、此の二人の物語から離れて別の物語を発展させ、一わたり発展させてしまふと又此の二人の物語に還つて来るといふやうな具合で、連環体とか何とかいつても、凡ての物語がこの二人の物語によつて貫通されてゐる。丁度他の凡ての物語は数珠の玉のやうなもの、此の二人の物語はその珠をつなぐ緒のやうなものといへる。(5)

この連作長編の構成上の特性が、数珠の喩によって簡略に説かれているのだが、この数珠の喩にそくしていうならば、筆者が着目したい点は次のように言い表わすことができる。つまり、新三郎とお小夜という少年少女の物語は、「緒」の機能を担うことによって或る制約を受けることになったし、またこの「緒」につながれることによって「別の物語」たちも、やはり或る方向づけを義務づけられてしまった、ということである。
新三郎お小夜という幼い「二人の物語」（物語発端の時点で、それぞれ数え年八歳と六歳）は、確かに「緒」の機能を果たしてはいる。しかし、それはまず第一義的には、彼ら二人の祖父母の代以来の様々な人間関係を呼び起こすきっかけとして、二人の子どもが利用されている、という意味においてである。

昔、内田家のおかよとおとわという二人の姉妹が、それぞれ真里谷家と青柳家に嫁いだ。おかよの息子・真里谷甚之丞は、遠藤家からお静を妻として迎える。この、内田家・真里谷家・青柳家・遠藤家の計四家が、この作品世界の土台である。そして、おかよ・おとわからみると、ほゞ孫の世代にあたる、真里谷家のお小夜と雪雄、青柳家の新三郎、遠藤家の雪丸、内田家の権七郎改まって栽松道人――これは息子の世代（おかよ・おとわの甥にあたる）で、おお静とほゞ同年齢と思しいが、栽松道人がらみで活躍する玉之助（玉山）はやはり孫の世代である――が、おおよそこの物語の中心となる人々ということになる。

『風流微塵蔵』は、新三郎・お小夜の戯れ遊ぶ印象深いシーンを重ねながら、これら四家の関係に関する説明や四家にまつわる過去のあらまし・近況等がわずらわしい程に挿入される作品であるといってよい。つまり新三郎・お小夜「二人の物語」は、こうした挿入部分を作品に導き入れる際の契機として機能している限りで、「緒」の役割を果たしているにすぎない。

お小夜からひき離され、奉公に出ることになった新三郎は、奉公先である坂本屋の物語を、確かに作品に導き入れはする（『さんなきぐるま』其六～『あがりがま』）。しかしこの例外は、かえって新三郎に課せられた役割の本質を露わにする。導入された坂本屋の物語は、やはりまた、その前史にもっぱら話が集中しているからである。

つまり新三郎・お小夜という初々しく可愛らしい「二人」であるにも拘らず、彼ら「二人の物語」は作品全体をひたすら過去へ、過去へとひき戻してゆくように機能している、といえるのである。

実は、新三郎とお小夜の二人自身が、『風流微塵蔵』冒頭に登場した最初から、既に過去によって呪縛されていたのだった。

『さゝ舟』其三、彼らが村の子どもたちと一緒に、おのおのの作ったさゝ舟を小川に浮かべ競争させるシーンを見よう。

互いに肩を揺り込まし合ひて合図次第に首尾よく舟を水に放ちて駛《は》せしめんと、争ひなれども無心の戯れ、無心なれども競争の、遊戯に勝たむ、我勝たむとの意より身の動作《こなし》かしこく、水近く腰を低め腕を垂るゝが中に、一番末なる新三郎はお小夜が肩に身を縋らすればお小夜は左りの手を伸ばして新三郎を掻抱く、此は優しく彼は清《すゞ》しき女も男も他の児等を泥と見倣さば玉なるべきが、顔近々と併せたるは、並頭《へいとう》の蓮《れん》此流に忽然として開けるが如し。

合図と共に、一同が舟を放つ、と、そこへ雌雄の小さな蝶が飛んできて、お小夜の舟にとまる。風を受けて、お小夜が勝ちになる。

勝つたるお小夜は物言はねど眼元に笑《ゑみ》を含むるに、最も負けたる餓鬼大将はたゞさへ少し間の抜けたる面に生気を失ひて頬膨らかし、も一度為《せ》うと又の勝負を望むもをかしく、二番の勝を得し新三郎がお小夜の手をば取り交して、小夜《さあ》ちゃんが一番勝ならば自己《おれ》は二番の勝でも好いやと、先刻には胸いと窄《せま》き挙動をなせしにも似ず寛潤《おほやう》なる言葉を出して笑《わらひ》を湛へ、共に悦び顔見合せしには日頃睦べる交情も見えぬ。（其三）

愛すべきシーンであろう。が、これが三十二、三年ぶりにこの青柳村を訪れた、栽松道人のまなざしによってとらえられた光景であることが、恐らく重要である。

語り手はいう、

旅僧も自己《おの》が面上《おもて》に泛《うか》ぶ微笑に自己《おの》が胡想《おもひ》を消て我を忘れつ眺め居ける。（同）

旅僧――栽松道人は子どもらの無邪気に遊ぶ様子を、我を忘れて眺めている。しかし、ただ「我を忘れ」ているのではない、と注意を促すかのように、語り手はこの語句に「自己が面上に泛る微笑に自己が胡想を消て」という修飾節を並置している。「おもひ」とルビをふられた「胡想」の「胡」は、うわべをぼかされた、あいまいな、いいかげんな、の意であるから、「胡思乱想」といった熟語に通うところの、つまり、あれこれとつまらぬことを思いめぐらす、といった、そういう「胡想《おもひ》」であろう。

この、何やら意味深長な修飾節は、物語を読み進むにつれて、次第にその含意するところが明らかにされる仕組みになっている。というのも、この後、叔母のおとわと二十数年ぶりに再会して、あれこれ自分たちの身の上話をする場面を読むうちに、読者は栽松道人という男が、話す言葉よりも身ぶり等の身体表現の方が、常に正直に彼自身を表現してしまう存在であることに気がつくからである。

おとわに向かって栽松道人は、二十五年前に内田の家を飛び出して後、仏の道に入って修行を積んだ様を語り聞かせる。が、叔母はそれを聞いても「苦笑い」をするばかり。彼は、自分の身に積み重なった歳月の意味を少しも言葉で相手に伝えることができないのである。

これとは対照的なのが、おとわの話を聞いた時の彼の反応である。栽松こと権七郎出奔後のそれぞれの家の盛衰を聞かされるにつれて、栽松は顔色を変えたり、頭を垂れて死んだようになったり、心の裡がそのまま身体に浮き出してくるかのようである。特に「真里谷の嫁のおしづ」の噂が出てきた時には、ひときわそれが際立つ。

栽松はあらかじめ用意してきた、玉之助（『きくの浜松』で活躍する、絵画に巧みな十二歳の少年・玉山）とからめた内田家再興プランをおとわに提案する。するとおとわは真里谷のお静に相談するがよい、今から会いにゆけ、と命ずる。そう言われた栽松は、「叔母様、それならばまづ行つてまゐりますと云ひつ、頭を擡《もた》げしが、あやしや眼には涙を浮めぬ」。そして、「如何なる思ひの裏にあればや潤み声にて、叔母様行つてまゐりまする」（其十二）といった調子である。

彼は言いつけ通り真里谷の家に向かうが、着いてもなかなか入ることが出来ない。「良久《やゝ》しく魂魄抜けたる人のやうに佇みしまゝ動きもせざりしが」、門の柱に隠れてお静の姿をかいま見しようというところを、新三郎に見つかってしまう。

早くも衣影を認めて新三が、あれ、をぢさまと叫ぶ声して、此方へ走り来る足音のするを聞くより、何とか思ひたりけむ僧は逸足出して何方とも無く走り去りぬ。（其十三）

栽松道人・権七郎は、二十五年前と同じように、今また逃げ出したのだった。

栽松の心の裡で、お静への思いが二十五年の歳月を経た後も、全く何も変わらず、生々しく息づいているのは明らかである。彼の言葉は、そうした自身の心から目をそらし、例えば仏道修行へ意を駆り立てるための道具のようなものとして、操られているにすぎなかったのであろう。そんな非力な言葉で自分をごまかしながら、栽松は二十五年間を何とか堪えてきたのである。

そんな栽松が、「自己《おの》が面上《おもて》に泛《うかぶ》る微笑に自己《おの》が胡想《おもひ》を消て」、新三郎とお小夜の二人を眺める。「胡想」とは恐らく、自分で自分を欺き続けてきた二十五年間の様々な思慮のあれこれ、であろう。そして、そのような表面的な

「胡想」を消しとばして、封印されてきた〝喜びの記憶〟＝お静との楽しかった日日の思い出を、全解放した状態が、「面上に泛る微笑」であるに違いない。彼の身体表現はいつも最も正直に彼の心の裡を露わにするからである。眼前の少年少女の愛らしい光景を「我を忘れつ眺め」る為に、このような過去に対する気持ちの整理が必要であったのが栽松道人であり、あのような修飾節が用いられた所以である。

従って、彼は新三郎らを見ていて、実は見ていない、ともいえる。栽松が見ているのは、他愛のない少年少女のしぐさの一つ一つである以上に、既に失われて久しい、かけがえのない自身の思い出がそこに重ね合わされ、その結果としてあざやかな光彩を放つに至った、それらなのである。言葉を換えていえば、ここで起こっているのは、ひとりの中年男の二十五年に及ぶ未練の情が、現前する二つの幼い生命を包み込んでしまった事態である。

『さゝ舟』は、冒頭の小舟流しの遊びに興ずる子どもたちのシーンに続いて、それを眺めていた旅僧とその老いた叔母が、それ自体は退屈な、色々な家の盛衰に関する世間話を長々とする構成となっているが、この二人の世間話につき合っているうちに読者は、旅僧の二十五年前の出奔事情を漠然と察する。そして、先に読んだ冒頭のシーンを旅僧のまなざしを通じて再想起し直すことを読者は知らず知らず促される、という仕掛けになっているわけである。

このようにして、八、六歳の他愛ない少年少女の存在は、光を放つイコンとして〈聖化〉され、この連作長編を貫く「緒」の機能を果たすに足るだけの〝強度〟を獲得した。

「二人の物語」によって召喚される物語たちは、いずれも過去の家のつながりに関わるものであった（未知の世界に向かって船出しようとする雪丸を描いた『つゆくさ』でさえ、その後の展開はラストシーンで登場した因縁ありげな女にまつわる過去へ遡行してゆく気配である）。『風流微塵蔵』の時間の流れがおそろしく緩慢な所以だが、それらを刺し貫く「緒」そのものが、かつてあった（と想像される、源七郎・お静の描かれざる）過去を志向するベクトルを内包していたのであってみれば、それも当然といえよう。かくして、いくら物語を重ねていってもなかなか話が進まず、次第に召喚される物語に質的劣化が生じ（『あがりがま』のつまらなさ）、そして最後（の作品となった『みやこどり』）は、作中人物の女性が突如手紙を書き続けてやまない、主人公の青年はこの手紙によって立ち往生して黙りこむ、という予期せぬアクシデントが生じたことによって、『風流微塵蔵』は作品としてのとどめを刺されたのである。

とどめの一撃としての〈女の手紙〉と一葉『にごりえ』について、既に論じたことがあるのは先に記した。ここで触れなくてはならないのは、過去のまなざしに封じ込められた新三郎・お小夜の問題、いわば〈少年少女の聖化〉に対する一葉『たけくらべ』との関係であった。

おどけ者の三太郎と三五郎の類似、といった問題もさることながら、それ以上に興味深いのは、『風流微塵蔵』と『たけくらべ』に共通する、〝抒情性〟の質である。

『風流微塵蔵』の場合、それは少年少女の現在の、それ自体としては他愛のない、ありふれてさえいる無邪気さ・無垢を、それと同質でありながら異なりもする過去の少年少女（源七郎・お静）のそれと重ね合わせることによって、〝普遍的、かつ一回的で二度と戻らぬかけがえのなさ〟へと形象化することに成功した。こうして達成された〈少年少女の聖化〉を、一葉もひとまずは同調する形で吸収しようとしたと思われるのである。

『風流微塵蔵』連載のさなかに当たる明治二十六年の後半、一葉らは龍泉寺町に移り住む（明治二十六年七月から翌年五月まで。『さゝ舟』から『荷葉盃』までは終了済み。『きくの浜松』のすべてと、『さんなきぐるま』の途中までが連載された時期に当たる）。町の子どもたちは彼女の眼の前にあふれた。彼ら子どもたちを文学的な対象として形象化する先例として、一葉が日頃から敬愛していた同時代作家である露伴の試みを、彼女が参照しなかったとは考え難いだろう。

一葉もまた、子どもたちを〈聖化〉したのである。但し、八歳、六歳の無邪気さをではなく、思春期初めのざわつく恋心を。また、それを、いつまでも未練を断ち切れぬ男の、過去に回帰したいという欲望をテコにしてではなく、子どもたち自身に内在する、成長する力をテコにすることによって。
一葉は、いわば、過去に封じ込めることによって〈聖化〉されていた、子どもたちの現在という時間を解放し、過去の呪縛を無効化したのである。過去の呪縛を解かれた子どもたちの身体は、おのおのが持つ成長する力を回復し、成長・変容する存在として、未来に開かれるであろう。だが…。

新三郎・お小夜が過去の呪縛によって〈聖化〉されていたということは、彼らが成長する場としての、未来に開かれた現在を奪われていたことを示す。『あがりがま』において、せっかく真里谷家やその他の親族とは異なる、坂本屋という新たな人間関係を作品に持ち込んだにも拘らず、新三郎がその中で成長・変容する機会を与えられなかったのは、その何よりの証拠である。これに対し、『たけくらべ』の世界は、現在という時間が確実に未来に向かって開かれている。だが……。

誰もが気づくように、『たけくらべ』の子どもたちの多くは屋号を背負っている。屋号とは、それを背負う者にとって未来を確定するもの、いわば、唯一絶対の未来の喩といえる。してみれば、屋号を背負う子どもたち、社会的存在としての彼らは、確定された未来によって呪縛されている、と見做すことができよう。成長する力を与えられた彼らの身体は、同時に、成長を通じて開かれる未来によって、社会的存在としての自己を呪縛されるのである。
『風流微塵蔵』から、子どもの現在を〈聖化〉する魅力を学んだにちがいない一葉は、過去への封じ込めという手だてには組しなかった。が、何らかの呪縛をかけることが、〝抒情性〟の獲得のためには不可欠であることを、悟ったのかも知れない。

他者の過去を重ねられ、それに封じ込められることによって現在が〈聖化〉される、というのではない。一葉が発明したのは、未来に呪縛されることによって輝きを増し、〈聖化〉されてしまうより仕方がない、そんな、子どもたちの成長する身体なのである。

3

美登利の変容と、久四郎の述懐部分の関係という問題に移ろう。『きくの浜松』は、その前半と末尾に登場する玉山（玉之助・十二歳。絵の上手な少年）の活躍ぶりが新鮮かつ刺激的だが、これを除くと、慣れた手つきで既知の主題を器用に反復した作品という印象が強い。

筆屋の青年正太郎とお初の結婚が、お初の過去の露見によって離縁で終わる、という筋書は、かなりトーン・ダウンしてはいるが『いさなとり』（「国会」明24・5～11）の彦右衛門とお新の関係に似ている。

お新の場合は、平戸の有福な雑穀商の一人息子・伝太郎に乞われて嫁ぐが、夫は身持ち治まらぬために実父に勘当されてしまう。ひとり婚家に残され「独り寝の閨《ねや》淋しさを人知れず喞《かこ》」つうち、なんと夫を追い出した当の舅がお新を誘惑しだすのである。とうとうたまらずに離縁、というのが彼女の過去である。お新はこれを秘したまま彦右衛門に嫁し、子も儲けるが、ふとしたことで前夫伝太郎に再会し密会するようになる。それを彦右衛門に知られ、伝太郎ともぐ〵（密会の手引きをしたお新の母も）惨殺されるのだった。

お初の場合は、過去に奉公先で同じ奉公人、久四郎と心を通わせるようになっていたが、そこの御隠居が「お初に手をつけ」、お初は久四郎に恨まれる身になる。久四郎の刃傷沙汰をきっかけに、お初は追い出され、その後、やはりこうした過去を秘したまま正太郎のもとに嫁いできたのだった。お初と御隠居の関係が、お初の側からの積極的な「胡麻摺《ごますり》」から始まったようにも、御隠居のなかば強姦に等しいふるまいから始まったようにも書かれているところは、或いは『いさなとり』にはなかった〝藪の中〟的次元を開拓した、と評価できないこともない。しかし、過去の事が発覚するや全く問答無用のかたちで、殺害ないしは離縁されてしまう点で、両作品に大した違いはない、ともいえる。いずれも、女の側に全く抗弁の機会が与えられていないのだ。また、死をも思う点では、お初に捨てられた久四郎の恨みの情は、お新に裏切られた彦右衛門、或は『風流仏』（明22・9）におけるお辰に裏切られた（と思い込んだ）珠運のそれの、焼直しに近いのである。しかも、より問題なのは、焼直し・使いまわしそれ自体よりも、この作品にせっかく描かれた、様々な人の〈情〉の帰結するところである。

『いさなとり』では、彦右衛門の〈情〉は、お新・前夫（伝太郎）・お新の母の三人殺しから、更に実子・新太郎ともども親子心中を決意するところまでエスカレートした後、結局息子は、殺すのではなく捨てることによって彼なりの人生を歩ませ、自分もまた新たな人生を目指すという展開をみせた。『風流仏』の珠運の〈情〉が、風流仏建立からその来迎までをもたらしたことは周知の通りである。

これに較べて、『きくの浜松』はどうか。

久四郎の思いは、「たゞ何処までも〳〵汝《そなた》を可愛《いとし》う思ふて居れば、心変りのした女め勝手にし居れと思ひ捨て、仕舞ふのが男児《をとこ》らしいとは千も承知万も承知して居れど、真実《まこと》を云へば左様は出来ぬ、永却末代思ひ切れぬ、仮令汝が如何あらうと此一念は捨て切らぬから其気で如何とも勝手にせよ」（其三十）といったところを、いつまでたっても旋回してやまない。そして最期はどうやら、どこかで自殺か、自殺に限りなく近い野たれ死にをした様子である……。否、それだけならば、まだよいのである。この作品の帰結は、ちがった形をとっている。

お初の思いは、次のように描かれていた。久四郎の刃傷沙汰のために奉公先から帰された彼女は、叔父夫婦から「妾奉公せよの、旦那取りせよの」と強要される。しかしお初は、断固として主張する。「何処へなと嫁けて下され、妾奉公旦那取りは厭でござりまする」と。そして、過去を秘し、正太郎との結婚を意欲したのだった。作品の終わり近く、過去のてんまつが明らかになった後、離婚に傾く正太郎に対してお初はいう、「神様も御覧なされ、此家《こちら》へまゐつてからは他心《あだごころ》持つた事は兎の毛ほどもござりませぬ、今御腹立が御解け無くて堪忍ならぬと仰やれば、徳蔵がところに帰らうやうも無い身の上、遠いところへ此家から直に行くよりほかは無いと覚悟をつけて居ります
る」（其五十）。この必死の懺悔において、お初は御隠居によって強姦されたことを証言している。また、久四郎との仲も、彼がいうほどに二人が相愛であったかどうかははっきりせず、久四郎の認識にはかなり男性的な（男が陥りやすい）思い込みがあるらしいことが納得できるように、お初は説明しおおせているといえる。『いさなとり』のようなスケールの大きな物語でないだけ、お初の心情に費された言葉は、充分な説得力を持っている。結局、説得の甲斐なくお初は離縁されてしまう。だが、しかし、それだけならばまだよいのである。登場人物たちの〈情〉に対する、この作品の落としどころ・帰結のつけようは、単に甲斐なく離婚、に留まるものではないのである。彼らの〈情〉は、最終章（其五十一）で、次のように扱われているのだ。

お初は離縁《さら》れぬ。伝吉は鼻を動かして、乃公《おれ》の云つた事に違ひはあるまい、どうだ正公恐れ入つたかと得々として笑ひぬ。卯平次は気の毒がつて呉れぬ。されど蔭では他所《よそ》の茶話にして面白がりぬ。久四郎は如何せしや、お初の離縁は我がせし事よりなりしと聞て那近《いづく》とも無く消えて失せぬ。巳之助夫婦は久四郎を死にしならむと憫然《あはれ》がりぬ。徳蔵が家にはお桂婆が罵る声お初が泣く声日々起りしが、頓《やが》てお初が近所の人の眼にかゝる事は無くなりぬ。京屋の家は相変はらず栄え、隠居はいよ〳〵壮健《たつしや》にて念仏一遍申さうでも無く暮しぬ。乙吉は主人が酒色に乱れ出せしに用のみ多くて困りきり、蠱斎は名人と噂に立ちぬ。

「伝吉」というのは、正太郎の遊び友達で、当初から、〝女は買うに限る〟、〝結婚などやめておけ〟などと助言していた男。「卯平次」は正太郎とお初の婚礼の仲人をした男である。「巳之助夫婦」は、行き場を失った久四郎を助け、

親身に世話をした宿の主人、「乙吉」は正太郎の筆屋の使用人だから、「主人が酒色に乱れ出せしに」とは正太郎のその後の行状のことをいっている。「蠱斎」は、この結婚を失敗、と占った占い師。

〝世間とは、所詮こんなものさ〟、と冷笑するかのような語りである。『風流仏』の理想主義から、このような現実主義に露伴は成熟したのだ、と評することも或いは不可能でないかも知れない。

だが、これは現実主義でも何でもない。鼻うごめかして誇る、伝吉のような男の世間知（それが知の名に値するかどうかは、しばらく措こう）に、作品が覆われているだけである。なぜ、正太郎はお初と別れたか？――「男を食つて来た女を女房《かゝ》には誰しも御免は知れた事だ」（其九）という伝吉の言葉に従ったからである。離縁を決心した正太郎の腹の裡を説明して「一つは自己《おの》が齢のまだ若きより、彼様《あん》な女で事を済まさば何時《いつ》でも女房は持てるものと高を括りての念慮《かんがへ》が腹の極々底の方に、自己《おのれ》は知らねど存《あ》ればよりの事なるべし」（其五十二）と語り手は述べているが、この程度の洞察ならば、すでに伝吉が、「気に入らなくつて逐《お》ひ出して二度めのを持つと又不思議のもので、釣り落した魚を大きく思ふ白痴《こけ》の料簡か知らないが先《せん》のが好く思へて来るもの、女房《かゝあ》を三四人も持《もつ》た奴に聞て見ろ、屹度《きつと》誰でも最初のを好かつたといふから可笑《おか》しい、ハヽヽ、大きに下《くだ》らないことを一人で饒舌《しやべ》つた、アヽ、酔つた」（其十九）などと管を巻いていたのと、ほとんど同レベルであろう。「伝吉めが云つた通り一切無益《だめ》になつて仕舞つたは」（其五十一）と正太郎はかこつ。

要するに『きくの浜松』は、「二十五は昔時より男の厄年といへり」（其八）という風に、通俗道徳や習俗のレベルに標準を合わせた語り手、もっともらしいことしか言わない占い師、遊び人・伝吉のあくまで女を見下した発言、そして占い師や伝吉の言ったことを実現してみせるくらいしか能のない正太郎らが、よってたかって久四郎の恋情や、お初の〝普通に生きたい〟という思いを、面白ずくに聞き流し、嘲笑い、そして酷くも生き埋めにしてしまった作品なのである。[6] それなりにすぐれた記述が散見されるのに少しもそれを活かそうとせず、明らかに低調な世間知によってわざわざ作品の思想水準を限界づけたような、『きくの浜松』とは、誠に不思議な小説である。

既に『別れ霜』（「改進新聞」明25・4）と『うもれ木』（「都の花」明25・11〜12）で、『風流仏』の筆法を完全に我がものとしていた一葉であれば、当の『風流仏』の焼き直し的再利用を含む『きくの浜松』を、ほとんど作者と同等、或いはそれ以上の洞察力と共感（ないし反感）を以って腑分し、そこから未発の可能性を持った言葉を正確に選び出すことは、たやすくできたに違いない。例えば、久四郎のお初に対する殺意と自死への傾斜（其四十二）は、『にごりえ』における源七の心を、正太郎を前にしてのお初の「懺悔」（先に一部引用した其五十）は、同じく『にごりえ』のお力の心や、源七の妻・お初の夫への最後の説得と懇請の言葉を、それぞれ紡ぎ出してゆく際の培養基のような働きをしたのではないだろうか。恐らく一葉は、そうしてやることで、生き埋めにされた久四郎やお初の心を、救い出そうとしたのである。

4

ここで最初に戻って、『たけくらべ』と『風流微塵蔵』の関係考察において山根氏が指摘したことのうち、第三の問題、すなわち『きくの浜松』（其三十一）における久四郎の述懐場面と『たけくらべ』（十五）のいわゆる〝美登利の変貌〟に関わるシーンの類似の意味をまとめよう。

確かに『風流微塵蔵』冒頭をあざやかに飾る新三郎とお小夜の姿は、初々しく可愛らしい。その後も彼らをめぐって描かれる少年たちの無邪気な光景の数々が、小説家一葉の興味をそそる力を持っていたことは、疑いようがないように思われる。しかし、その彼らがかくも意味深く愛らしいのは、それらが、中年男の失われた過去へのノスタルジーによって覆われていたからであった。そのような過去の呪縛によって〈聖化〉された少年少女たちを救い出すこと。その為に一葉は、少年少女たちみずからの持つ、成長する力を発揮しうる作品、『たけくらべ』を『風流微塵蔵』の傍らに置いたのである。

中年男のまなざしによって〈聖化〉された少女像を内側からつき破ろうとする美登利だが、しかしその美登利に手渡される未来、それは〝大人の時間〟――〝苦界にある姉と同じ時間〟という、確定された未来に他ならなかった。そのことを正面からひき受けざるをえない美登利の内面が、久四郎の絶望的なモノローグをなぞりながら一挙に形成されたのである。

こうして、ひとりの少女の像は、過去の呪縛を逃れた後に、今度は未来の呪縛を受けることによって再び聖的なアウラに包まれることになる。すなわち、「かの日を始めにして生れかはりし様の身の振舞」(十六)とは何故なのか、一体美登利の身に何が起こったのか、という問いが読む者すべてに抗しきれない魅力をたたえた謎として、今なお我々に迫ってくることになったのである。露伴にしてみれば、一つは、『風流微塵蔵』に停滞と閉塞を招いた〈少年少女の聖化〉を、過去の呪縛から未来の呪縛に切り換えることによって、逆に作品に限りない謎めいた余韻と深みを与えるものに変えた点で、もう一つは、自分で作り出しておきながら、ほとんど見殺し的に捨ててしまった久四郎の(ばかりでない)心を記す言葉たちに、これ以上望みえない程に適切な場所を与えてくれた点で、『たけくらべ』は真に瞠目すべき作品であったはずである。『三人冗語』の露伴が『たけくらべ』に脱帽したのは、まさに当然だった。

過去の呪縛といい、未来の呪縛という。これを別言すれば、近代の呪縛といいうるだろう。近代以前ならば、人は生まれによって与えられる分に甘んじ、過去の先例にひたすら忠実にふるまっておれば、おのずとそれにふさわしい未来が開かれる、と観念されたのであろう。そのような生にとっては、過去も未来も、いわば運命として現在を規定するにすぎない。確かに人は運命をも呪うことができるけれども、それは自分の生そのものを呪うのと同義である。

しかし、近代社会は現在の己れの生の根拠を、自然（本能）によっても、社会（身分）によっても説明することを許さない、自己帰責性の上に置く（この自己に、階級といった社会的要素を含み入れることは可能だが、そうすることで階級の主体性＝帰責性が担保される点で、論理的には右の規定はゆるがない）。そこで生きる者は、自分が共同体に帰属していることを運命として甘受するのではなく、その意味をみずからに厳しく問い糺し、自分とは何か、本来どうありたいのか、その為に社会はいかにあるべきなのか、といった種々の問いに、深い人生的意義を見出すことになる。その時はじめて、或る過去や、或る未来は、〝呪縛〟と認識されるようになるのである。それが近代的であると主張する所以である。

前田愛氏は、その著名な「たけくらべ」論(7)の冒頭のところで、露伴の〈少年文学〉をはじめとする明治二十年代の児童文学が普及させた「二宮金次郎型の勤倹力行の少年」像とは「まったくうらはらな世界に生きている」のが、『たけくらべ』に登場する子どもたちだ、と主張していた。しかし、より正確には、『たけくらべ』の子どもたち自身は「まったくうらはらな世界に生きている」つもりだったかも知れないが、その「世界」そのものは、「二宮金次郎型の勤倹力行の少年」像を理想とする学校社会への移行——小森陽一氏の言葉を借りれば(8)、「近代化の網状組織《ネットワーク》の網の目」にからみとられつつあるプロセスが、じわじわと進行していたというべきなのであろう。前田論文自体、長吉が信如への加勢を依頼する場面の分析の中で、「地域の子ども集団をうらぎって正太郎がただひとり公立学校に通学していることが長吉をいらだたせているのだ。」と指摘していた通りで、「地縁の論理」と「近代化の網状組織」とは、既に複雑にからまり合い始めていた。

小森氏は、美登利と信如の出会いについて、それが「『健全な身体』を育成する教育体系にからめとられた『運動』という管理された『遊び』」としての「春季の大運動会」においてであったことを強調し、前田論文で説かれたような「ノスタルジア」を紡ぐ場としての「遊び」の世界はもう崩壊している、と述べていた。前田氏とはベクトルが反対を向いているわけだが、しかし、「管理された『遊び』」の空間は、子どもたちの運命に対して、関与する力・管理能力をまだそれほど持ってはいなかったように読める。運動会で出会ったのは確かに小学生徒であるが、同時に彼らはあくまで遊女に売られる運命にある少女と僧侶になることを定められた少年だからである。学校は、彼らのこの定められた未来に介入する力を持っていない。『たけくらべ』の子どもたちと我々との距離は、前田氏が主張するよりは近く、小森氏が主張するよりは少し遠い、と考えるべきだろう。遊廓からの帰りの途中、級友に出会い、「後刻《のち》に学校で逢はうぜ」と言つてのける長吉、「己れは来年から際物屋に成つてお金をこしらへるがね、夫れを持つて」美登利を「買ひに行くのだ」とうそぶく団子屋の背高……、彼らの通う学校の教育能力・「管理」能力の程度が知れるというものである。

『たけくらべ』の時代は、高田知波氏がいうように[9]「天皇制というものが一元的なタテの序列構造の中に子どもたちを囲いこみ始めたその時期」である。氏の精査したところに拠れば「御真影」ひとつとっても「宮内省からじきじきに『下賜』された『御真影』をいちはやく所有していた学校、東京府の許可のもとに『複写御真影』を所有することになった学校、『代用』期間に限って『複写御真影』の奉掲を認められた学校、『御真影』を持つことをまったく許されない学校という、まさに天皇との距離にもとづく絶対的なヒエラルキーの中に」学校が、つまりは子どもたちが序列化されていった、という。そうして、こうしたヒエラルキーのそこここで子どもたちは刻苦勉励努力して立身出世を目指すこともあれば、また一方で、相変わらず親・きょうだいの生き方をそのままなぞるように成長し、大人になってゆく子どももいたのであった。そのような空間において、はじめて未来は、運命から呪縛へと、転化する。そのことの意味を、息をのむ思いで気づかされたのが、美登利の場合である。

来たるべき国家間戦争恒常化の時代が、実際に可能となるための条件は、右の如き強力な序列化を伴う、社会の近代化である。昨日の子どもたちの中から、兵士となって大陸へ半島へ島々へと渡っていった者は、そこで何を考え、どういうことをするのだろうか。ついこの間まで学友であった少女を、何のこだわりもなく何時か「買ひに行くのだ」といってのけた少年は、長じて後、どんな兵士になったのか。

『たけくらべ』の作者は、こうした問いを発する前に、逝った。しかし、時期的にいえば、一葉も問うてもよい問題ではあった。前田愛氏が『たけくらべ』における〝子どもたちの時間〟なるものを特権化するための、いわばダシのように使った露伴の〈少年文学〉は、実は右の問いとそれに対する真摯な回答だったのである[10]。

注

（1）山根賢吉「一葉と露伴」（「大阪学芸大学紀要（A・人文科学）」昭41・2）。

（2）『風流微塵蔵』は九つの短篇によって成り立っている。新聞「国会」掲載日時と共に、左に記す。『さゝ舟』（明26・1・28〜2・16）『うすらひ』（同・2・18〜3・12）『つゆくさ』（同・3・14〜3・16）『蹄鉄』（同・3・23〜4・2）『荷葉盃』（同・4・19〜6・20）『きくの浜松』（同・9・2〜12・7）『さんなきぐるま』（同・12・12〜12・23）『あがりがま』（明27・10・16〜12・27）『みやこどり』（明28・2・1〜4・5）。

（3）発表年時をもう一度記すと、『にごりえ』が明治二十八年九月、問題の一節を含む『たけくらべ』の（十五）は翌・二十九年一月である。

（4）但し、『たけくらべ』（十五）の「成事ならば」は、「文藝倶楽部」に一括掲載された際に加筆されたもので、「文学界」初出本文にはなかった点も、山根氏は前掲論文で注記している。

（5）柳田泉『幸田露伴』（中央公論社、昭17・2）その「二六、連作『風流微塵蔵』」。

（6）登尾豊氏は「会者定離――『風流微塵蔵』の見たもの」（「文学　隔月刊」平17・1、2。但し、引用は『幸田露伴論考』学術出版会、平18・10より）で、占い師・蟲斎の占いが当たったことについて、「時空を越えてすべてを知りうる視点をめざしていた露伴は、人の運命を予知するこの術を自分のもくろみの比喩として意識的に取り込んだものと思われる。」と述べているが、正太郎の運命は、伝吉の予言によっても言い当てられていた点を考慮すると、この指摘は支持し難い。「時空を越えてすべてを知りうる視点」を露伴がめざしていた、とする氏の前提そのものを筆者は疑問に思う。

（7）前田愛「子どもたちの時間――『たけくらべ』試論」（「展望」昭50・6。但し引用は『前田愛著作集　第三巻』筑摩書房、平1・9より）。

（8）小森陽一「口惜しさと恥しさ」（「国文学」昭60・10。但し引用は『文体としての物語』筑摩書房、昭63・4より）。

（9）高田知波「『たけくらべ』における制度と〈他者〉」（「日本文学」平1・3。但し引用は『樋口一葉論への射程』双文社出版、平9・11より）。

（10）拙著『幸田露伴の非戦思想　人権・国家・文明――〈少年文学〉を中心に』（平凡社、平23・2）参照。

幸田露伴

9　露伴にとって小説とは何だったか

はじめに

松浦寿輝氏の大著『明治の表象空間』（新潮社、平26・5）が、その序章を除く本論全50回のうちの4回分（40から43まで）を、幸田露伴に充てている。「システムとしての明確な輪郭を備えるに至った国語《ラング》」が、「微小な出来事として生起する個人の発話行為《パロール》」をそのつどみずからの裡に再回収し、制度としての強度を増してゆく「シニカルな拘束装置として立ち現われ」（三二一〜三二三頁）た明治二十年前後、このシステムから「逸脱してゆく大胆な逃走線」（同）を描いてみせた三人の作家のひとりとして、露伴が召喚されたのだが（残る二人は、北村透谷と樋口一葉）、この見立てについて、今筆者には詳しく言及する用意がなく、またその必要も感じていない。基本的共感を表明させていただいた上で、本章は話を露伴に限定し、氏の著書に触発されつつ、特に露伴と小説の関係を中心に、二三思うところを述べることとしたい。

I

露伴が描いたという、「明治の表象空間」からの「大胆な逃走線」とは、松浦氏に拠れば、露伴文学における「エクリチュールの無償性」・「無根拠性」（五七七頁）である。

例えば、『五重塔』（明24・11〜25・3）の「其三十二」、有名な「暴風雨」の文章（それは自然現象としての暴風雨のありさまが、人間に対する飛天夜叉王の怒りとして描かれている）を評して、「音楽的な抑揚と暴力的な衝迫を兼ね備えた激越な散文」と、氏はいう。そこでは「読者は、描き出された暴風雨の激甚なさまを言葉の表象作用によって理解し認識するのではなく、眼前に真っ向から吹きつけてくる言葉の奔流にただ圧倒されるだけである。」、「言葉は暴風雨を表象しているのではなく、言葉それ自体が暴風雨のように荒れ狂っている」（五五九頁）。——実をいえば、ここまでならば、暴風雨シーンを美文として特筆大書するのみで、この一節を『五重塔』という作品全体の中に意味づけることを怠ってきた先行者（例えば伊藤整）の読みと、氏の読みとの間に、それほど大きな違いはない。氏自身、『五重塔』の主たるストーリーを占める、十兵衛と源太の葛藤劇については特に見解を示しておられない。松浦氏の真骨頂は、こうした「暴風雨」の一節の与えてくれる「言語の表層的な快楽」（五六一頁）を、『五重塔』と同時期に書かれた露伴随筆「言語」（明24・9）について氏が指摘する「韜晦と諧謔」（五六六頁）を経由した上、露伴中期以降の主要な仕事となる「考証」「史伝」をも視野に入れて、一挙に露伴のテクストにおける「エクリチュールの無償性」・「無根拠性」の歴史的意義に迫るところにある。すなわち、

透谷の「内部」が「言文一致体」によって表象される「内面」とは異質であったように、一葉を侵す「決定論の狂気」がいかなる「写生」論的な「リアリズム」とも無縁だったように、露伴における「言語の表層的な快楽」もまた、現実界のこのものへの感覚的確信によって成立する自然主義以降の「近代小説」のエクリチュールの中では十全な開花を見ることのできない何ものかであった。それを開花させるためにこの「言語の魔王」は、あえて時代に背を向け、秘密の小部屋や隠し扉や巧緻なトラップに満ちた広大な地下迷宮のごとき、あの「考証」の魔界に閉じ籠もる。

（六〇〇頁。傍点原文—以下、断りなき限り同じ）

「考証」とは、現実を言語で「表象」しようとする行為からはるかに隔たり、アーカイヴ空間の深みに沈潜して、そこにおいてただ言葉に言葉を重ね合わせ、言葉を言葉へ送り返してゆく際限のない営みのことである。言葉の偏執的な重層化の、到着地点の見えないテクストの送付と回付の、果てしない反復実践のことである。（同）

そして、結論。

二十代半ばで斃れた透谷と一葉は、或る種の認識論的切断の可能性を萌芽的に示唆しながらも、その生物学的死によって「明治の表象空間」の内部にとどまらざるをえなかった。他方、生き延びた男である露伴は、その延命の歳月を支える特異なエクリチュール戦略を洗練させていかなければならない。（中略）一見、言語において何が「正」で何が「誤」かをめぐって、あたうるかぎり厳密に思考しようとしているかのごとく見える露伴の「考証」の文章群には、にもかかわらず、「正」と「誤」を分かつ境界が不意に掻き消え、奔出し奔騰し奔流する言葉の運動に身を委ねることの無償の愉悦――その愉悦こそが先ほど暴力と呼んだものの同義語にほかならない――の中にすべてが溶け入ってしまうといった瞬間が、いたるところに仕掛けられている。「いつの日か人類は、法でもって遊び戯れるようになるだろう」とアガンペンは言ったが、ちょうど日本語が「言海システム」の内部に整序されようとしていた、その同じ時期に、ただ書くこと、すなわち「国語でもって遊び戯れる」ことを通じて、システム化にも合理化にも徹底的に逆らう言語の力学の、愉悦漲る作動のさまを鮮烈に示しているという点に、幸田露伴の仕事のもっとも刺激的な意味が存しているように思う。（六〇二～三頁）

さて、松浦氏のこの力作に対し、筆者は心からの共感を覚えることを繰り返し表明した上で、いささか文字面《づら》にこだわる愚にも似た、或る種のもどかしさのようなものを感じること、およびその由来について、これから述べる。

一つは、露伴文学のなりゆきを、氏はおおまかに、「小説」から「考証」へ、という風にとらえているが――その点について、全く異存がないのだが（つまり「小説」のようなものから、「小説」とはもはやいいがたいようなものへ、露伴文学は移り変わっていったようだ、というのには賛成するが）、その際、「小説」、或いは「考証」という語が選ばれたことには、筆者は多少の違和感を持つ。少なくとも前者には注釈が、後者は「考証」に限定されない広がりを許容するような言い方がなされるべきでは、と思うのである。

もう一つは、「考証」の語が選ばれたことから生じた派生的問題かと思うが、氏は露伴の描いた「逃走線」を、「あえて時代に背を向け」、「閉じ籠もる」、「ただ言葉に言葉を重ね」、「ただ書くこと」、というように、ひたすら没社会的なイメージで包みこもうとしてしまっているように思われる点である。これでは、かつて〈反近代の系譜〉論者たちが露伴・泉鏡花を共に〈反近代〉の作家としながら、二人の担った文学史的意義の違いについてはまともに説明できなかったのと、大して変わらないことになってしまうのではないか……。

2

まず後者について。

夏目漱石の『門』（明43・3〜6）で、主人公宗助が役所の帰り、歯医者に寄るシーンがある（五の二、三）。待合室で宗助は退屈しのぎに何冊かある婦人雑誌等の中から、雑誌「成功」（作中では「成効」となっている）を手にとってみる。

其初めに、成効の秘訣といふ様なものが箇条書にしてあつたうちに、何でも猛進しなくつては不可《いけ》ないと云ふ一ヶ条と、たゞ猛進しても不可ない、立派な根底の上に立つて、猛進しなくつてはならないと云ふ一ヶ条を読んで、それなり雑誌を伏せた。「成効」と宗助は非常に縁の遠いものであつた。宗助は斯ういふ名の雑誌があると云ふ事さへ、今日迄知らなかつた。

この後、宗助は自分のぐらつく歯の根元の「中が丸で腐つて居ります」と医師から宣告され、治療を受けて家路につく。その家は「此明るい灯影に、宗助は御米丈を、御米は又宗助丈を意識して、洋燈《ランプ》の力の届かない暗い社会は忘れて」いられる、そんな小さな世界である（五の四）。寝る前に、宗助と御米の夫婦は、こんな会話を交わす。


「今夜は久し振に論語を読んだ」と云つた。

「論語に何かあつて」と御米が聞き返したら、宗助は、

「いや何にもない」と答へた。それから、「おい、己の歯は矢つ張り年の所為《せゐ》だとさ。ぐら〳〵するのは到底《とても》癒らないさうだ」

と云ひつゝ、黒い頭を枕の上に着けた。（同）

宗助が歯医者の待合室で手にした『成功』は明治三十五年五月創刊の修養雑誌である。この雑誌に、露伴はほぼ十年余にわたって積極的に関わった（創刊号から五号まで連続して原稿を提供したのを始めとして、定期的に寄せた文章は後にまとめられて『努力論』（明45・7）と成った）。ここで宗助が読んだ「成効の秘訣」をめぐる記事について、『漱石全集第六巻』の注は、『成功』明治四十三年元旦号の巻頭言「真正の勇者」がそれに該当する、としている。(1) 一部分、

孫引きさせていただく。

▲何事に対しても恐怖の念を起す臆病なる青年は到底成功を為すの資格なし、斯る青年の成し得る最上の事は、唯蠹虫《とちゅう》たるに止まる。▲然らば真正に勇気ある青年とは如何の者か、曰く、唯正を履《ふ》んで恐れず、如何なる障碍に対しても、真一文字に進むの青年を云ふ。

実は、これとほとんど同趣の文章を、幸田露伴も書いているのである。〈少年〉向雑誌『少国民』（明31・7）に載った「冒険」という短いエッセイがそれで、曰く、冒険とは何か？　向こう見ずの行為や博奕のようなものと考えている者も多いが、そうではない、真の冒険とは、「我が信ずるところの義により、我が恃むところの智により、我が究めたるところの理により、我が屈せざるところの勇により、崇高なる目的のために直前して、難きを憚らず危きを恐れざるをいふのみ。」――その主旨は、右の「真正の勇者」とほぼ同じといってよいだろう。このエッセイは日清戦争後、三国干渉に「臥薪嘗胆」を唱えて次の戦争への機会を待ち望む国民、といったイメージ作りに精を出していたジャーナリズムへの批判として書かれたものだが、(2)ここでは『成功』的言説と露伴のそれの同質性が確認されれば足りる。エッセイの末尾に、『中庸』第十四章に基づいて書かれたものであることを、露伴は記している。

露伴＝『成功』的言説は、儒教ないしはその通俗化された教えを土台として、（未来の、そして現在ただ今の）勤労青年に向けて克己と立身出世の志を鼓舞する、励ましのことばたちだ、とおおよその見当をつけておくことができる。

宗助は、それらのことばたちを、自分と「非常に縁の遠いもの」のように感じている。しかし、帰宅したその晩、めずらしく『論語』を引っぱり出して読みちらしたらしいところをみれば、彼も『成功』の文章に立ちこめた雰囲気の根元にあるものの何たるかを、敏感に感じ取ったにちがいない。だから、現在の自分にとって『論語』がもはや何の意味ももたないことを確認したすぐ後に、『成功』を手に取った歯医者の待合室の連想から、自分の歯の根が「丸で腐つて」しまっていて、もう「到底癒らないさうだ」ということを、宗助は妻に告げたのである。

一方に『成功』的言説があり、露伴は明らかにその圏内に片足をつっこんでいる。他方、そうした言説をもはや他人事としてしか読むことのできない、古典的素養や社会的慣習から切り離された、孤絶した内面を抱え込んでしまった精神――『浮雲』の文三の正統的後裔たる宗助のそれ――が、ある。

回り道をしたが、ここで松浦氏の御論に戻ろう。

筆者は、露伴再評価のむずかしさを、確かに氏のいうような、今まで知ろうと思ったこともないような「アーカイヴ空間」につれ込まれ、そこに「閉じ籠」められる思いを味わわされる時に痛感することも、あるにはあるが、それ以上に、露伴の文学世界があまりにもしばしば、世俗的な教訓や紋切り型の発想に平然と近接してみせるところに、より多く、由来するのではないかと思う。

筆者の理解するところでは、近代社会とは、それまで依拠してきた法・慣習・諸々の社会制度を、〈個人〉を単位とするものに作りかえることで成立した。そこに生きる人々も、そうした単位としての〈個人〉に自己を閉じ籠めようと、従来の諸観念・諸慣習から自己を切断し、自己を整形し直す。そうすることで、はじめて社会の成員として認証されるのである。だから私たちは、自分の根本が腐れ果ててしまったというような自己像を抱え込んだ宗助や、「宗助は御米丈を、御米は又宗助丈を意識して」生きようとする夫婦の小ユートピアを、とても他人事とは思えない。近代社会は、歴史の連続性に深い亀裂を与えることによってしか誕生しないのである。漱石文学が私たちに近しいのは、明治時代の日本社会の、様々な領域に走ったこの亀裂に、最も早く、かつ正確な文学的表現を、彼が与えたからであろう（と同時に、私たちは漱石的文学に馴致されることで、一見この亀裂＝危機の痕跡を感受することのできないような文学に対しては、軽蔑と無関心を決めこむことを学んでゆく）。

こうして出現した文学的風土の中で、幸田露伴は確かに「生き延びた男」なのだが、しかしそのふてぶてしいまでの「言語の魔王」ぶりの要諦は、氏のいうような「『考証』の魔界」へのオタク的「閉じ籠も」りのしぐさでは、恐らくない。むしろ「考証」の場においてすら、過去との間に何らの切断も亀裂もないかの如く、自在に今と昔を往還してみせる、そのあっけらかんとした開放性――その端的な徴しが、「史伝」で完成される、露伴的というしかない、あの自由闊達な語りの文体である――こそ、彼の力の根源だったのではないか。『努力論』や『修省論』（大3・4）といった修養書において彼がみせた、同時代の青年たちに向けての親しげな教訓癖も、明治・大正の実業世界とさえつながっている、彼の開放的な身ぶりのあらわれであろう。[3]

この開放性が、露伴を「生き延びた男」にしたと同時に、根深いところで彼の文学と私たち現代の読者とを、遠ざけているのである。

3

松浦氏の指摘する通りだったのだ、と慌てて言い添える必要がありそうだ。露伴の「考証」、と分類される文章は、氏に拠れば「何が『正』で何が『誤』かをめぐって、あたうるかぎり厳密に思考しようとしているかのごとく見える」そぶりから出発しながら、いつの間にか「『正』と『誤』を分かつ境界が不意に掻き消え」……とはつまり、「考証」というジャンルがかりそめの姿にすぎないものとして容赦なく廃棄されていた、ということだからである。そして、その本性たる「奔出し奔騰し奔流する言葉の運動」が現前するや、時に社会諷刺に、時に修養談義に、時に歴史漫談にと、それらは飛散してゆくのだ。

そうしたことは、「考証」においてだけ起こるのではない。「史伝」においても然り、「評論」においても又然りである。例えば前田愛はその『一国の首都』論において、(4)この長篇論文の後半約三分の一が「遊女の発生から花街の変遷、江戸の風俗の頽廃」の歴史に費やされている点で「近代の都市論の系譜のなかにも、しっくりおさまりきらない」と述べ、これを馬琴の『夢想兵衛胡蝶物語』になぞらえて次のように結論づけている。

露伴が馬琴の空想的な諸国物語に導かれて、文明開化の東京を俯瞰していたとすれば、『一国の首都』は、やはり、明治文学のなかでも屈指の奇文といわなければならないだろう。

近代都市をめぐる「評論」も、露伴の手にかかればたちまち〝何か他のもの〟、「文明開化の東京を俯瞰」する戯作的幻想譚の方へ飛び散ってゆくのである。

この辺で、「小説」から「考証」へ、を何か別のことばで、どう言いかえたらよいのか、というもう一つの問いに入ることにしよう。

「考証」の語に代えて、では「史伝」ではどうか？「評論」では？……と考えても、あまり意味がないことは、すでにお察しのことと思う。そこで、そもそも露伴にとって「小説」とは何だったのか？ という問いを立ててみたい。その後、なんともジャンルづけに窮するようなものに変容してゆくことを許してしまう、「小説」というジャンルは、露伴において、一体どのようなものだったのだろうか。

近代小説がそれまでの戯作・稗史の類いから、坪内逍遙による切断によって誕生したことは言うまでもない。露伴は、彼の『小説神髄』（明18・9〜19・4、上・下二巻合本の刊行は明治十九年五月）を、北海道余市時代（明18・7〜明20・8）に読んでいる。

明治十年代にさかんに提出された百凡の小説改良論の中で、逍遙の『小説神髄』が抜んでている点は、小説を正統化するための理論的枠組みを、従来の「文学」――つまり儒教を中心とする経世済民の「学問」――から、「美術」――今日いうところの「芸術」――に切り替えようとしたことにある、と柳田泉はいっている。柳田に拠れば、それまでの多くの小説改良論も、小説有用論、さらに小説革新論まではいっても、「幼稚人民乃至下層社会には大いに必要であるが、大人君子、上流社会にはこれがなくともすむ」[5]という立場を克服できなかった、という。これを乗り越えるための抜本的方策は、経世済民を信条とする「文学」の下位（庶民向け、という役割をふり当てられる立場）に据えられた小説を、別のカテゴリーに置き替えることだ、と逍遙は考えた。そして、その移転先として「美術」が、彼によって呈示されたわけである。

しかし、「美術」と小説の接合が、小説論に美学（哲学）・イデア論を導入する結果を招き、その点の理論的不徹底が露呈したことは、二葉亭四迷と逍遙との関わりで、或いは森鷗外との没理想論争などで、すでによく知られている。また、かんじんの「文学」との切断についても、その曖昧さが指摘されているが、これらの点について今はしばらく措こう。問題とするのは、露伴がそれらをどう受けとめたか、である。どうも彼は、後に指弾されることになる右の欠点（？）について、特に関心は示さなかったように思われる。美術との接合については、全く興味を示さず[6]、文学との切断の曖昧さについては、そもそも切断という風に読まなかったのではないか、というのが筆者の推測である。

まず、次の一節をみよう。

（前略）先づ在来の小説家は功利主義であつた。ダイダクチックであつた。最も世人に敬愛せられてゐた馬琴を始めとして、皆世の中の訓への為めと云ふ事を眼目にしてゐた。近松以来、さうである。さうなつてゐる。それを覆へされたのだから、私にとつてもシヨツクであつた。私の知人にもさうであつた。今思ひ返して見ると、是れ程大きな動揺を与へたものは他になかつた云々。

これは、露伴が『小説神髄』から受けた衝撃を伝えるものとして、柳田泉が引用したものである。(7) 小説の意義が社会的価値との関係（「皆世の中の訓への為め」）ではなく、芸術的価値との関係から説明されたことを、衝撃として露伴は受けとめたのだ、と柳田はこの一節を根拠に主張している気配である。ただ、この引用文は、神代種亮「逍遙先生の事ども」（「太陽」昭3・1）中で〝露伴直話〟として紹介されたものだ、という点がいささか気になるところではある。では露伴本人は『小説神髄』について何も書き残してはいないのか、というと、実は別に自分名儀で公にされたものがあり、その調子は右の引用文とかなり違うのである。次に、それを引く。(8)

勧懲主義や通俗教育が是認されてゐたと云つても、それは近松や馬琴が、戯曲や小説が社会の不必要物、贅物、ひよつとすると人の心術を敗り、青年男女の為に宣淫導慾の悪作用をするものになりはしまいかと云ふ老実者流の意見や批評に対して寧ろ自己弁護的に発したところの言説と云つてもよく、そして其の言ひまへが道理であると世間からも首肯されてゐたに過ぎぬのであると、云つても宜しい事なのであつた位である。然様いふ状態だつたので、坪内氏の著書が出ても、若い者達の中の誰でもが争つて読んだといふのでも無く、政治とか法律とか理化学とか医学とか軍人とかで身を立てようなどと思つてゐる多くの青年にはまるで無関係に看過されて、たゞ幾干か云はゞ風流気のある、詩や文章や戯曲小説などの好きな、所謂余裕ある連中に何様なものかと云ふ位の事で読まれたので、そして其を読んだものとて別に此に対して反対意見を立てようでも無く、熱心な賛成意見を立てようでも無く、又社会の相当の地位に立つてゐる人が此に就て考慮を払はうでも無く、新聞紙上に筆を執る人々の間でも兎角の論議を加へようでも無かつたので、大抵の新聞紙などはたゞ新著の紹介位に止まつたもので、別に論議の的としたもののあつたことを聞かず、漫然と、新らしい意見として面白い著述だ、直接利得を主とせぬ感心な書だ位の評判をした位であつたと覚える。

功利主義的小説観を覆されたことは「シヨツク」であった、と神代の伝える〝直話〟の中の露伴はいう。が、その功利主義的小説観なるものは、戯作者側の「自己弁護的」な正統化のための理屈にすぎなかった、という認識も一方で彼にはあったわけである。とすれば、それを覆されたことの「シヨツク」の強度については、いささか慎重な考量が必要となろう。

続けて「氏の此著の如きは我邦文学を向上させる好い刺激である指針であるといふやうな意を以て」一部の人々に迎えられた、と述べ、次のように露伴は段落を結んでいる（ここでいう「文学」は学問としてのそれではなく、今日意味するところのものである）。

少しづゝ少しづゝ社会は文学といふものを意識し出した。此の文学を意識し出した時代が、二十年前の数年から二十何年かまでの間で、実に僅々の年数ではあるが、甚だ興味の有る歳月だと思はれる。其間に於ては何と云つても坪内氏中心の観が有る、全く氏の功績を其筆頭に置かねばならぬことは、苟も当時を朧気にも知つてゐる者の異論の無いところであらう。

『小説神髄』という書の中には、確かに柳田泉が指摘したように、〝「小説」を「文学」（学問と連続するところの）から、「美術」へ〟という理路が存在する。しかし、没理想論争における完璧な局外者ぶりをみても、露伴が小説＝芸術である、という問題に深甚な興味を示したとは考えがたい。むしろ、新社会に向けて小説に然るべき地位を与え、それにふさわしいどのような責任が課されるべきかを明らかにして、その為の文学内部の編成（儒教から小説までの位置ないしは距離関係）の再考を促す、そんな書として、彼はこの書を読んだのではないか。例えば、次のように筆者は想像してみる――（以下、「　」内の引用は『小説神髄』からのものである）。

国会開設を間近に控えた大事な時なのに、今の日本は、「実に小説全盛の未曾有の時代といふべきなり」（「緒言」）。小説でさえあれば、「いかなる拙劣《つたな》き物語にても、いかなる鄙俚《いやし》げなる情史にても、翻案にても、翻訳にても、翻刻にても、新著にても、玉石を問はず、優劣を選ばず、みなおなじさまにもてはやされ、世に行はるゝ」（同）に至っている。はては国民形成のための最重要媒体である「新聞、雑誌のたぐひにすら、いと陳腐《ふるめか》しき小説をば翻案《やきなほ》しつゝ、載《のす》るもあり」（同。傍点は筆者）。

――なるほどこれは、大いに憂うべき事態だ。

よし「我が小説の改良進歩」（同）を企てよう。今の小説は「道徳といふ模型《いがた》を造りて力《つと》めて脚色《しくみ》を其内にて工夫」（同）するから、「勧善の主旨を加へて人情をまげ、世態をたわめて、無理なる脚色をなす」（同）結果となるのだ。されば、まず旧い「道徳といふ模型《いがた》」は捨て去るべし。その上で、「小説の主脳は人情なり、世態風俗これに次ぐ」（「小説の主眼」）、「此人情の奥を穿ちて、賢人、君子はさらなり、老若男女、善悪正邪の心の内幕をば洩す所なく描きいだして周密精到、人情を灼然として見えしむるを我が小説家の務めとはするなり。（中略）其骨髄を穿つに及び、はじめて小説の小説たるを見るなり」（同）。これが、我々が求めるべき理想的な小説、というわけだな。

この、来たるべき小説が目的とするのは「人生の批判《クリチシズム》」（同）、または「訓誡《をしえ》」（「小説の裨益」）である。[9]「訓誡といへば一向《ひとすぢ》に仁義道徳の主義を奉じて人の行状の曲正直邪を評判せるものとのみ思ふもあらむが、予がいふ訓誡は之に異なり。（中略）たとひ道徳の区域を離れたるものといへども、苟《かり》にも人間を警誡して其内外の体裁をば改良するの力ありなば、総じてこれらをも通称して訓誡とはいふなり。譬へば人間に諸礼法を教ふるも、機智頓才を磨かしむるも、人情の何たるを悟らしむるも、また情慾の千万無量なるを知らしむるも、皆これ訓誡の一端なるべし。世上の小説読者にして、もし此訓誡の所在を知得て、其真味をしも味ひ得なば、さてこそはじめて小説、稗史の真成《まこと》の効能をも覚得《さとり》べく、且は快楽の果実をしも摘《つみ》得たりとはいふべきなれ。」（「小説の裨益」）。

――いかがだろうか。『小説神髄』から、芸術論に関わる部分は抜き、主に倫理に関わる部分を中心にして、小説再評価の主旨を要約した、筆者の作文である。このように、露伴は『小説神髄』[10]を読んだのではないか？（新聞小説に典型的な「出版語」を、〈国民〉想像の重要な要素とする、B・アンダーソンの知見を、要約の際多少意識してある）。

亀井秀雄氏に拠ると、引用文中「諸礼法」と逍遥が翻訳した、モーレイの原文の該当箇所は「何が優雅で上品であるかの観念」だそうで、「いささか意訳が過ぎ」る、と氏は述べている。[11]創造的誤訳というべきだろうか。しかし、こうした明治人の気質・志向とでも呼ぶべきものは、逍遥だけでなく露伴にも、どころか、露伴にこそよりいっそう顕著に見出すことができるだろう。それが露伴に、『小説神髄』をして、儒教を中心とする自己の倫理意識と、新社会の新たな生の原理との対質、そこでの小説ジャンルに割り当てられるべき新たな使命、といった問題を考える契機たらしめたのではないか。彼らが理想とする明治の新小説は、人間性の再定義に不可欠なデータベース（「人情」の心理学的分析と、「世態風俗」の社会学的報告）なのだから、儒教をはじめとする古典的教養の現代的意義を洗いなおす作業のいちいちに関与する、それと連続する〝何か〟となるはずである。

自然主義文学以降の「近代小説」の枠組みと〝漱石的文学〟に馴致された小説趣味から脱却できないでいる私たちに、儒教を土台とした彼らの倫理意識と新ジャンルとしての小説創造との間の、こうした緊迫した思想的ドラマを想像することは、恐らくなかなか困難なのである。

「小説から考証へ」を、なんと言い直すべきか、という問いに対する回答をあえて記すなら、「従来の文学（儒教を中心とする学のまとまり）全体の再編成により新たに定義された、評論・小説・史伝・考証・修養書等々から成る星座の、時々刻々の変化」、といったところになるだろうか……。

4

最後に『小説神髄』の下巻にも、少し触れておきたい。

その冒頭「小説法則総論」の中で、逍遙は次のように述べている。

読者を感動せしむるは主なり、法則を設けて物語を結構するは読者を倦まざらしめむがためなり、読者の感心を得むがためなり。故に法則は従なり方法《てだて》なり、方法は須らく臨機応変なるべし。

かんじんなのは何より「読者」なのである。来たるべき小説の主たる舞台となるはずの新聞雑誌の読者は、小説ジャンルの創始者たちにとって未知の存在だった。彼らに一体どんな文学的教養を期待できるか、どんな「感動」を与えうるのか――。続く「文体論」の章、「小説脚色の法則」の章で、逍遙が追究するのは、徳川体制下の階級意識や地域的閉鎖性によって制約・規定されてきた読者の文学的感性に、それなりに受け入れられつつ（それがなければ読んでもらえない）も、それらの制約を内側から打ち破り克服してゆく（それができなければ書く意味がない）ための、様々な手だてである。

そこで、逍遙がとりあえずの処方箋として推奨したのが、文体としては「雅俗折衷」文体だった。それは大別して「稗史《よみほん》体」（「地の文」を雅言七八分、「詞」を雅言五六分にした雅俗折衷文）と、「草冊子体」（「稗史体」より俗言を多め、漢語を少なめにした雅俗折衷文）に分かれる。「国会」新聞時代（明23・暮れ〜明28）の露伴が「稗史体」、樋口一葉が「草冊子体」を採用して、それぞれ最も小説家らしい活躍をなしえたことを考えれば、逍遙の処方箋は抜群の効能を発揮した、といってよいだろう。

この点に関して、松浦寿輝氏が『明治の表象空間』の樋口一葉の章で触れている。一葉『にごりえ』（明28・9）の、あの有名なお力の内的独白の場面（「お力は一散に家を出て、行かれる物なら此まゝに唐天竺の果までも行つて仕舞たい、あゝ嫌だ嫌だ嫌だ、何うしたなら人の声も聞えない物の音もしない、静かな、静かな、自分の心も何もぼうつとして物思ひのない処へ行かれるであらう、つまらぬ、くだらぬ、面白くない、情ない悲しい心細い中に、何時まで私は止められて居るのかしら、これが一生か、一生がこれか、あゝ嫌だ〳〵と道端の立木へ夢中に寄かゝつて暫時そこに立どまれば」）の、異様な衝迫力の鍵は、それが「いきなり始まる」ところにある、と氏はいう。「いきなりの静けさ」、「いきなりの出来事性」……、これは、一葉が「雅俗折衷文体」で書いたからこそ実現しえた出来事性なのだ、と。

というのも、この出来事とは「雅俗折衷文体」がこれもまたいきなり「俗文体」にシフトするということの衝撃と本質的な関係を持っているからである。「言文一致」の透明感が「近代性」の重要なパラメーターの一つであることは言うまでもない。が、「お力」の呟きが戦慄的なゆえんは、単にそれがなまなましい「俗文体」

で書かれているという点に尽きるものではない。肝心なのはむしろ、「雅俗折衷文体」の「折衷」がここで不意に掻き消えること――「俗」を外から鎧い、その頽落を辛うじて堰き止めていた「雅」の被覆が剝がれ落ち、「俗」によって表象される傷つき易いひ弱な内面世界が、よるべない孤立感とともに一挙に開示される瞬間、エクリチュールに走る亀裂の方なのだ。文化的記憶の重みに撓み、前近代的な雅趣や美意識の残滓をまといつかせた「雅」の語彙が一挙に消失し、その後に残るものはもはや、ひたすら貧しい「俗」だけである。

（五一九頁）

みごとな指摘だと思う。ここに蛇足的に、お力の右の内的独白が露伴『風流微塵蔵』のうち『きくの浜松』（明26・9〜12）の次の一節と関わりをもつことを、つけ加える。

ならうことなら底の深い、光の無い、風の音のせぬ、人の来ぬ、極々静かな小《ちひさ》い谷間のやうなところに此身が今悉皆《そつくり》此儘引取られて、それきりにすや〳〵と睡り死《じに》に死んで仕舞ひ、而《そ》して片端からづく〳〵と雪の解くるやうに消えて仕舞ひたいやうな、あゝ何事も詰らぬ、可厭《いや》なと長太息《ためいき》つく〴〵自己《おの》が心から心を映らせて世を味気無く思ひなし居たるが、

（其三十一）

さらにこの一節には、仏教の白骨観もふまえられているようだ。誕生まもない、この時期の小説の、扱いにくさと魅力を示す、好例といえそうである。

注

（1）『漱石全集　第六巻』（岩波書店、平6・5）。『門』の注解四一四3（中山和子・玉井敬之執筆）。

（2）拙著『幸田露伴の非戦思想』（平凡社、平23・2）。その第六章の4（一六二〜一六六頁）を参照。

（3）この「開放的な身ぶり」は、かつて大岡昇平が露伴を評して「濫読、饒舌、さらに一種の凡庸さが具わっていることも、その宇宙的な心性の徴候」（『現代日本文学3　幸田露伴　泉鏡花』〔文藝春秋社、昭43・10〕解説）といった、その「一種の凡庸さ」に対応しよう。ただ、近代社会の到来を、それ以前の社会からの〝切断〟ととらえる視点が、果して露伴においてあったか、という問題は、露伴文学が開放的だった、「一種の凡庸さ」を含んでいた、ということはまた別に、考えられねばならない。筆者は『五重塔』の「暴風雨」が「飛天夜叉王」の怒りとして描かれた、という事実そのものの裡に、露伴の〝切断〟の意識を窺いうる、と考えている。拙著『幸田露伴論』（翰林書房、平18・3）、第十章（特にその二三三〜二四〇頁）を参照。

（4）前田愛「『一国の首都』覚え書」（「文学」昭53・11。『前田愛著作集　第五巻』筑摩書房、平1・7、に所収）。

（5）柳田泉『明治初期の文学思想　下』（春秋社、昭40・7、三三二頁下段）。

（6）しかし興味を示さなかった、ということは、その意義を理解しなかった、或いはできなかった、ということではない。現に例えば露伴の出世作『風流仏』（明22・9）は、この、小説と美術の接合というトピックに便乗し、接合の試みに協力するそぶりを装いながら、逆にそれをちやかし、はぐらかしてしまう作品だからである。注（3）の拙著、第四章（特にその八六〜九一頁）を参照。

（7）柳田泉『幸田露伴』（中央公論社、昭17・2、五一頁）。

（8）「明治二十年前後の二文星」（「早稲田文学」大14・6）。但し、これも口述筆記の類いか。

（9）「人生の批判」は「小説の主眼」の章でジョン・モーレイの言として、「訓誡」は「小説の裨益」の章で「西洋《にし》の博識なにがし」の言として、それぞれ『小説神髄』に引用された文中の言葉だが、その二つの長い引用文が、実はどちらもジョン・モーレイ『ジョージ・エリオットの小説』（一八六六）からの、逍遙による翻訳であること、およびその意義について、亀井秀雄『「小説」論』（岩波書店、平11・9）の「第7章　小説のイデオロギー」（特に二三三〜二四九頁）が明らかにしている。

(10) B・アンダーソン『定本　想像の共同体』（書籍工房早山、平19・7）。特にその「Ⅱ　文化的根源」および「Ⅲ　国民意識の起源」参照。

(11) 注（9）の前掲書、二四四頁を参照。

10 露伴小説における悟達と情念――『封じ文』から――

はじめに

筆者はかつて、出口智之氏の『二日物語』に関する論考「幸田露伴『二日物語』論――歴史と虚構の狭間で――」[1]について、次のように述べた[2]。

『呵風流』から現行『二日物語』に至る成立論的アプローチ、典拠の精査にもとづく主題の変化等をみごとに論じている。ただ「悟達と情念との対比」を「比較的テーマ性の低いもの」（七六頁）と断ずるのには、評者（関谷―引用者注）は大いに異論ありだが、これは別稿を期するより他あるまい。

本章は、『二日物語』において「悟達と情念との対比」というテーマが、一体如何なる意義を持つかについて、『二日物語』執筆が始まろうとするほゞ一年前に発表された露伴作品『封じ文』との比較を通じて明らかにしようとするものである。これによって「異論あり」と右に述べたことの責を果したいと思う。筆者は出口氏の『二日物語』に関する分析・読解に対し、引用にある通り基本的に同意する者だが、ただ氏のいわゆる「虚構世界への責任」論には組みしないので、主題の変化および改稿についての解釈には、おのずと氏のそれとの間に差異が生じてくることをあらかじめお断りしておく。

『二日物語』は、その名の通り「此一日」と「彼一日」の二部から成る。共に西行を主人公とし、前者は崇徳院の亡霊、後者は別れた妻、このふたりと西行との対論を、その内容とする。「此一日」は其一～六、「彼一日」は其一・二に、それぞれ分かれている。

しかし、『二日物語』がこうした二部構成にまとまるまでの経緯は、なかなか厄介である。

新聞『国会』の明治二十五年三月十三日号に、「露伴子が本年始《ママ》めての搆思執筆にかゝる二日ものがたり即ち呵風流を掲載すべし。」との予告文が載り、『二日物語』が「呵風流」として構想されたものであることがわかる。だとすると、すでにその前年十二月二十九日の同紙上に「文反古のをはり次第、直ちに掲載するは、呵風流と題する露伴子新年の試筆なり。」との予告文があるので、『二日物語』は最初「呵風流」として明治二十四年度中に着想された、ということになる。

これが、「二日ものがたり」と題して実際に『国会』紙上に発表されたのは、明治二十五年五月十二～二十七日。但し、後に「此一日」と題される部分だけが、この時発表された分である（しかも「此一日」が其一～其六なのに対し、この時はその其五に該当する部分までなので、これを「此一日」と区別する意味で、出口氏に倣い、「二日ものがたり」と呼ぶことにしよう）。この、明治二十五年版「二日ものがたり」に改稿を施し、結末にあたる其六を書き加えた「二日ものがたり 此一日」が、『文藝倶楽部』の明治三十一年二月号に、後半「二日もの語 彼一日」は同誌明治三十四年一月号に、それぞれ掲載された。両篇が揃って『二日物語』として、『露伴叢書』（博文館）の巻頭を飾ったのは、明治三十五年六月である。『文藝倶楽部』版と『露伴叢書』版との間に本文異同はほとんどないから、改稿問題が生ずるのは明治二十五年版「二日ものがたり」と明治三十一年版「二日ものがたり　此一日」（の、其五まで。以下、「此一日」と略記）との間において、ということになる。

さて、出口氏はまず先行文献を整理する中で、多くの論者が西行を「真風流」の体現者とする点に着目する。そして明治二十五年版「二日ものがたり」から明治三十一年版「此一日」への改稿過程の検討から、初案「呵風流」のモチーフを探ることによって、「呵」せられるべきエセ風流の内実を推定しようと試みるのである。二十五年版と三十一年版の大きな改稿箇所は二箇所である。

その一つ、其三の削除箇所（「咫尺も確とは弁へ難さに、笻つきたて丶足をとゞめ、西行少時茫然と、心もなしに佇むとき、眼には見えねどあらいぶかしや、有るか無き歟の幽の声して南無阿弥陀仏南無阿弥陀仏と二声三声呼びしものあり。里遠きか丶る地に人のあるべき所以も無し、流石大悟の僧なれども、思はず身の毛いよだちて[3]」が、明三十一年版で削除された）の指摘から、まず氏は「怪しげな声を聞いておびえている」西行像が削除された、とする。次いで、其五の改稿箇所（後述の「対照表」を参照）では、「激烈な亡霊の言葉」が明治三十一年版から「削除された」と述べ、「亡霊に歯が立たない西行の姿」が予想される、という。そこで初案「呵風流」は、この二十五年版から三十一年版への改稿方針から考えて

其一と其二で提示された風流人趣味人としての西行が、亡霊の妄執と魔道の前に立ちつくす姿を描くことで、彼の「風流」をこそ「呵」そうとするものではなかったか。（六五頁）

と推定するのである。

西行に疑問もなく「真風流」の体現者をみていた従来の見解に対し、たとえ改稿過程で消されてゆくとはいえ、

始発における西行は、「呵」せられるべき風流者、亡霊に歯が立たず怪異におびえる男として造型されていたのだ、としたのは、問題の所在を明らかにする上で一石を投じた提案であった、とはいえよう。

明治二十五年版「二日ものがたり」段階まではまだ残存していたらしい、右の如き嘲笑される西行像（「呵風流」の主題）は、明治三十一年版「此一日」では払拭される。が、しかし、そうかといって上田秋成「白峯」におけるような、亡霊に対する優越性（歌徳による鎮魂成就）が西行に付与されるわけでもなく、空海「十住心論」からの文言をちりばめた其六の仏教談義が書き足されたのに留まるのが、「此一日」の西行の特性、と出口氏は主張する。その為、作品はダイナミックなストーリー展開を放棄したかのような、西行の悟達と亡霊の情念とが、ただ対比されただけの「比較的テーマ性の低いもの」となった、というのが氏の鑑定結果である。

なぜ、こういうことになったのか。氏は「此一日」で失われた「西行を嘲笑するというモチーフ」と、露伴の初期作品「縁外縁」でも「（作中人物─引用者注）〈露伴〉を罰するというモチーフ」が抹消されたこととの「近似」から、氏のいわゆる「虚構の世界への責任」論を持ち出し、作品に対して「全能を持つ作者」の負うべき「責任と自己規範」意識が、「実在の人物を扱った歴史小説である『二日物語』において、より切迫した様相で立ちあらわれ」、西行を嘲笑するわけにはゆかぬと決断した結果、このように「作品の主題という意味では、単に悟達と情念との対比にとどまる」（傍点引用者。以下同じ）作品となったのだ、と説明する（七四頁）。

崇徳院の妄執を、西行の元・妻の、娘に対する情愛に替えれば、「此一日」はそのまま「彼一日」になる。「彼一日」も「此一日」と同じく、「妻の側からは情愛に基づく情念が、西行の側からは宗教的な悟達の境地が、それぞれの語りによって対照的かつ対等に示されていた」（七二頁）、つまり「悟達と情念との対比にとどまる」作品である、と氏はいう。西行の悟達に匹敵するような、強力な妻の情念を描くために、出口氏は適切にも「撰集抄」、「西行一生涯草紙」に行なった露伴の、「わずかな潤色」（七六頁）を指摘する。

露伴は「草紙」の描く仏道発心譚を書換え、典型的な継子談に仕立てあげたのであった。西行を描いた先行作品のなかに、娘が叔母にいじめられたとするものは見当たらず、子を思う母の愛情を効果的に表現するためになされた潤色と考えられる。それは娘の恋愛についても同様で、先行作品には類似の記述が見出せないのに対し、「彼一日」では娘と相思相愛の人として「某の少将」を登場させている。こうした微細な逸話の充実が、両親の出家によって取残された娘の悲劇性を高め、妻の言葉の強さへと結実してゆくのであり、以上のような典拠との相違にかんがみれば、本作が妻の情念にも相当の比重を置いていることは明らかである。（七一頁）

にも拘わらず、実は西行と妻との間には、本質的な意味での対話がなく、「両者の胸中は大きくかけ離れていたとみるべき」といい、ラストシーンの月光に浮かびあがる合掌する二人の姿は、「所詮結論にいたるはずもない彼らの対話に、小説としての幕切れを用意しているにすぎないのである」（七二頁）と、氏は評するわけである。

2

出口氏の「虚構世界への責任」論は、「縁外縁」（「対髑髏」）をめぐる露伴の混乱と苦悩に関わって提出されたものので、これに対する筆者の批判は既に述べたので[4]、ここでは繰り返さない。これから前節でまとめた氏の『二日物語』論について、四点の疑問を呈し、それぞれについて私に回答を示そう。ただその際、②と④は「虚構世界への責任」論批判を多少含むことにならざるをえない。

①—明治二十五年版「二日ものがたり」から明治三十一年版「此一日」への改稿過程から、果たして西行を

嘲笑しようとするモチーフの廃棄・抹消を読み取ることができるだろうか？　本節で検討する。

②―「呵風流」の「呵」するというモチーフがいかに生まれたかについて、氏は説明を怠っていないか？氏は「明治二十年代前半に抱えていた『風流』をめぐる煩悶の過程で、その問題意識のもとに生み出されたものであった」（七五頁）といい、そこに付された注で「風流」観をめぐる先行文献を挙げるが、その内実についてはいちいちの検討を避け、自説の「虚構世界の責任」論に話題を引き寄せているだけのように思われる。この点については、④と共に私見を述べることとしたい。

③―氏は『二日物語』から「実在した人物を勝手な想像によって描くことを避けようとする」作者の姿勢を読み取ろうとするが、これは氏自身の読解と矛盾しないだろうか？　本節で検討する。

④―氏は「此一日」と「彼一日」が共に、悟達と情念とが対比された作品であることをみごとに論じながら、それにネガティブな評価しか与えていないが、それで満足してよいのだろうか？　②と共に、次節以下で考えたい。

まず③について。筆者の疑問は単純である。「彼一日」で、妻の娘を思う切々たる情を描くに当たって、「撰集抄」と「西行一生涯草紙」に拠りつつ、そこにはない、「典型的な継子談」および「娘と相思相愛の人として『某の少将』」（七一頁）を露伴が添加・登場させていることを氏は指摘している。これはとりもなおさず（たとえ部分的、とはいえ）「空想だけで物語を作ること」に他なるまい。氏はこれを「微細な逸話の充実」（七一頁）、「わずかな潤色」（七六頁）と述べるが、いかにも苦しい、と筆者は感じる。「微細」とも「わずか」とも、筆者には思われない。

氏は「虚構世界への責任」論を敷衍して、

たとい架空の存在であってすら、作中人物を扱うにあたって一定の責任を感じていた露伴は、歴史小説において実在した人物を描くに際し、みずからの勝手な想像によって古人を恣意的に動かすべきではないという、強い自己規範を抱えこんだと考えられる。とはいえ、歴史小説もあくまで小説である以上、そこに何らかの潤色が加わるのは必然であり、本質的に「よりどころ」とのせめぎあいが消えることはないだろう。（七七頁）

と述べておられるが、まさに然り。「よりどころ」に従いつつも（つまり「恣意的に動かす」わけではないにしても）、「よりどころ」との「せめぎあい」（どういう史料を用いるか。史料的価値の高いものから低いものまで、或いは単なる伝説や俗説まで含めるべきか。含めるとすれば、どのように含めたらよいのか…等々）は、作者の精神の内部で繰りひろげられるドラマというべきなのである。さらにそこには、史料にはないが、既存の史料と矛盾はしない空想ならば、良いのかどうか、という選択も含まれてくるだろう。何にせよ、そのドラマは作家の、過去との対話の中だけでなく、現実社会との葛藤や矛盾に対する回答としてもあるのであって、作中人物に対する責任意識にのみ、帰せられるものではない。

「虚言を束し来つて歴史有り」とは露伴自身の言葉である（『運命自跋』昭13・7）。史料の扱いに関し、露伴は柔軟であり、もちろんそこに「自己規範」なるものもあったろうが、その強度は決して硬直した性質のものではなく、むしろバネの持つ強度に似ていたのではないだろうか。

①の改稿について。

まず「二日ものがたり」其三で、四方を包む霧の中から「幽の声」が聞こえ、西行が「思わず身の毛いよだちて」云々の一節の削除を、「怪しげな声を聞いておびえている」西行像の抹消ととらえるのは、字面だけみれば至極当然の解釈といえる。が、しかし、筆者はむしろ平田由美氏の見解[5]をより妥当と思う。

この部分が削除されたのは、その後に続く「流石大悟の僧なれども、思はず身の毛いよだちて」が「其五」の「素より生死の際に工夫修行をつみたる僧なれば恐ろしとも見ず」と、亡霊に毅然と対応する西行の姿と矛盾するからであろうし、また、この段階では怪異の様相を極力抑えて、「其四」末尾に聞こえる「円位、円位」と呼ぶ声の衝撃とそれに続いて現れる崇徳の姿の印象を強める意図が働いたかも知れない。

其三の当該の一節は、本来想定しておいた西行像からいささか逸脱している、との判断ゆえの抹削、という解釈である。つまり明治二十五年版「二日ものがたり」と明治三十一年版「此一日」の間には、亡霊に毅然と対応する西行像が一貫してある、というのが筆者の感想である。このことは、次の其五の改稿でより明らかになると思う。

出口氏は其五の改稿箇所をおよそ一頁分近く引用（六四頁）した上で、「『二日ものがたり』に存在したこの激烈な亡霊の言葉も、『此一日』への改稿にあたって削除された」（六五頁）とするが、これは言いすぎである。試みに氏が引用してくれた「二日ものがたり」本文と、それに該当する「此一日」の一節を、上段・下段に分け、対照表をつくってみよう、（次頁）。

一見してわかるように、全体の分量にはさして変更がなく、ほとんど同一の文章が同じ順序で並んでいる場合も多い（AからG。四角で囲み、その中の多少の異同の有無をわかりやすくした）。上段と下段で対応文がない場合（1から3）も、順序は変わっているが対応箇所がないわけではない（1′から3′）。

まずAからGを比べると、C・F以外は、ほとんど同一内容といってよい。Cは「平治の乱」が「漸く見ゆ

対照表　但し上段は出口『幸田露伴の文学空間』（六四頁）、下段は『露伴全集　第五巻』（五五四～五頁）に拠る。

	「二日ものがたり」（「国会」明25・5／12～27）の其五より		「此一日」（「文藝倶楽部」明31・2）の其五より
A	から〳〵と異様に笑はせ玉ひ。	A	から〳〵と異様に笑はせ玉ひ、
①	汝無智なり、何をか云ふ。知らずや朕が為せし業をば、知るまじ朕が今為せる業をば、猶又弥勒の世の末までも遂げでは止まじとおもふ業をば。		
B	おろかや解脱の法を説くとも、仏も今は朕が敵なり、涅槃も無漏も肯はじ。	B	おろかや解脱の法を説くとも、仏も今は朕が敵なり、涅槃も無漏も肯はじ、
		①´	往時は人朕が光明を奪ひて、朕を泥犂の闇に陥しぬ、今は朕人を涙に沈ましめて、朕が冷笑の一ト声の響の下に葬らんとす、
C	おもひ観よ平治の乱は、誰かせし将誰かさせし、	C	おもひ観よ汝、漸く見ゆる世の乱は誰が為すこととぞ汝はおもふ
D	沢の蛍は天に舞ひ、闇の念は世に燃ゆるぞよ。	D	沢の蛍は天に舞ひ、闇裏の念は世に燃ゆるぞよ、
②	仏に五百の弟子あれば、波旬にもまた六天八部、富単那、毗舎闍、鳩槃荼鬼、悪鬼毒龍夜叉羅刹、十八泥犂の獄王獄卒嬈乱蠱惑を能くする三女八万四千の妖女もあり、		
③	a－正法の水絶えざらば魔道の波もいつか消ゆべき、b－光りを愛でゝ飛ぶ神は人の舌より耳に移り、耳より舌に遊行するらめ、暗さを慕ひしのぶ鬼は人の肺腑に潜み入り。肺腑に居つて血に飽かむ。		
E	朕は、闇に動きて闇に静まり。闇に笑つて闇に憩ふ、下津岩根の常闇の国の大王なり。	E	朕は闇に動きて闇に行ひ、闇に笑つて闇に憩ふ下津岩根の常闇の国の大王なり、
		③´	a－正法の水有らん限は魔道の波もいつか絶ゆべき、
		②´	仏に五百の弟子あらば朕にも六天八部の属あり、
		③´	b－三世の諸仏菩薩の輩、何の力か世にあるべき、たゞ徒に人の舌より人の耳へと飛び移り、またいたづらに耳より舌へと現はれ出で、遊行するのみ、朕が眷属の闇きより闇きに伝ひ行く悪鬼は、人の肺腑に潜み入り、人の心肝骨髄に咬ひ入つて絶えず血にぞ飽く、
F	視よ〳〵魔界の通力もて、毒火を彼が胸に煽り、熱雨を此が頭に澆ぎ、重き雲をば東に西に鉄の光を南に北に、燃ゆるを燃えしめ降るを降らしめ、蔽ふものには蔽はしめ燗めくものには燗めかせ、沸えしめ湧かしめ漂はさしめ	F	視よ見よ魔界の通力もて毒火を彼が胸に煽り、紅炎を此が眼より迸らせ、弱きには怨恨を抱かしめ強きには瞋りを発さしめ、やがて東に西に黒雲狂ひ立つ世とならしめて、北に南に真鉄の煌めき交ふ時を来し、憎しとおもふ人々に朕が辛かりしほどを見するまで、
G	朝家に酷く祟りをなして天が下をば掻き乱さむと、	G	朝家に酷く祟りをなして天が下をば掻き乱さむ、と

る世の乱」と、限定的事象が非限定的・一般的な事象に変えられた。Ｆは上段・下段ともに「魔界の通力」の脅威を描くが、下段の方がより厳粛さを増しているように思われる。

（1）から（3）はどうだろうか。

（1）は、いわばＣを予告する内容になっているわけだが、言い換えればＣと内容が重複している、ということである、対して′（1）は、まずＢで「朕」が「仏」の敵であることを宣言した後で、「朕」と「人」の敵対関係を強調する内容が続く、という構成に変えられているのである。

（2）は非常に目につきやすい、印象的な削除である。平田由美氏が「崇徳の魔王としての側面はやや薄れてしまっている」と評した[6]のも、この一節の削除を指してのもののようだ。しかし、これも完全な削除ではなく、′（2）に順序を変え、簡略化された形で残っている。しかもここは、その前後、Ｄ、（3）、Ｅ、Ｆという並びの持つ効果を考慮する必要がある。

ＤからＦにかけての段落は、〈光・仏〉と〈闇・魔〉との、対句形式が基盤に据えられている。

上段（すなわち明治二十五年版）は、

Ｄ――〈光〉と〈闇〉の対句。

（2）――眷属の長い列挙による対句の崩れ。

（3）――〈正法〉と〈魔道〉の対句ａ、および〈神〉と〈鬼〉の対句ｂ。

Ｅ――〈闇・魔〉のみ。

Ｆ――〈闇・魔〉内での対句。

と、対句と非対句とが交互に置かれる形になっている。

一方、下段（すなわち明治三十一年版）は、

D――〈光〉と〈闇〉の対句。

E――〈闇・魔〉のみ。

′（3）a――〈正法〉と〈魔道〉の対句。

′（2）――〈仏〉と〈朕〉の対句。

′（3）b――〈諸仏菩薩の輩〉と〈朕が眷属〉の対句。

F――〈闇・魔〉内での対句。

となっており、E以外、すべて対句形式を守っている。特に′（3）bの対句は、上段（3）bの対句を更に加筆してグレードアップさせたものといってよい。対句によって統一された流れの中にEを置くのは、Eすなわち亡霊がみずから「常闇の国の大王」という正体をあかす一節をきわだたせる技巧であるのは明らかである。

つまり（1）～（3）から′（1）～′（3）への改稿は、重複を避け、亡霊と人間の敵対関係を強調し、亡霊が暗黒の魔王として徹底的に仏の光と対立する存在であることを印象づけるものだ、といえるだろう。

明治二十五年版と明治三十一年版の間にある改稿問題から浮かび上がってくるのは、亡霊（闇・仏敵）と西行（光・仏法）との対立関係をいっそう明確化しようとする意志である。そこに西行像の幾分かのブレがあったとしても、ほとんど取るに足りない、と結論づけられる。

だからこそ、では露伴において悟達と情念の対比は、何故にかくも強固にこだわらざるをえない問題だったのか（④の疑問）、また、西行像の変化がさしたる問題でないならば「呵風流」の「呵」とは何なのか（②の疑問）が、是非とも解かれねばならぬ課題として浮上してくるはずである。

明治二十二年に小説家としてデビューし、同年から翌二十三年初頭の間に、『風流仏』（明22・9）、『対髑髏』（明23・1、2）の傑作をものした露伴だが、『対髑髏』発表直後あたりから彼は何やら深刻な悩みを抱え込む。いわゆる明治二十三年の煩悶で、随筆（『客舎雑筆』明23・2〜3）、公開書簡（「地獄谷書簡」明23・7）等でその心中を吐露するとともに、種々雑多な作品をこの年、露伴は書き散らすのである。

仏伝パロディ（『毒朱唇』明23・1）、文壇パロディ（『硯海水滸伝』明23・8）、博覧会ルポルタージュ（『苦心録』明23・4）、文体見本集（『日ぐらし物語』明23・4）、歴史小説（『ひげ男』明23・7、未完）、社会諷刺（『大珍話』明23・8〜10）、政財界批判（『混世魔風』明23・11）、書簡体小説（『艶魔伝』明24・2。執筆は明23）、少年文学（『鉄之鍛』明23・1）等々。

ところが、明治二十三年のこうした作品傾向の多様性に対し、翌二十四年は一転して、『辻浄瑠璃』『寝耳鉄砲』の連作（明24・2〜4）、『いさなとり』（明24・5〜11）、『五重塔』（明24・11〜明25・3）と、主題的連関性も色濃い、中・長編小説をたて続けに発表したのだった。この、劇的ともいえる転換の原因、そして乱作とも見まがう明治二十三年の諸作品と明治二十四年の充実した作品群とを貫く統一的主題を探ろうとしたのが、拙著『幸田露伴論』[7]の第I部だった。

漢籍の豊かな教養があり、当時のこととて西欧の人権思想についてもそれなりの情報を得ていたのは間違いない露伴が、否、それ以上に、近代的学校教育を受け、否応なしに〝自由な個人〟として競争社会に投げ込まれた最初の世代といってよい露伴にとって、個人を単位とする近代社会とは、一体どのような人間観と社会規範にもとづくのか、そんな社会が本当に可能か。そんな社会を創造してゆく上で、小説家には何ができるのだろうか、何をなすべきなのだろうか。明治二十三年の煩悶の核心にあったのは、このような課題であろう、との想定の下、右の多種雑多な作品群を分析したわけだが、その際、筆者は、「社会的無」としての無規範状態から出発して、社会の形成可能性とその発展を再構成しようとする西洋の社会契約説を、思考モデルとして参照した。(8)

無規範状態の下、より純化された〈欲望〉主体として、人間はどのように描かれうるか。その彼らに果たして社会形成能力を期待することができるのか。あの手この手を使って露伴は、〝小説という仕方で〟(何故小説だったのか、については前章を参照)この問題に取り組んだに違いない。そうした試行錯誤の軌跡として、明治二十三〜四年の小説群を読んでみたわけである。

それが真に無規範状態と呼びうるかどうかの判定に当たっては、実定法対自然法という法哲学周知のトピックを念頭に置いた。例えば、右の視点から見た『艶魔伝』は、互いに已れの〈欲望〉を充たすために騙し合いを繰り返す男ども女どもの、その当の現場から、道徳と同じようなものが発生する、というアイデアをこめた作品と読める。これに対し、中野三敏氏が同様の発想は、江戸時代の儒学者・佐藤一斎の著述『言志録』にもある、とし、

いわば自然法の発生のダイナミズムを述べるもので、露伴の「盗賊の山寨」云々もまた、新しい法の生成への期待というよりは、既に仏・儒の先達の人類社会における自然な知恵の発露に関する考察に導かれた範囲の発言とみて十分に落ち着く所かと思う。

と指摘された。(9) 誠にその通りで、露伴が『艶魔伝』を書いた動機と、その際利用した知的素材とを、見事に言い当てていると思われる。しかし、だからこそ露伴は結局『艶魔伝』では満足できなかったのだ、と申し添えなくてはならない。〈欲望〉の自由運動のただ中から、その運動を律してくれる〈法〉がおのずと湧き出てくる(「自然法の発

生のダイナミズム」）という期待は、要するに古典的教養の枠内に安住しているからこそ抱ける態のものにすぎないからである。その期待の楽観性は古典的教養にもとづく規範意識が前提的に先行しているところに由来するのである（あらかじめ規範的知見を隠しておき、そこから、〝ホラ、法規範が生まれましたよ〟と驚いてみせるのは、自然法サイドの常套的な手口であり、またそれを、鳩を隠し入れた帽子の手品と同じだ、というのは実定法サイドからの典型的な自然法批判である）。

それが理論的要請にすぎないだけに、「社会的無」としての無規範状態を設定しようとする試みは、このようになかなか困難であって、困難に挑む露伴の姿を追った拙著の目論見もまた、容易に読者の理解を得ることがむずかしかったのは当然であったかも知れない(10)。

私見によれば、「社会的無」としての無規範状態を設定し、そこから秩序形成への契機を見出すことに露伴がようやく成功したのは、『封じ文』（明23・11、12）においてである。

『封じ文』読解と、そこでつかんだ秩序形成への契機が、『辻浄瑠璃』から『五重塔』までを書いてゆく中で、道徳的主体としての人間による、相互に依存し合いながら自由でありうるような、共同体ヴィジョンへの確信に至る様態については、注（7）の拙著第Ⅰ部（特に第六章から第十章）で詳論した。以下、この『封じ文』と『二日物語』とを比較し、そこから見えてくるものを明らかにしたい。

4

『封じ文』の主人公・幻鉤は、かつて僧籍にあった人だが、戒を破り（この時の思いを仮に〈Ⅰ〉とする）、女と同棲し娘ももうける。しかし悔悟して再び発心（この時の心境を〈Ⅱ〉とする）、妻娘を捨てて、今は遠江国大無間山にこもっている。

作品前半は、〈Ⅱ〉後十数年を経て、幻鉤の庵に、母を亡くした娘が母の遺書を持って訪ねてくる場面である。猛吹雪の中、庵の戸も開けようとしない幻鉤だったが、地下から身の丈十五丈（約四十五メートル）の「藍面金眼の夜叉」が忽然と現れ、「六千の獅子一時に叫ぶが如き大音声」で亡妻の遺書が読み上げられるのだった。亡妻の遺書の要点は、

（1）捨てられた当初は「怒り狂ひ」もしたが、今は幻鉤の置手紙に書いてあった教え（すなわち〈Ⅱ〉の内容―「苦悩を知りて泣くよりほかには人間の上品なる愉快はすくなく、尚一等ぬけいで、後に善に進むの大愉快はあるべきか」）に従い、同棲時代＝「旧悪の記録」への悔いの涙を「まことに愉快なり面白し」と感じ入っている毎日である。

（2）されば、わたしと幻鉤――、つまりわたしたちは、共に「旧悪の記録の生きて働く恐ろしきもの」である娘をこそ世で最も「嬉しきもの」としなければならぬのだから、自分の死後は、あなたは娘を「撫育」すべきである（これを〈Ⅲ〉とする）。

夜叉は幾度も、これを読み上げては幻鉤をひき裂き、喰らい、そして蘇生させる。夜叉が消えると今度は周囲の山々が動き出し、幻鉤を逼圧し焼き尽くすのであった。

作品後半。前半部分がすべて幻鉤の「夢まぼろし」であったとされ、おもむろに破戒から現在までの、幻鉤の心境が語られる。その要点は、

（1）〈Ⅰ〉の境地の開示。――「饑《うゑ》が自然に腔中に火を燃やせば自然に何かが食ひたく」なる。「自分の了簡」で「饑」が起こるのでも「淫慾」が起こるのでもなく、「自分の勝手」で「生まれたでも」「死ぬでも」ない。「一応は理屈があって畢竟は無理屈」。されば「一人十人百人乃至《ないし》千万億人を敵とするも味方とするも、我が勝手」、「偸盗邪淫、両舌綺語、飲酒博奕、詐欺万引、謀反、慈善、忠義、情死《しんぢゆう》、共逃《かけおち》、牢破り、なにをやつても差支へなし」、「好きなことなら親孝行をなすものは斬罪に処すといふやうな法律を作つても可しと大悟徹底」。こ

うして、自分は戒を破り、女と同棲を始めた。

（2）しかし、「少時《しばし》」の後（つまり女と同棲生活を楽しんでいるうちに）、「饑の身に来る如く悲痛の心に来ることありて」、「人は元来大法中の一物」と悟ったので、妻子を捨て、以来十余年この山に庵を結んでいる――〈Ⅱ〉の境地の開示。

破戒生活から山中隠遁へと、表面的には劇的変化があったわけだが、それぞれを促した〈Ⅰ〉および〈Ⅱ〉の境地の関係については、注意が必要である。〈Ⅰ〉の語るところは、人間は決して自分の欲望の主人にはなれず、従ってその責任をとることもできない。――つまり「社会的無」としての無規範状態が、文学的に形象化されたことを示すだろう。『封じ文』を重要作とする、理由の一つである。

しかし、〈Ⅱ〉が、「社会的無」から出発する秩序形成への第一歩となるか、というと、そうはとれない。〈Ⅱ〉も「饑の身に来る如く」幻鉤に訪れた、非主体的境地にすぎないからである。作品末尾で、「やがて悠然と立つて経机に打向ひ」経論を読む幻鉤の姿が、語り手に「心を静めて黙読に耽れど、又々夜叉に提《ひっさ》げられ、山に逼圧せらる、時あるべし。」と揶揄されるゆえんである。

こんな不安定な〈Ⅱ〉の言葉に導かれて、過去への悔いを愉快と観念して毎日を送ってきた妻の内面も、幻鉤と似たようなものであったと考えた方がよい。しかし、いつまでも〈Ⅱ〉に留まろうとする幻鉤とは対照的に、夫の「旧悪の記録」を「愉快なり面白し」とせよ、という言葉を逆手にとって、妻は、夫に向かって娘を、親としてというよりは、同じ「旧悪の記録」として生きる者として、という理屈に添いつつ、しかも力強く「撫育」すべし、という行為的規範〈Ⅲ〉、つまり社会規範形成へ向けての第一歩を提示した。『封じ文』を重視する理由の、二つめである。

そして、この〈Ⅲ〉の定言が、〈Ⅰ〉と〈Ⅱ〉の不安定きわまりない関係の中から突如として飛び出してきたことを明らかにしている点、これが『封じ文』と『二日物語』とを比較する際に重要な意味がある、と筆者は考える。

『二日物語』のうち、まず第二部に当たる「彼一日」からみよう。

出家後「十余年の今」（其二）とあるから、三十歳代後半にさしかかった西行である。彼は「頼み難きは我が心なり」、「生じ易きは魔の縁なり」といい、「されば心を収むるは霊地に身を寘《お》くより好きは無く、縁を遮るは浄業に思を傾くるを最も勝れたりとなす」と思い定め、「東西に流浪し南北に行き」交う毎日を送っている（其一）。彼とて「頼み難き」心・「魔の縁」から隔絶した境位にあるわけではない。その点では、山にこもって十数年を経、「欲すべく泥みやすきものを見ざれば、自然と心は六塵の巷に走せず意は四欲の辻に迷はねども」という幻鉤と、本質的な違いがあるわけではなさそうである。ただ西行において、〈Ⅰ〉すなわち情念は、〈Ⅱ〉すなわち悟達の境地の内に折伏されている。幻鉤の夢に現れた「罪の活記録」は彼をおびやかし引き裂いたが、西行のそれは、外からやってきて（つまり、自分の捨てた妻と本当に再会し）彼をかきくどくことで、悟達の境地の真価を問うのである。

『封じ文』の亡妻と、「彼一日」の出家した妻のあり方は、ほとんど等しい。二人は共に、男に捨てられた後、自分を捨てた男の発心に理解を示し、夫の選んだのと同じ道を踏む。その上でなお、娘への切なる思いに身をこがすからである。

「彼一日」では、継子いじめと「某の少将」の噂が、女を長谷寺七夜参りの祈願にかきたてた。そして、そこで会った西行に向かって、「御仏の御教も余りに人の世を外《そ》れたる、酷き掟」と「恨み」をいい出し、更には西行本人の過去の行状――出家の際、娘を縁から「下へと荒らかに蹴《け》落《おと》し玉ひし時」の「恨めしさ」まで、口走ってしまう。その迫力は、ほとんど『封じ文』の女が、幻鉤に向かって「撫育」せよ（＝〈Ⅲ〉）、と訴えたのに匹敵するほどである。

しかし、これを聞いた西行は「声を和らげていと静に、云ひたまふところ皆其理あり」と応えるのみである。「其理」とは、あなたの情念に従う生き方からすれば道理に適っています、の意である。それから西行はおもむろに、自らの手で、娘を剃度させたことを伝え、「たゞ幾重にも御仏を頼み玉へ、心留むべき世も待らず、南無仏々々々」といって、対話を了えるのである。

対話？　二人の間に本当の対話があったのだろうか、と読者の多くは、あきたらぬ思いを抱きたくなる幕切れである。しかし「彼一日」は二人の間に対話はあり、右の西行の言葉を以てそれは終わったのだ、と読むべき作品なのである。

女は言っていた。


春は大路の雨に狂ひ小橋の陰に翫る彼の燕だに、児を思ふては日に百千度巣に出入りす、秋の霜夜の冷えまさりて草野の荒れ行く頃といへば、彼の兎すら自己《おの》が毛を咬みて拶りて綿として、風に当てじと子を愛しむ、それには異なりて我々の、纔《わづか》に一人の子を持ちて人となるまで育てもせず

同じ生類として恥ずかしくないか、と。

これに対して西行はいう。


燕の忙しく飛ぶ、兎の自ら剝ぐ、親は皆自ら苦む習《ならひ》なれば子を思はざる人のあらんや、但し欲楽の満足を与へ栄華の十分を享けしむるは、木葉を与へて児の啼きを賺《す》かす其にも増して愚のことなり、

と。わが子のために「親は皆自ら苦む習」、それは生類の御定法です、と西行はかつて妻であった女に、静かに応えていたのである。その上で、人の親が子にほどこしうる最上のものは仏の教えを与えることなのです、と西行はいうのだ。

謡曲等で周知の、真如（永遠不変の真理・仏の悟り）の喩である月光が、「端然として合掌せる二人の姿を浮ぶが如くに御堂の闇の中《うち》に照らし出しぬ」というラスト・シーン。ここの読み取り方は、テクストによってあらかじめ、明確かつ堅牢な解釈コードが、これと指定されているわけである。(11)

『二日物語』第一部に当たる「此一日」は仁安三年（一一六八）秋の初め、西行が、保元の乱（一一五六）で敗れ配流先の讃岐の地で逝った、崇徳院の亡霊と対峙する物語である。西行は五十歳に達している。

現行「此一日」が、明治二十五年版「二日ものがたり」からの改稿結果として、暗黒の魔王としての亡霊（情念）と西行（悟達）の対比がいっそう明確化・徹底された点は、すでに確認済みである。もう一つ、これに崇徳院の行状から歴史性が稀釈されていた（「平治の乱」から「漸く見ゆる世の乱」へ——対照表ではCの箇所）点をつけ加えておきたい。つまり、両者の対比を、特定の歴史状況からひき剝がし、汎歴史的な位相に移そうとする志向が窺えるわけである。亡霊の情念は、崇徳院の怨恨を超えて、仏敵・暗黒魔王として、世界の光に敵対する。筆者は、この魔王に幻鉤の〈Ⅰ〉の境地との強い近親性を感じる。

魔王と西行の対立は、『封じ文』になぞらえるならば、幻鉤内部の〈Ⅰ〉と〈Ⅱ〉の対立であるように思われる。両者は一見、〈Ⅰ〉が〈Ⅱ〉によって克服された境地、ないしは克服されるべき関係にある境地、のように見える。しかしその対立が真に重要な意味を持ったのは、その対立の中から〈Ⅲ〉が生まれ出たからである。〈Ⅲ〉は、〈Ⅰ〉と〈Ⅱ〉の対立を止揚するテーゼのようなものではない。そうではなく、〈Ⅲ〉は〈Ⅱ〉の言説を借りつつ、〈Ⅰ〉

の禍々しさを喜びに変換し、〈Ⅰ〉を肯定すべきものにする、行為そのものなのだ。
〈Ⅱ〉すなわち悟達の言説は、一つの時代の制約下にある理念であるのに対し、〈Ⅰ〉すなわち情念の言説は、常に時代の倫理的規範にゆさぶりをかけてやまない、生の多様性・野蛮さそのもの、透谷の用語に従えば「自然の願欲」(『徳川氏時代の平民的理想』)の、言説化されたものといえよう。そして一つの時代に着床した〈Ⅰ〉は、その時代の理念〈Ⅱ〉と出会い、葛藤状態に入るが、その過程自体が、自己と他者の生の多様性とかけがえのなさ(すなわち、人が生きてあることそれ自体の尊さ)を、人々に教える。〈Ⅰ〉と〈Ⅱ〉との対立・葛藤が膠着状態を脱し、運動の形をとった時、〈Ⅲ〉が生ずる。行為的規範〈Ⅲ〉とは、そこに生活する人々が、みずからの多様な生を寿ぐ営みに他ならない。

悟達と情念の対立は、「比較的テーマ性の低いもの」ではない。それは、『封じ文』のような寓話性の強い小説によってばかりでなく、時には光と闇の争闘を描く超歴史的・神話的位相で(「此一日」)、時には歴史のただ中の一挿話的位相で(「彼一日」)、その文学的形象化を行う必要を、露伴に感じさせ続けるものだったのだ。『封じ文』から十年ほども時間をかけて、『二日物語』執筆の努力が持続された事情であろう。

最後に、「呵風流」の主題について。これも『封じ文』を参照しながら考えると、亡妻の遺書を代読した、あの体長四十五メートルの夜叉の存在がヒントになるだろう。

エセ風流を真風流が「呵」す、という主題が宿った明治二十四年は、『辻浄瑠璃』から『五重塔』までの作品群執筆のさなかに当たっており、〈Ⅲ〉の内包する思想的重要性はまだ追究途上にあった。露伴は亡妻の言葉に心ひかれつつ、まだその意義を充分に把握するには至っておらず、そのいらだちが、彼女の言葉を夜叉の大音声で、いたずらに繰り返させたのであろう。

その時の露伴は、情念と悟達の対立を、何かより上位のテーゼによって、止揚されるべきものと考えていた可能性が考えられる。だとすれば、幻鉤をひき裂き、喰らう夜叉は、そうした「呵」すべき上位の主体の象徴である。それは実のところ、内容空疎な主体の幻影にすぎないが。

対立は止揚されるべきだという先入見から、明治三十年代の露伴は自由である。そのきっかけとなったのが『みやこどり』の中絶ではないか、と筆者は考えているのだが、この作品に言及することは、もう控えることとしよう。(12)

注

(1) 東京大学「国語と国文学」(平18・4)。のち、出口氏の単著『幸田露伴の文学空間　近代小説を超えて』(青簡舎、平24・9)に、その第三章として収録。以下、引用は同書からとし、その頁数を付す。

(2) 拙稿「書評　出口智之著『幸田露伴の文学空間　近代小説を超えて』」(東京大学「国語と国文学」平25・12)。

(3) 岩波版『露伴全集　第五巻』(昭26・3)所収の『二日物語』は、「文藝倶楽部」版以降の本文を底本としていると覚しいので、全集版の当該頁数を挙げておくと、五五〇頁一一行目(～呼吸するさへに心ぐるしく」)と一二行目(「四方を視るに～」)の間にはさまっていた一節が、削除部分である。

(4) 注(2)の前掲論文。

(5) 平田由美「評釈『二日物語』上」(京都大学「人文学報」昭63・3)。

(6) 注(5)の前掲論文。

(7) 拙著『幸田露伴論』(翰林書房、平18・3)。

(8) 西洋に限らず、このような知的試みを古典作品中に見出すことは可能である。長尾龍一氏に拠れば、中国古典では、荀子の理論や『墨子』「尚同」篇には、顕著にその傾向を窺うことができるという(『古代中国思想ノート　新版』慈学社出版、平18・10。その一〇三頁参照)。

（9）中野三敏「『艶魔伝』注続貂」（岩波『新日本古典文学大系　明治編22　幸田露伴集』解説、平14・7）。

（10）須田千里「書評　関谷博著『幸田露伴論』」（日本近代文学会「日本近代文学　第75集」平18・11）で、須田氏が「さて、本論の中核を為す序章と第Ｉ部についてだが、率直に言うと私には論理を追うことが困難であった。」と述べておられる。確かに「わかりにくい」、「疑問を抱かざるを得ない」等、氏の繰り返された箇所は法哲学の知見を下敷きにしている部分に多くみられた。

（11）人間中心主義である近代社会の秩序形成問題を考察すべく創造された幻鈎は、「大法中の一物」といった感慨に安住させてもらえない。これに対し、平安朝末期に生を享けた西行を主人公とした場合、仏教の権威を重視すべきことは、むしろ歴史小説作家の義務だ、といった事情が、『封じ文』と『二日物語』の違いの原因と思われる。西行と妻との間に対話はなかった、とする出口氏の解釈は、いささか近代的に過ぎる、といえよう。

（12）『みやこどり』についての筆者の見解は本書「7　『にごりえ』と『風流微塵蔵』―女の手紙―」の他、「幸田露伴の〈国民〉―『土偶木偶』と『普通文章論』―」（『藤女子大学「国文学雑誌　93」平27・11）で繰り返し述べた。

11　幸田家の明治維新

はじめに

本章は、以前に書いた「露伴はどこで生まれたか[1]」、それに加筆して拙著『幸田露伴論[2]』の「第一章　生誕地・その他」としたものに関連して、その際あえて説明を省いたこと、当然参照すべきであったのに失念していた文献の吟味、その結果として現在流布している露伴年譜に若干加えられるべき訂正、等についての報告である。

また、拙著について出口智之氏が懇切な書評を書いてくれたが[3]、その中に、右の「第一章」に対する、筆者の応えねばならない批判が含まれていた。本章は、氏の書評への感謝をこめた回答ともなるよう、心掛けたつもりである。

Ⅰ　表坊主

右の拙著の「第一章」で、筆者は今日流布する露伴年譜や解説の類いが、いずれも露伴の生誕地を「下谷三枚橋横町、俗称〝新屋敷〟」とするのに異を唱え、正しくは「神田の新屋敷」、その町名は「外神田の永富町三丁目代地・松下町三丁目北側代地・松下町二丁目北側代地」（拙著で「永富町」を「永福町」としているのは著者の誤記）であって、明治に入ってこの区画は三町合併して「神田松富町」となり、現在の千代田区外神田四丁目六～九がそれに当たる、と主張した。その動機は、露伴の生まれた正確な場所をハッキリさせたいから、というのでは実はなかった。一つは、露伴の伝記的諸事実に関する、本人も含めた多くの人々の発言を、それぞれの信憑性に応じて適切に扱いたかったからである。ひとり露伴の問題としてではなく、幸田家全体、ひいては旧幕臣達にとって、明治維新というものが、一体どのような歴史的体験であったかを窺い知る手掛かりとしたかったのだ。

今日、我々の明治という時代に対する目は、幾つかの固定化されたイメージによって曇らされているが、中でも「没落士族」「旧幕臣のルサンチマン」といった言葉は、個別の検証抜きにはほとんど用いられぬ空疎なものにすぎまい。彼らの家・財産は維新の前後でどうなったのか、幕府に対する彼らの忠誠心の内実は如何?……どれも決して分かりきったことではない。露伴文学に関心を抱く人間として、「没落士族の子ゆえの」云々といったメロドラマ的回路を介することなしに、彼の生まれ育った文化的社会的条件の諸相を明らかにしたいと思う。その意味で、筆者にとって、後に露伴と名乗るようになる赤ん坊がどこで産声をあげたか、ということはそれ自体として問題ではない。その赤ん坊はどのような両親の子として生まれたのか、その両親の生きる社会はどのようなものだったのか、彼らはどんなことを願い、どのように生きていたのか等々が重要であって、露伴の生誕地はどこだったかという問いも、あくまでも後者の問題関心の上に出されたのである。逆にいえばこうした関心にひっかからない（と見える）地名等に対する扱いはいささか手を抜いた為、前述の誤記、また後述するようなミスを犯してしまったわけだが、それでも、自分の右の如き関心の持ち様を改めようとは、実は今でも思っていない。

以下、露伴に関わる幸田家の変遷を、おさらいの意味もこめて最初から記することとし、随時かつての記述で省いた説明などを加えよう。

露伴の弟で高名な歴史家であった成友は、いわゆる「新幸田家」のはじまりを、次のように記す[4]。

幸田家は法華宗で菩提寺を正覚寺といひ、浅草菊屋橋手前にある。—中略—幸田家の遠祖が何処の出身か捜索する術もなく、また捜索するも無益と信ずるが、兎に角幸田家が二百余年連続して江戸及び東京に居たことは確かである。然し祖父利貞夫婦は俗にいふ夫婦養子であつたといへば、幸田家の旧い血は絶え、新しい血は利貞夫婦から始まつたものといふべきだ。

（一〇〜一一頁）

続いて、その利貞が幸田家と同じ表坊主衆である杉田家の産であることが語られる。後に露伴の兄・成忠が養子入りした郡司家も又、同じ表坊主衆の家だった。ここから、御坊主衆の家の間の、強いつながりを確認することができるだろう。

御坊主衆の職制等について、多くの歴史事典類が説明の際依拠するのは、松平太郎『江戸時代　制度の研究』（大8）である。[5] これに拠れば、御坊主衆には数寄屋坊主・表坊主・奥坊主・用部屋坊主などがあるが、このうち表坊主は江戸城表座敷を管理し、大名・旗本の給仕を任とした。大名は城内の案内から老中をはじめとする諸役人との連絡、幕府内部の情報収集等で、表坊主に頼ることが多かったという。

大名家が代々特定の表坊主に頼る「家頼」、大名が幕府の役職に就いている間に頼る「役頼」とがあり、表坊主から見れば、どれだけこうした大名家との依頼関係を結ぶかに、おのおのの手腕を発揮する余地があるわけである。大名家は何かことある度に（大名間のトラブル、婚姻・養子縁組等）、自家の「頼」とする表坊主に、必要な連絡や仲裁をさせ、それに応じた謝礼を届けた。伊東多三郎が、大名間のトラブルとその処理に、表坊主が関与した具体例として、「神奈川相駅一件」（井伊直弼の家来と神奈川宿役人との間に生じた紛争をめぐる取調べ中に生じたトラブル）を紹介している。[6] 事件解決後、事に当たった表坊主「高橋栄格栄徳父子には、帳簿に記載されない金品が贈られたのではあるまいか」と、伊東は推測している。松平太郎は、表坊主の職、由来賓客に接すること多く、役得従つて豊かなるを以て、其食禄奥坊主に比して給付甚だ鮮しと雖（二十俵二人扶持）敢て困しみとせず、—中略—寧ろ奢侈なる者ありしといふ、（傍点引用者、以下同じ）

とし、

表坊主には又組合あり、約そ十五人を以て一組とし、火番之れが組頭となるを常とせり、古来定員なく、天保以降二百人を出入せり、之が管督に膺《あた》る者、組頭通常五六人あり、役高四十俵二人扶持にして、別に四季施金四両を賜ふ、共に二半場席なり、町屋敷を拝領し府内各所に居寓を構ふ。

と述べている。また、このように正式な給付は少なくても実質的な身入りがよいので「表坊主は一般に奥坊主たる事を好まず、表より奥に入るは、概ね家系の止むを得ざるに出でたり」（四〇三頁）とつけ加えるのである。

表坊主の家から奥坊主の家に入るのを嫌がった、ということは、裏を返せば、表坊主の職に就くこと、表坊主の組合にそれと承認されることは、その資格ある者（まずは表坊主衆の家柄の次・三男など、次いで他の坊主衆の家柄の者）の多くが、強く望むところであったことを意味するだろう。利貞と芳（露伴らの祖母の名）が、表坊主・幸田家の夫婦養子となるに当たっては、幸田・杉田・佐久間（芳の実家。一説に鈴木家とも）という当事者の家だけの協議ではなく、他の組合メンバーとの意見交換、場合によっては謝礼等をも含む（？）交渉があった、としなくてはなるまい。有力なライバルがいたかどうかにもよるだろうが、実家からの何がしかの資金援助等の、その結果として、杉田家の二・三男坊は、晴れて幸田家の代々所持する拝領町屋敷（諏訪町にあった）ともども、表坊主の職を引継いだにちがいない。〝相応の仕度はしてやった。若い二人、しっかりやれ〟、というのが、杉田・佐久間（あるいは鈴木）両家の思いではなかったか。このような周囲の空気を想像しながら、成友の伝える、次の祖母をめぐるエピソードは、読まれるべきだと思う。

祖父母が一家を持つた当初、幸田家は諸事不如意で、祖母の所持する帷子はただ一枚であつた。そこで祖母は毎夜就寝前に昼間着通してよれよれになった帷子に霧を吹き、折目正しく畳直し、その上に坐つて水気を去り、翌朝またそれを着る。近所の人々はそんな魂胆があるとは知らず、幸田の奥様は御物持と見え、毎日帷子を御着替へになると評判したといふ。（一三頁）

成友は「祖父の表向きの収入は一年僅かに四十俵三人扶持と沽券金二百両に相当する拝領町屋敷から上る僅少の地代とで、盆暮二季に大名その他から受ける心附は一季百両に上らなかつたといふ」（一四頁）と書いている。が、「四十俵三人扶持」の勘どころは、その禄高の多少にあるのではない。先に引いた松平太郎の文章に従えば、表坊主衆の組合中、組頭に与えられていた役高に、それがほぼ等しいという点が重要である。

恐らく、成友の知りえたこの禄高は、幕末時の利貞が得ていたそれを指している。妻に帷子一枚しか持たせられなかった暮らしから出発した新幸田家は（その時の食禄は「二十俵二人扶持」のはず）、二十余年の歳月をかけて、組頭、よしんば組頭ではないとしてもそれに相応する地位に就くにふさわしい家格になっていたと思われる。成友は、長兄・成常、仲兄・成忠の生まれた安政五年（一八五七）・万延元年（一八六〇）頃には、幸田家が女中の他に下僕もおくようになっており、「長兄や仲兄が少年の際習つたといふ狩野派の肉筆の絵手本を見ても、明治になつて時々わが家を訪れたたきといふ母と同年輩の婦人が、仲兄の附添であつたといふことから推しても、幕末維新前のわが家はその前後に比して、生活に相応余裕があつたものと考へられる」（一〇頁）と述べている。

ただ、成友は、新幸田家の成長・変化の真の意味を、どうもとらえそこなっているようだ。というのも、次節でみるように、彼は固定収入を前提とした上で、質素倹約のみを幸田家の変化要因として強調しているからである。しかし、時代はまさに幕末の混乱期に突入しようとしていた。諸大名の江戸城中における情報収集活動は大いに活発化していたにちがいない。それは幸田家の蓄財チャンスの増大につながり――拙著四十二頁に〔付記〕したことの含意――、利貞の手腕は組合中の認めるところとなっていたのではないか……。

これが、筆者の想像していたことである。「四十俵三人扶持」という成友の証言は、この想像を裏付けるだろう。

2 小さな家

成友の回想は、「祖父の表向きの収入」を説明した先の引用に続けて、祖母の存在の大きさと問題の「下谷三枚橋横町」の家に言及してゆく。

> 祖母はこの乏しい家政を繰廻すに極めて格好な主婦であつたと思ふ。第一に健康に恵まれ活気に富んでゐたから掃除、雑巾掛、洗濯、煮焚それらは一向苦にならなかつたらう。我精に働く人は得て粗野散漫に流れ易いが、祖母は我精であると同時に細心丹念であり、また断じて奢を知らなかつたから、幸田家の家政は微を積み細を積んで漸く寛ぎを生じ、下谷三枚橋横町に居宅を構へ、夫は安じて公務に従事し、独娘の猷は父母鍾愛の下に、一人前の女として恥づかしからぬ教養を受けた。（一四頁）

幸田家の財政が「乏しい」の一言で片付けられるとはなかなか考えにくい点は、ほゞ説明を了えた。右の引用で押さえておきたいのは、〝幸田家は当初貧しかったが、一定収入にも拘らず祖母の堅実によって次第に豊かになり、その結果として遂に大きな家を構えるまでになった〟という、その口吻である。表坊主衆という職の性質からいって、この口吻そのものは、いかにも真実らしく思われる。収入についてはともかく、小さな家から大きな家に移り住むに至った、というストーリーは確かなこととみてよいだろう。それは兄の露伴も証言している通りである。ただ、成友はその大きな家を明らかに「三枚橋横町」の家と見做している。

> 『武鑑』を見ると「下谷三枚はし」幸田利貞とある。母はこの家を単に新屋敷と称した。新屋敷とは新に家屋建築を許された土地の意味であらう。家屋の大小や間取等について聞覚えた点は無いが、その拭掃除が女中相手とはいへ、母にとつての一大日課であつたといへば、相応の建築物であつたと推量せられる。母は姉延子が麹町紀尾井町に買入れた邸に老を養つたが、それが新屋敷に勝るものであるとは一度も口にせなかつた。（同）

「新屋敷とは新に」云々の成友の説明について、拙著では「それが幸田家にとってのみ『許された』なのか、その土地区画全体として御公儀から『許された』のか、どちらともとれるようなあいまいな説明」だと書いた（三二頁）。今日流布する露伴年譜製作者はためらうことなく後者の意にとり、「三枚橋横町　俗称新屋敷」という語を選んだ。しかし、本当にその地・「下谷三枚橋横町」は「新屋敷」と俗称されていたのだろうか？　成友のこの文章の他に、何か証拠はあるのか？　成友の文章からが、ハッキリそうと主張しているとは限らず、あいまいな説明に対する、年譜製作者たちの一つの解釈にすぎないのである。

　これに較べ、成友の回想が書かれる以前の露伴年譜が、維新前夜の幸田家の所在を「神田の新屋敷」とするのは、現に神田に〝新屋敷〟と俗称されていた区画のあることが明らかにされている今日、はるかに確かな情報である。

しかもその年譜は露伴の自筆年譜およびそれに準ずるものであった。ただ、この旧年譜にたち戻るためには、成友の回想中「母はこの家を単に新屋敷と称した」とある一文について、〝「この家」という時、実は母の頭の中ではいつも神田の家を指して使っていたのだが、明治六年生れの成友はそれを下谷の家のことを指していると勘ちがいして聞いていたのだ〟という、あやしげな仮説を受け入れる必要があるのだが……。

そこで、ここでまた拙著では省いた説明をつけ加える。母が新屋敷と称した家はやはり下谷三枚橋横町にあった、ただそれは俗称がそうであったからではなく。幸田家の中だけで通用する呼称としてだった（つまり先の成友の「新屋敷」についてのあいまいな説明を、幸田家に対してのみ許可された建築物）とする解釈の、検証である。

右の解釈を前提とした時、次の二つのシナリオがありうると思う。第一、祖父母は結婚当初貧しい別の場所（仮にXとしよう）で生活していたが、財を蓄えた後、晴れて「三枚橋横町」に「家屋建築を許された」ゆえに、いつも母はそこを新屋敷と呼んだ、というシナリオである。最初の地Xから「三枚橋横町」進出までに要した時間は（祖父母の結婚を天保十年代のはじめ頃〔一八四二、四三〕――一子猷の誕生が天保十四年〔一八四三〕ころ――とすれば）、成友は新居の位置を嘉永四年〔一八五一〕版江戸切絵図で確認しているから、およそ十年未満である。

ところが、かの拙著の書評において出口智之氏が、すでに天保十五年〔一八四四〕の須原屋版武鑑に幸田利貞の住所として「下谷三枚はし」と記されていることを明らかにし、「転居はこの頃の結婚と出産にともなうものではなかったか」との見解を示された。筆者もその通りだと思う。だが、もしそうだとすると、つまり「下谷三枚はし」はXの地そのものであったことになるだろう。これでは下谷を新屋敷と呼ぶ理由がなくなってしまう。

そこで第二のシナリオが必要になってくる。すなわち、最初の地X＝「下谷三枚はし」は貧しげな小さな家だったが、幾年かを経、内証も豊かになったのでそれをとり壊し、同所に大きな家を新築した、これが新屋敷――というシナリオである。このシナリオは、可能だろうか。

諸大名・直属家臣団等に対して江戸幕府は、市中に屋敷地を与えたが、その際大名等の石高や役職に応じて下賜する地所の坪数を規定していた。宮崎勝美氏の作製した一覧表に拠ると、[7] 御坊主衆のそれは百坪以下とある。表でみると下から二番目である（一番下は下男格の七十五～七十坪）。この数値は切絵図で探し出した「幸田利貞」の字の大きさから受ける印象に相応しい。小さくこまぎれに区分けされた一画に、ずらりと並んだ名前が書き込まれた、その中に見出されるのが、「幸田」なのである。切絵図が正確な縮尺で描かれているわけは勿論ない。しかし、各家を仕切るあの細い線はなにがしかそれぞれの家格に対応した扱いを反映しているだろう。そういう目で見れば、切絵図における「幸田」の扱いは、まさに〝下から二番目くらい〟がピッタリなのだ。[8]

そこで、仮に一つの見当として、下谷三枚橋横町の地所をおよそ百坪程度としてみよう。そこに、幸田家の人々が伝えるような大きな家を建てるとすれば、どうなるか。露伴はその家（ではないのだが、とにかく幕末時の幸田家）を「畳敷の七十余畳もあったさうです」といっている。[9] 現代住宅のような総二階にでもすればきわめて快適な家が建つだろうが、さもなくば隣近所に較べ、図抜けて高い建ぺい率の屋敷が出現するに違いない。筆者はこのシナリオはありえないと思う。

以上二つのシナリオを検討した限り、もし母がこの「三枚橋横町」を〝新屋敷〟と呼んだとすれば、それはその地に、そういう俗称があったから、という理由以外には考えられないことが明らかになった。しかし「三枚橋横町」に新屋敷の俗称あり、と実証した人はいただろうか。しかも第二のシナリオの検討結果は、この地に大きな家が存在すること自体が非常に不自然であることをも示唆していたといえよう。

成友の口吻から窺えたのは、〝小さな家（X）から大きな家（仮にYとしよう）へ〟であったが、それは成友のいうようにY＝「下谷三枚はし」ではなく、X＝「下谷三枚はし」に他ならなかった（出口氏の実証したこと）。またX＝Y（同地に改築した大きな家）ということも考え難い、とするならYは一体どこか？　繰り返すまでもなく、「神田の新屋敷」が最も自然な候補地なのである。

拙著で筆者は、「三枚橋横町」の家を「そのまま所有し、別にまた新しい地所を購入した可能性」（三二頁）にも言及した。「三枚橋横町」の家を、拝領屋敷に準ずる視点からとらえるなら、筆者の想像はむしろ当たり前のことをいっていたことになる。拝領屋敷は、拝領町屋敷と異なり、原則的[10]に拝領者本人もしくは親類の使用以外は認められていないからである。つまり、幸田家は幕府倒壊まで、茶坊主の格にふさわしい百坪程度の家に、タテマエの上では住み続けていなければならなかったのである。

自身の生誕地に関するもう一つの発言として、後年の露伴に「私の生まれたのは下谷です。御徒町辺でせう」という言葉があったことを出口氏が指摘してくれた（「幸田露伴氏に物を訊く座談会」「文藝春秋」昭８・２。筆者はこれまた見落していた。有難い指摘である）。これは幕末期の「下谷」の屋敷の使用例として考えればよいのではないだろうか。大きな屋敷（神田の新屋敷）はなかば公的な場所でもあったはずだから、娘（猷）の出産・乳児の世話などは別の場所で行われた、ということは大いにありうるだろう。露伴が「御徒町辺でせう」とあいまいにしか発言していないのを見逃すべきではない。

〝ではやっぱり露伴の生まれたのは下谷ではないか〟という声が聞えてきそうである。しかしこれは、現代において「あなたはどこで生まれたのですか?」という問いに、「病院です（ないしは病院の住所）」と答えるようなものである。形式的に答えになっていても問う者の心を理解していないのだ。どこで生まれたか、という問いは、その人間が誕生した時の家庭環境（親が最近住みはじめたばかりの転勤先なのか、先祖代々住んできた旧家なのか等々）や、経済状態、その人が生まれ育った土地の風土・文化への興味関心を含んでいる。そうした興味関心に応えうるような答えこそが、正しい答えなのである。筆者はあくまでも、露伴が生まれた時の幸田家は「神田の新屋敷」であった、と主張したい。

3　大きな家とその他に………

では「神田の新屋敷」とは、どういうところなのだろうか。「新屋敷」と俗称される由来、正式な町名とその所在地は、既に拙著で記したので繰り返す必要はないだろう。出口氏は、武士が「登城の勤めを持ちながらも町に住むことがありえたのか」と疑問を呈しておられる。それを解く鍵は、柳田泉の「神田の、俗称新屋敷といふところにあつた幕府お坊主衆の組屋敷」という説明にある。(11)

「組屋敷」とは、別に「大縄屋敷」ともいい、土地を細かく分割せずに一括して組に割り当てられた屋敷地で、その配分は組の判断に任されていた。この「組屋敷」が町地に当てられる例は特にめずらしくないようで、宮崎勝美氏は坪数で町地全体の約十パーセントもがこれ（宮崎氏は「大縄拝領町屋敷」と分類する）によって占められていると指摘している。(12)八丁堀にあった与力・同心の組屋敷は、その有名な例である。普請奉行役所作成の『御府内沿革図書』の該当箇所を見ると、与力組屋敷は拝領武家屋敷を意味する白色地の上に「町与力」と記されているのに対し、同心組屋敷は町屋敷に塗られる薄墨色の地に町名が記入され、同心組屋敷であることが全然表示されていないという。(13)坊主衆＝二半場程度の家格の組屋敷は、町地と特に区別した扱いをされていなかったのである。

ここでまた想像をたくましくする。神田新屋敷のお坊主衆組屋敷には大小とりまぜて何軒もの屋敷があって、お坊主衆メンバー内の世代交代やそれに伴う勢力図の変化等に応じて頻繁な屋敷の取替えが行われていたのではないだろうか。組によってはメンバー全員が貧窮化するという場合がある。そういう時は組の内部の屋敷取替えに留まらず、メンバー外の他所者との取替え（実質的には売却）も起こりうる。そのように「組屋敷が本来の一体性を崩し、モザイク化していくことを『大縄崩』と呼ぶ」（宮崎勝美(14)）のだそうである。だが、お坊主衆は総じて身入りのよい職であったらしいから、ここで「大縄崩」は起こるはずもなく、むしろ組の内部での活発な移動（プレミアム付きの屋敷の交換）が行なわれていた可能性が高いと思われる。

……権勢相応に財富も集るといふわけで、お坊主の生活はなかなか立派なものであつた。露伴の生まれたころの幸田家の生活の如きもその例にもれず、なかなか盛んなもので、新屋敷の邸宅は畳数七十余畳もある上、銅の金具を打つた堂々たる門までついてゐた。そのほか、浅草、麻布などにも地所やら控家やらを十ヶ所ほどもつてゐたと聞いてゐる。（柳田泉、三頁）

何かの口利き・仲介・情報収集などの依頼をもくろむ大名が、〝新屋敷のあの大邸宅に今度入った幸田という表坊主に話を通しておくか〟といったことを、もしも考えることがあったなら、それがすなわちこの屋敷を手に入れたことの「経済効果」（拙著三九頁）というものである。

残る問題は右の柳田の発言のうち、最後にある「そのほか、浅草、麻布などにも地所やら控家やらを十ヶ所ほどもつてゐたと聞いてゐる。」の信憑度である。

再三参照してきた宮崎論文も、武士による他の武家の拝領武家屋敷の「相対替」を装った実質的所持（先の注10）のみならず、町屋敷の所持にも言及している[15]。その後、片倉比佐子『江戸の土地問題』[16]が、いっそう詳細に武家の町屋敷所持のプロセスを明らかにした。しかし、いくら当時の富裕な武家に地所を手に入れたいとする傾向があることを指摘し、またその性質上そうした事柄は「風聞のような形でしか伝わらない性格を、あらかじめ持っていた」（拙著三八頁）と主張しても、〝そうした一般的傾向と、幸田家の土地所有問題とは、別の話だ〟と反論されたら、どうしたらいいか。他ならぬ、柳田泉が右に如くに発言しているのだぞ、と居直るのが最もよい、と筆者は考える。

柳田の右の発言は、昭和十七年二月刊行の『幸田露伴』からのもので、もちろん露伴存命中である。その「序語」には、自著は「見方によつては、伝記資料といふにちかいかも知れない」といい、また「肝心のところでどうにも資料が足りなかつたり、作品に分らない点が出て来たり、資料そのものに疑問があつたりして、結局、度々先生に御面倒をかけることになつた」とある。露伴本人にも当然読まれることを覚悟した上で書かれたのが、右の一節であることを強調しよう。もちろん誤伝ということもありえないことではないかも知れない。しかし仮に誤伝であったとして、何故こういう誤伝が生じたのか（露伴がハッタリを言った？　その父か母がハッタリを言った？　あるいは……？）と、その事情をいくら考えても筆者には納得のゆく仮説が思いつかない。納得できる仮説に出会わぬ限り、柳田証言に従って幕末期幸田家の推移を構想してゆく以外にないのではないのだろうか。

幸田家が幕末期までに入手した可能性のある土地家屋の候補として、拙著で挙げてみたのは、神田新屋敷の家の他に、維新以後の幸田家の挙動から（幾度も出たり入ったりが自由だったらしい）「末広町十番」の家、「神田区錦町に相応大きな門構の家」、向島寺島村の「敷地五百坪余、庭に大きな汐入の池あり又梨子畑あり、今とは違ひ、二階に上れば青田や畦道の立木が遠望せられた」（成友、五一～五二頁）という家などであった。このうち向島寺島村の「敷地五百坪余」の家については次節でさらに詳しく触れなくてはならなくなった。ここでは更にもう一箇所、候補地をつけ加えたい。

露伴「鼠頭魚釣り」（明32・5）に次の一節がある。同年の五月二十一日・午前三時、すでに向島暮らしに入っていた露伴は、同居していた末弟修造、この日のために前夜から来て泊まっていた父との三人で、かねて舟の用意をさせた柳橋ほとりの吾妻屋という船宿へ向けて、自宅を出発する。隅田川東岸を徒歩で南下、吾妻橋を渡って対岸に移り、かつて幸田家所持の拝領町屋敷があった諏訪町を通りすぎ、さらに、蔵前通りを南へ、須賀橋といふにさしかゝりける折しも、橋のほとりの交番所にて巡査の誰何するところとなりぬ。唯一ト声、釣りせんとて通るものなりと答へしのみにて、咎めらるゝ事も無く済みけるが、此のあたりの地をば吾が家にて有ちし往時《むかし》もありければ、一ト言にても糺されしことの胸わろきにつけて、よし無き感を起しゝも烏滸がまし。

須賀橋は、江戸時代の鳥越橋のことである。「此のあたりの地」が諏訪町を指すとは考え難い。もしそうとると、浅草御蔵すべてを含めて〝この辺りは俺の土地だった〟と言っていることになってしまう。すなわち、御蔵をはさんで、北の諏訪町の拝領町屋敷とは別に、南の鳥越橋あたりのこの土地を指して、〝以前わが家はこの辺りを所持していた〟と露伴はいっているのである。

4 明治維新とその後

こうして幸田家は明治維新を迎えた。それまでに入手した土地屋敷について、拙著では「幕府倒壊後も、無傷で幸田家に残った可能性が高い。家禄、拝領屋敷等はもちろん失っただろうが、これらの（秘匿された？）個人資産は維持しえた」（三八頁）という仮説を述べた。江戸幕府でさえ、諸大名、御家人の屋敷所持形態は、原則各自からの自己申告にほとんどすべて頼っていただけであるのだから、[17] 江戸の地に入ってきたばかりの新政府が下級幕臣の土地屋敷の所持状況を正確に把握できたはずがない、と思ったからである。

新政府が本格的に東京の元・武家地の実態把握に着手するのは、地租改正――地券交付および地租課税の実施実現を目指した明治四年以降といっていい。もともと売買の対象ではなかった（というタテマエの）武家地への地券交付・地価確定作業が、いかに困難なものであったかは、滝島功『都市と地租改正』[18]に詳しい。

新政府の方針は近代的土地私有権確立であったから、この過程で幸田家はそれまで所持していた土地屋敷を正式に自分のものとしたと思われる。ただ、これが〝晴れて〟といいがたいのは、同時にそれが納税義務を課せられることでもあっただろうからである。〝適宜整理〟、といったところであろう。その際仮に、整理の対象と決めた所持地のうち、町人名義の町地所持ということもあったなら、その場合は名義人も含めた協議の形をとっただろう。形式的な名義人をひき受けていた町人（？）と幸田家とが、一体どのような関係にあったかは、もはや知るよしもない。しかし、処分にあたっては、経済的判断と共に、長年名前を貸してくれた彼らとの協調関係・人的ネットワークの維持も重視されたにちがいない。明治生まれの子どもが「これは借家だ」と聞き伝えたとしても、それを単純に今日的意味で受取ってよいかどうかは、注意が必要である。例えば同じ「借家」を何年にもわたって出たり入ったりできたならば、そこには単なる貸借関係以上の何かが、大家さんと借家人との間にはあるのかもしれない、と頭を働かせる必要である。

ついでに、幸田家があの諏訪町にあった拝領町屋敷は、維新後も所持し続け、後に払下げを受けたことを付記しておこう。幕臣の拝領地の扱われ方は、幕臣自身の挙動（土地を放棄して静岡移封に同行したか、どうか等）や、その所持地の利便性の何如で新政府の接取・略奪の対象になったり等、様々だが、幸田家のように維新後下級官吏として政府に従った者の拝領地は、あらためて政府からの拝借地として使用を許可され、のち払下げを受けた[19]。成友の回想に、「浅草某町にあつて、毎月月末清助といふ老人が地代を持参した記憶がある」とある（一四頁の注二）。拙著で「家禄、拝領屋敷等はもちろん失っただろうが」と書いたのは、そのうちの、「等」が拝領町屋敷にあたるわけなので、いささか不正確で乱暴だった。

冒頭、露伴生誕地問題に関わって「当然参照すべきであったのに失念していた文献」があることを述べたが、それは高木卓著『人間露伴』[20]である。より正確には、それに附録的に収められた「露伴娘の言葉から」「露伴妹の言葉から」二編のうち後者（安藤幸からの聞き書）で、以下これを読み、気付いたこと若干を述べる。

維新後の幸田家は転居を繰り返したが、その年次をおよそ次に記す程度には明らかにすることができる、と拙著では主張した。つまり、神田の俗称新屋敷で幕府倒壊を見た後、

明治二年（一八六九） 下谷仲御徒町に移る。
明治四年（一八七一） この頃、神田山本町へ。
明治十年（一八七七） ※この頃、神田末広町へ。

この末広町について、幸が「明治二十四年、市区改正のため神田末広町の家が店も住宅も共に立ちのきをよぎなくされ」云々と述べていた。この家は、御成街道の西側の一画で、その道路に面した側を紙屋「愛々堂」（北海道突貫後の露伴がしばらく店番をやらされていた）に、奥を住宅に用いていたが、市区改正に伴う道路拡張工事によって道路沿いの区画のうち、西側半分程の面積が削り取られたのである。幸田家が明治十年頃から住んだ家はこうして消滅した。

この時露伴はすでに家を出ていて、前年（明23）暮れには谷中天王寺町に家を購入し、成友と同居していた。そこへ幸がまた同居した。神田芳林学校と上野音楽学校の選科生だった幸の通学の便を考慮しての判断だった[21]（明治二十四年春から翌年九月まで）。ではこの間、残る幸田一家は末広町からどこへ行ったか？ 隅田川を越えて向島に移り住んだのである。はじめ一時的に須崎町に住み、間もなく、成友が「五百余坪」あったといい、露伴は「六百

坪」といっていた、あの家で長兄一家と合流したらしい。音楽学校の選科から予科生となった幸が露伴との同居生活を了えた明治二十五年九月に、彼女も親の住む向島の家に帰ったというから、この点記憶に間違いはないと思われる（幸は、この家を「六百三十坪」といい、「借家ながら」とつけ加えている）。

そこで現在一般的な露伴年譜への修正の一つ目。『明治文学全集　25　幸田露伴集』（筑摩書房、昭43・11）の榎本隆司作成年譜の「明治二十六年」の項にある、

冬、東京府下寺島村字番場二百五十五番地の長兄の転居あとに移る。

の「長兄の転居あと」は、「幸田一家の転居あと」がよいようだ(22)。幸田一家は末広町の家消滅後、向島須崎町を経てこの家に入り、この年さらに長兄一家と共に隅田川対岸の橋場に移ったのである（橋場の暮らしは明治二十七年〜三十年）。成友が帝国大学を、幸が東京音楽学校を、それぞれ卒業するのもこの橋場の家においてである（明治二十九年）。

幸田一家の橋場での暮らしは明治三十年頃に終わり、彼らは再び向島の広い家に舞い戻った。それはちょうど結婚三年目の露伴夫婦が向島に移り住むのと前後しており、その間の事情を幸が次の一節で伝えているのだが、実はこれが筆者を大いに混乱させたのであった。

向島元寺島村の幸田家はやがて対岸の浅草側の橋場へ越したが、それはおそらく長兄が橋場の製革会社に関係したためで、橋場の家も会社々長の北岡文兵衛所有の家屋の一つであつた。一方、私たちがゐた元寺島村の家へは露伴一家が越してきたのである。南佐久間町から直接ではなく一時ふたたび神田鍛冶町にゐて、それから元寺島村へ移つてきたと思ふが、のちに私たちが橋場から再び暫時元寺島村へ逆もどりしたので、露伴兄は

元寺島村から寺島新田にうつつた。しかも新田ではのちに一軒を新築してそこへ越したので、寺島新田の露伴兄の家は前後二回あつたわけであり、又ひところはこの寺島新田の幸田家（露伴）のほかに元寺島村の幸田家（長兄）と向島に二軒が並存してゐたわけで、そのため長兄の家のはうが、「奥」または「奥の家」とよばれ、露伴兄の新田の家と区別された。

筆者の混乱の原因の一つ目は、この文の前半に単純な幸の記憶ちがいが、多分あるからである。冒頭幸田一家が橋場に転居する事情を説明する一節は前途したように明治二十六年の冬のことである。そしてその後に露伴が越してきたのも確かだが、露伴はその時はまだ独身であって「露伴一家」はおかしい。恐らく続く文章の内容――「南佐久間町から」以降の一節、これは明治三十年の事柄――にひかれて、うっかり「露伴一家」となったのだと思う。そこで「南佐久間町から」以下のみを明治三十年の事として読むことにするわけだが、それでもなお混乱はおさまらない。幸が、向島の幸田の家をどう呼んでいるかを、次のようにまとめる。

A・「元寺島村」…既に何度も登場した「六百坪」程の敷地の家。
B・「寺島新田」…露伴一家がAから移り住んだ家。
B′・「寺島新田」…B近くに新築した家。

混乱の原因の二つ目は、筆者の常用してきた筑摩『明治文学全集』版年譜（榎本）と角川『日本近代文学大系』版年譜（岡保生　作成）の各所の呼び名が、幸の呼び名とズレているからだった。両年譜の呼び名（住所）を並べてみよう。

筑摩『明治文学全集』版年譜（榎本）

A・（既に見たように）「東京府下寺島村字番場二百五十五番」

B・「南葛飾郡寺島村元寺島千七百十六番地」

B´・「同地（向島寺島村）」

角川『日本近代文学大系』版年譜（岡）

A・「東京府下寺島村字番場二五五番地」

B・「南葛飾郡寺島村元寺島一七一六番地」

B´・「寺島村一七三六番地」

筑摩・角川両年譜を信じて疑わなかった（筆者の）頭で幸の回想を読めば、「元寺島」でAとBの混乱が生じることが理解されよう。そこでようやく、もっと以前の年譜を調べるという初歩的作業を、慌てて始めたのであった。

とはいえ、今回は生誕地の時とちがい、改造社『現代日本文学全集　8　幸田露伴集』（昭2・12）の露伴自筆年譜を見れば足りた。

A・「東京府下寺島村字番場」

B・「寺島村字新田」

B´・「同地（に新居を営む）」

これ以後の詳しい年譜（「文学─露伴追悼号」昭22・10。『近代文学鑑賞講座　2　幸田露伴・尾崎紅葉』角川書店、昭34・8。『日本現代文学全集　6　幸田露伴集』講談社、昭38・1）はいずれも塩谷賛の執筆したものだが、若干年次の訂正や番地の付与がある他は、基本的に露伴自身のものと同じである。B・´Bは寺島村の新田、Aは寺島村の字号「番場」、その俗称に恐らく「元寺島」があると考えてよさそうだ。どの地図・地名辞典の類いを覗いてみても、B・´Bの「新田」は動かない。

何故こういうことが起こったのだろうか。榎本がBを「元寺島」とした根拠は、恐らく塩谷賛の次の文章である。(23)

明治三十年のこととして、

十月七日の早朝、家を出て上野停車場へ人力車で行った。それは紀行「うつしゑ日記」の冒頭なのだが、その家はどこかというと寺島の家とある。このときはすでに向島の寺島村に移っているのである。九月十八日に神田鍛冶町から不知庵あてに出した端書があるから、その日と十月七日とのあいだに移ったことになる。ここの住所は南葛飾郡寺島村元寺島千七百十六番地である。安藤幸の説によると神田鍛冶町から直接にこの家へ移ったのではなく、例の庭の広い家へ移ったあと父母が橋場からそこへ来ることになったのでこの家へ越したのだとある。

という、ほとんどお手上げの文章である。「元寺島」は幸が常にA地を指して使っていた名で、それに続く「千七百十六番地」はB地の番地と数字が等しい。そして「ここの住所」が「向島の寺島村」にあるのは確かだが、幸の説（幸は「例の庭の広い家」を「元寺島」、「この家」にあたる兄の家を「新田の家」と呼んで、鍛冶町→「元寺島」［A］→「新田の家」［B］と主張していた）を勝手に自分流に解釈し、「この家」（B）の住所を「元寺島」に決めつけた紹介をしているのである。真相は何ともわかりにくいが、結果的に塩谷のこの不明瞭な文章に依拠して榎本が従来の年譜に変更を加えたのは、問題を残す判断であったと思う[24]。

最後の岡保生の年譜は、榎本のもののほゞ忠実な書き写しである。ただ′B地の書き方に多少手を加えることで、榎本では単に「同地」の説明にすぎなかった（ ）内の省略された語を、岡は′B地の住所にしてしまった。もし′Bの住所を「寺島村一七三六番地」とするなら、Bの住所も「寺島村一七一六番地」でそろえるべきであった。

今日、A・B・′B地について、おそらく最も理にかなう住所を記しているのは、小林裕子執筆の「文のあしあと　文学散歩向島[25]」である。それぞれ

A・南葛飾郡寺島村大字寺島字馬場二五五。
B・　〃　郡　〃　大字　〃字新田一七一六。
′B・　〃　郡　〃　大字　〃字　〃一七三六。

Aを露伴は常に「番場」と表記していたが、要するに〃バンバ〃なのであろう。

拙著では、それぞれの住所を岡保生作成の年譜のそれを、そのまま鵜のみにして書いた（二四七～二四九頁）。誠に恥入るばかり、と言う他はない。

注

（1）「図書」（岩波書店、平16・9）。

（2）『幸田露伴論』（翰林書房、平18・3）。
（3）「書評　関谷博『幸田露伴論』」（藤女子大学「国文学雑誌　76」平19・3）。
（4）『凡人の半生』（共立書房、昭23・4）。引用は『幸田成友著作集　第七巻』（中央公論社、昭47・6）より。以下、成友の証言はすべて同書から。各々頁数を付す。
（5）『江戸時代　制度の研究』進士慶幹校訂（復刻版、柏書房、昭39・6）。
ちなみに、『幸田文全集　第二十三巻』（岩波書店、平9・2）の「Ⅱ　年譜」（金井景子執筆）中、「表坊主とは、登城した大名の世話をし、有識故実、礼法などを教える役柄」（四八九頁）とするのは、表坊主に対して、甚しい誤解を招きかねない説明と思われる。茶坊主は、「給仕」である。さらに、同年譜四九一頁にある「幸田文関係略系図」では、露伴の祖父母を「（佐久間）利貞」「（幸田）芳」とし、両人が幸田家の夫婦養子であったことを明示していない。本文でも後述するように利貞は杉田姓、芳は佐久間（或いは鈴木）姓であった。
（6）「権力と茶坊主」（「日本歴史　301」昭48・6）。
（7）宮崎勝美「江戸の土地――大名・幕臣の土地問題」（『日本の近世　9』中央公論社、平4・11）。その一三九頁の「表4　拝領屋敷の高坪・格坪・並坪規定」参照。
（8）下級幕臣に拝領町屋敷が下賜される場合には、それが主に賃貸経営を前提としたものであったから坪数ではなく町屋敷の公定価値である沽券金高をもとに、やはり役職に応じた格付け（沽券高定）があった。それに拠れば、表坊主に下賜される拝領町屋敷の沽券金高は二百両である（宮崎前掲論文、一六〇頁）。これは幸田家が浅草諏訪町に所持していた拝領町屋敷の沽券金高と全く同額である。
（9）「少年時代」（明33・10）。露伴が屋敷の広さを伝える際に畳数を用いるのは、坪数が家格に応じた屋敷の広さを規定する単位として用いられていたことと関連するのだろうか。

(10) その原則が事実上かなり形骸化していた点については　注（7）宮崎論文、一四一〜一四八頁に詳しい。
(11)『幸田露伴』（中央公論社、昭17・2）
(12) 注（7）宮崎論文、一三三頁の「表1・『諸向地面取調書』にみる武家所持地」を参照。
(13) 注（7）宮崎論文、一五七頁。
(14) 注（7）宮崎論文、一五四頁。
(15) 注（7）宮崎論文、一六二〜一六四頁。
(16)『江戸の土地問題』（同成社、平16・8）。特にその「第三章　一九世紀の地主」一一八〜一四三頁を参照。
(17) 宮崎勝美「江戸の武家屋敷地」（『日本都市史入門Ⅰ　空間』東京大学出版会、平2・11）。その九六頁。またこの論文の「1　長州藩麻布龍土邸の変遷」は、武家地所持形態に関する幕府の把握状況がどの程度であったかを窺い知るに足る、格好の例といえる。
(18)『都市と地租改正』（吉川弘文館、平15・12）。特にその「第一部　第二章　東京における市街地券の発行」五九〜九七頁を参照。
(19) 鈴木博之『日本の近代　10　都市』（中央公論社、平11・2）。九八〜一〇三頁を参照。
(20)『人間露伴』（丹頂書房、昭23・6）。のちに『露伴の俳話』と改題の上、講談社学術文庫版（平2・4）が出たが、その際「全体を著者（高木卓）の視点に統一するため」（凡例）という理由で、附録の二編は割愛された。しかし同年三月「近代作家研究叢書」の一冊として日本図書センターより原著の忠実な復刻版（解説・登尾豊）が出ている。
(21) 十四、五才になると、子供をどんどん実家から出し、既に独立済みの兄達の家に居候させるというのは、幸田家の維新を乗り切るための方法であり、また恐らく教育方針の一つであったようである。
(22) この項目を作るに当たって榎本が参照したのは恐らく成友の次の一節と思われる。「二十六年仲兄の出発に引続き、我が家に色々な事件が起つた。即ち長兄は鐘淵紡績会社を辞して寺島村から対岸の橋場真先の北岡文平氏の邸内に移り、祖母、母、弟妹を末広町から引取り、季兄は京橋の僑居から長兄の旧居に移り、さうして自分は帝大寄宿舎に入舎したが、今自分はそれ等の事件の起つた年月を一々思出し得ぬ」（傍点引用者、八二頁）―成友は傍点部分に明らかなように、この頃まだ末広町に一家が住んでいたと思っているので「旧居」（向島）を出て橋場に移ったのは長兄一家のみと思い込んだのである。彼は明治二十三年に一高の寄宿舎に入り、以来実家を出ていたから、実家の所在に関しては、確かな記憶がなかったのだろう。この項目は、続く『日本近代文学大系　6　幸田露伴集』（角川書店、昭49・6）の岡保生作成年譜が、そのまま踏襲した。

(23)『幸田露伴（上）』（中央公論社、昭40・7）。

(24) こうした混乱の起こった理由の一つは、恐らく事実が安藤幸の述べた通りだったからで、つまり、露伴一家は向島に移り住んだ際、いったんＡ（番場、元寺島?）、いわゆる「奥の家」に入ったが、間もなくＢ（「新田の家」）へとせわしなく転居した、という普段あまりない事態のせいと思われる。そこでＡ（「元寺島」）とＢ（「一七一六番」）の混淆が生じたのだろう。

(25)『幸田文の世界』（翰林書房、平10・10）所収。

※ 山本町から末広町への転居時期について、渡辺賢治「幸田露伴研究――出生等の検証を中心に――」（大正大学大学院文学研究科国文学専攻「国文学試論　21」平24・3）が、『大蔵省職員録』を基に、明治十一年の四月から十月にかけての間であることを明らかにした。

12『雪紛々』について

I

『雪紛々』は、松前藩による交易独占体制確立に抵抗し、その打倒を目指して立ち上がった、メナシクル（東の衆の意）の惣大将シャクシャイン（？—一六六九）を主人公とする小説である。幸田露伴が「読売新聞」（明22・11〜12）に第一回から第十四回にあたる分までを連載したが、新聞が発禁処分にあったのを契機にいったん中絶、それから十年以上を経た明治三十四年一月に、露伴の構想をもとに弟子の堀内新泉が書き継ぐことで、完結・刊行をみた（「著者幸田成行・堀内文麿」と併記されている）。その際、露伴自身の手に成る「雪紛々引」が付された。

『雪紛々』は、露伴であれ、新泉であれ、アイヌ民族に対して決して差別意識を持っているつもりはない、むしろ同情的といってよい作家が、いかに社会のアイヌ民族抑圧構造を支え、補強するものであるか、を伝える一例として記憶されるべきテクストである。さらに言えば、創作意欲の減退を感じ始めた作家が[1]、恐らくは、先年議会を通った「北海道旧土人保護法」（明32・3・1公布）に応じて、金めあてで弟子に書かせた作品である、と思う。従って筆者は、ここで『雪紛々』の再評価を試みようとは考えていない。アイヌ民族の問題を考える場に、このような作品が召喚されてしまった時、どうすべきだろうか、二、三思うところを記すのみである。

2

この作品に下された評価としては、小笠原克による次のものを、まず参照すべきである。露伴・新泉は、シャクシャイン・オンビシの二人が、親友どころか反目し合っていたという史実をねじまげて、オニビシ姉弟共通の敵であったシャクシャイン、および彼がまきおこした大動乱を、全アイヌ民族の和人に対する憤怒の爆発として捉え直したために、敵《かたき》と味方、正と不正の簡明な対立が浮かびあがり、たとえアイヌに対する同情がかかる構図を招いたにもせよ、〈史実〉の方により豊かな人間的葛藤の大部分を物語の主像から消去してしまった結果となったのだ。（中略）

シャクシャインの〈乱〉は、大量の和人殺害という面から従来悪役に廻されてきたが、それを誘発した遠因こそ実に松前藩の、冒頭に略述したごとき搾取政策に外ならなかったのであり、そこにヒューマニスティックな憤りと同情心を注いだ露伴の着眼の正当性は肯定できる。が、波瀾万丈の物語趣向を重んじたあまり、かえって、史実がはらんでいた人間的な契機を喪失させたことは残念といわねばならない。[2]

つまり、「ヒューマニスティックな憤りと同情心」によって、謀叛人・シャクシャインの像を、英雄のそれに書きかえた点は評価できるとしても、〈歴史〉を〈神話〉化してしまった（「神話はものごとを純化し、無垢にし、自然と永遠性の中に置くのだ」―ロラン・バルト[3]）点に、作品の弱さをみているのである。

この、小笠原の評価に対し、これを「一到達点」と認めつつも、「そこには、区々たる人間的葛藤に終始する小説像への反措定があり、『佳人之奇遇』におけるがごとき、圧制に抗する弱小民族の自立の戦いを描くべき文学像があったのだ。」と、あえて積極的に『雪紛々』を再評価しようとしたのが、平岡敏夫である。[4] ただ平岡のこの再評価の試みは、明治二十年代初頭の文学状況——文学極衰論争等によって顕在化してゆく、政治小説と人情世態小説の対立と超克、つまりは新文学の確立への模索のただ中に、この作品を置いてこそ、意義ある試みであるといえる。『雪紛々』の全体ではなく、むしろ明治二十二年の、『雪紛々』中絶の意味を考える時に、参照されるべき見解であると思われるので、ここではしばらく措くことにしよう。

冒頭で述べた通り、今日において、『雪紛々』は否定し去られるべき作品である。小笠原克の指摘する「ヒューマニスティックな憤りと同情心」も、当時にあっては或いはそれなりの良き役割を果たした可能性を否定はできないにしても（後述）、それは小笠原が一方で批判する〈神話〉化作用の一つと解すべきであり、〈神話〉化自体は、アイヌ民族に対する根深い差別と抑圧の下支えをしているからである。

そうした事態を分析しているのが内藤千珠子である。[5] 内藤は、日清戦争期の日本が、他者を差異化・周縁化し、境界画定することで国民国家として自己を確定したといい、その際他者として選ばれた「アイヌ」をめぐる物語と論理は、「ある種の感情のもとに圧倒的なわかりやすさを醸成し」「『アイヌ』について思考することを停止させる力として結実」したとする。つまり「アイヌ」をめぐる〈神話〉化を、ナショナル・アイデンティティ創出（捏造）の文脈で押さえ、これを「あえてさまざまな言語領域にあるテクストを資料対象として同じ位相に並置することによって」考察しようとしたのが、内藤の試みである。

さて、そこで、文学的言語の分析においては露伴・新泉の『雪紛々』にかなりの紙面を費しながら、内藤が指摘するのは、「当時の文学空間」において、「アイヌ」は、（1）女性ジェンダー化され、（2）古代性の方向で惹起されるように仕向けられており、また、（3）「あはれ」な存在として「保護、救済の論理」にとり込まれ、従って、

（4）「真の日本人」によって教化されるべき存在と規定される、ということである。以上の分析は、露伴・新泉が犯した〈神話〉化による差別性を詳細に明らかにし、それが単に一、二の作家に留まらない、時代の差別・排除・抑圧構造に組み込まれたものであったことを、正当にも露呈させた、といえよう。ただ、このことを逆にいえば、こうしたアプローチは、特定の時代の諸テクストを貫く、構造的一貫性を折出する代わりに、当然のことながら、個々のテクストの歴史的特殊性や発話行為の歴史的一回性、ましてや個々の作家の主観的意図といったものなどを、消しとばしてしまう危険をはらんでいることをも示す。内藤は『雪紛々』をことごとく『雪粉々』と誤記していたが、このようなケアレス・ミスも、あらゆるテクストを「資料対象として同じ位相に並置する」という内藤のアプローチと全く無縁とはいいきれない、とするならば、或いは無視してますますべきではないのかも知れない（そもそも内藤は「紛々」の語意を承知しているのだろうか）。

例えば、内藤は「学問的領野において『アイヌ』の象像が古代性を帯び、その古代性がメディアの言語のなかでも反復される」との主張において、まず次の新聞記事を引く（内藤が引用したのは傍線部分のみだが、論の都合上、ここでは全文を引用する）。

●アイヌ人の議会傍聴　北海道アイヌ人は総代を選み土人保護法案請願の為め上京せしめしに其総代土人は昨日衆議院へ傍聴に出懸けたり其服装はアイヌ人の大礼服を着し其状我国の武士が古へ着したる陣羽織と毫も異ることなく背部には金色にて剣片食《かたばみ》の大なる紋を附け帽をも戴き居たりと

（「万朝報」明28・1・15）

そして、言う。

「アイヌ人」が着用する「古へ」の衣装、それは「古代」という時間を生き続ける「アイヌ人」を記述する人類学的言語構成と交差しつつ、そうした象徴として切り取られた上で、記号化した「アイヌ」という文字の身体を纏うのである。

このうち、「人類学的言語構成」には注がついており、富山一郎論文を援用して人類学上の「アイヌ」が「石器時代遺跡と同様に永遠に『未開』であり続けなければならない歴史を失った存在」と把握されていたと説いているから、ここで、内藤は、記事中の「古へ」の衣装が「永遠に『未開』であり続けなければならない歴史を失った存在」の「象徴として切り取られ」ていた、と主張しているのである。続いて、内藤は遅塚麗水『蝦夷大王』(明25・26)の中に、当時教科書で「古代」の風俗として位置づけられていた盟神探湯が取り込まれていた事実を、これと並べ、「『アイヌ』の古代性が、さまざまな言語領域の境界を行き来する」云々、と自説の強調に入ってゆくわけだが、果たしてこれは、右の万朝報記事の、正当な扱い方といえるだろうか?

素朴に考えて、「我国の武士が古へ着したる陣羽織」は、「永遠に『未開』であり続けなければならない歴史を失った存在」の「象徴」としては、全然ふさわしくない。また、そこに書かれている「古へ」の語も、盟神探湯の「古代」とは全く異なるだろう。

知られるように、陣羽織の歴史はせいぜい室町時代後期までさかのぼりうるていのものにすぎず、初期のそれは、スペイン・ポルトガル等の服装を模したものであったともいう。江戸時代に入ってからは戦陣用の目的を失ったが、武士が野外の警護の際などに威儀を誇示するため、幕末に至るまで用いられたから、ひょっとすると万朝報記者は、つい二、三十年前のことを「古へ」と呼んでいる可能性もあるのだ。一方、アイヌの礼服に、模様を飾った自製の衣服の他に、本州からの小袖や陣羽織、満州からの山丹錦などが用いられたのは事実であるわけだから、この記事に、ことさらアイヌを「古代」のまなざしでかたどろうとする方向づけが働いていた、と断定することは不可能である。――これなどを、資料に向かう以前に、「資料の吟味や調査を伴って繰り出される論理ではなく、あらかじめ備わった思考や概念に安易に結びつい[6]」た読みの方向づけが既に決定されていて、それに都合のよさそうな資料のみを、都合に合わせて（当人はその資料にさしたる知的関心を向ける事もないままに）、引用している証拠、とみなすのは悪意にすぎるだろうか。ただここでは、たまたまその当て推量がはずれた為に、馬脚があらわれてしまったのである。

先の万朝報記事に、記者の驚きといったものが含まれていたことは、誰しも気づくだろう。それは、未知なはずのアイヌ文化が、自分に周知の武家文化に似てしまっている、という意外さである（記者のまなざしが、そのまま「紋」に向かっていることからも、記者の関心の持ちどころは明らかである）。そして、我々は、この記者の驚きを、武家文化とアイヌ文化との間の緊密な交流／抗争の歴史に、結び合わせるべきであると思う。

近世武家文化と今日言うところのアイヌ文化は共に、大航海時代とそれに続く十七、十八世紀の商業植民地主義の拡大の産物である。この、両者を生み出したグローバルな力の存在を想起することは、アイヌ民族を〈滅びの民〉〈啓蒙の対象〉などとしてきた根深い差別的偏見を払拭するための、恐らく最も抜本的な試みである。そして、そこから浮かび上がってくるのは、狩猟の民ならぬ、交易の民としてのアイヌ民族である。今日、精力的に進められている、アイヌ民族と中世・近世武士の相互依存関係の見直し作業[7]と重ね合わせることによってこそ、万朝報記事は資料として生きる。それを、「古代性」なるものの裡に塗り込めようとしてしまった内藤に対して、筆者は、内藤自身の次の一節を送り返すことにしよう。

当時の文学空間のなかに練り上げられた論理も物語も、事後的な視座のもとに距離をとり、過去の構造物として批判し、糾弾するだけでは、かつてあったイデオロギーの単なる再構成、あるいは意味の再強化へと成り果ててしまうことだろう。

3

『雪紛々』に戻る。以上のように『雪紛々』は徹底的に批判されたわけだが、筆者のように作家論的アプローチを試みてきた者としては、このテクストと露伴との関係如何、という問題が残る。何故こんな作品を露伴は書き始め、中絶し、続きを弟子に書かせるなどという中途半端な形で、完結・刊行させてしまったのか。冒頭、恐らく露伴は、創作意欲の減退する中、金めあてで弟子に書かせたのだろう、と述べた。今、この点について補足しよう。

どのように『雪紛々』が思い出され、なぜ弟子に書かせて出版するに至ったのか、については露伴自身が「雪紛々引」で弁明している。単行本に付されてはいるが、実はその半年以上前の、「新小説」（明33・5）に既に一度発表されたものである。露伴はいう、

あやしきことも有るものなり。一昨年の冬のある夜の夢に、積丹《シャコタン》の山の姿をいと明らかに打眺めて、あれこそは往昔《むかし》美しき女の泣きて泣きて生命《いのち》絶えしところよなど、夢心地に深くもあはれに覚えけるが、醒めて後之を思へば、積丹の山にて美しき女の身を終はりしといふことは、真実《まこと》にさる事ありしにはあらで、此の物語を案ぜし折に想ひ得たりし最後の一章の光景なりし

それから一日二日経ち、たまたま堀内新泉がやってきたので、

> 雑談の次《ついで》に夢の上こそ語らざりけれ、物語の全くは筆に上《のぼ》らで止みたることと、且つ其物語の終りのくだり、即ち沙具沙允《シャグシャイン》ならびに伊良武《イラブ》の死の一段のあらましとを語りたるに、そは面白し、我これを続《つ》ぎて全からしめん、との新泉の言葉なり。さらば君の思ふがまゝに新に思ひを構へて筆を執り玉へ、終りのかただに我が君に語りし如く君の書き玉はば、我は吾が旧稿の君に続《つ》がるゝことを厭ふべくもあらず、と云ひぬ。

こうして新泉が書き継ぐことが決まった。新泉の稿ができたのは「昨年の冬十二月」、つまり一年後の、明治三十二年暮れである。

ところが露伴は新泉の稿が気に入らず、前言を翻して、あれこれと注文をつける。

> 心かたくなならぬ堀内氏《うぢ》は、さらばそこを改めん彼処を引きなほさんとて、ほと〳〵大概は皆新にするまでに復《また》筆を執りて書き更《か》へつ、漸く今年四月に至りて第二の稿は成就しぬ。この雪紛々は即ちそれなり。

第一稿から第二稿の完成には、約五ヶ月かかったことになる。きっかけとなった夢から数えると一年五ヶ月経っている。

ここからわかることは、一年五ヶ月前、ついうっかりと夢の中身を新泉に語ってしまった時に、『雪紛々』の刊行は決まった、ということである。気がつけば、弟子は一年もの時間を費して第一稿を書いてしまっていたのである以上、露伴としては今さら後戻りはできなかったはずである。やはり『雪紛々』は世に出さない、という選択肢

は露伴にはなかったのだ。それがどんなに不本意な出来ばえであっても、あえてまた口出しをして書き替えさせてでも、出版して、この弟子に一年余りの労苦にふさわしい稿料を得させなくてはならない――露伴は金めあてだろうと考えたのは、以上の想像にもとづく。[8]

また、露伴が夢を見た、というのが「一昨年の冬」つまり明治三十一年の暮れ、というのも気にかかるところだ。というのも、「北海道旧土人保護法」の政府案が議会に提出されたのが、その年の十二月七日だからである。

いわゆる〈北海道土人保護法案〉は、この時までに既に二度、改進党議員加藤政之助らによって議会に提出されていたが、[9]どちらも他議員の野次や嘲笑の中で、ろくな審議もされないまま廃案となっていた。ところがこの政府案が出るや、さしたる修正もなく、翌・明治三十二年二月十五日可決、三月一日公布となるのである。廃案となった議員案も政府案も、〈保護・救済の論理〉を一歩も出ない、という意味では区別がないことは言うまでもない。だが、当時を生きた人のうち、政府案を次のように受けとめた者がいることは記しておくべきだろう。

> 余は来道後二十五六年の星霜を経過し其間の多くは旧土人に就て働きつゝあるものにて土人を保護することは至極賛成の主旨なれども今回政府が提出したる保護法案に就ては未だ全然同意を表すこと能はず今回の政府提出案は旧土人に対して一万五千坪の地積を無償付与し是れと同時に旧土人の財産全部を全く本道長官の管理の下に置かんと欲する者の如し即ち政府は旧土人を以て治産能力を有せざる者となし総て之を和人の監督の下に生活せしめんとするが如し（中略）該法案を其儘直に実施せば旧土人保護法案は変して旧土人全滅法たるの奇観を呈するに至るべし[10]

この政府案提出と、露伴がほゞ十年ぶりに書かれざる『雪紛々』結末部を夢に見たことの時間的一致には、何か意味があるのか、どうか。

さらにまた、「北海道旧土人保護法」公布後間もなく、〈近文《ちかぶみ》アイヌ地紛争〉が起こったことも、つけ加えておく必要がある。その概要は諸書に任せるが、この長い〈紛争〉の第一のピークが、道庁と大倉組が結託してのアイヌ給付予定地横取り計画が、露顕・問題化した明治三十三年の二月から五月にかけてであった。露伴が「雪紛々引」を雑誌に発表したのは、この年の五月である。

「雪紛々引」で露伴は、『雪紛々』刊行のいきさつを説明するだけでなく、自分（と新泉）が行なった史実の〈神話〉化に、或る程度の歯止めをかけようと試みている。つまり「事実と想像との区画」をはっきりさせることである。一方で大倉喜八郎の暗躍をめぐって札幌地方裁判所検事局の対応が疑問視されている時に、露伴はアイヌの歴史に対して、真摯な態度で臨むべきこと、事実を尊重すべきであることを、読者にアピールしていた、とも読めるのである。(11)

先に、この作品は「北海道旧土人保護法」公布に応じて書かれたのだろう、と述べたのは、売れよかしと当て込んで、という意味合いを含みつつも、露伴のアイヌ民族に対するひかえ目な気遣いを想定しての発言と受けとめていただきたい。

「雪紛々引」は最後に、「然《さ》までめでたしとも思はぬ此雪紛々の物語」「ゆめにも此物語をば価値高きものぞとて自ら誇るにはあらざるなり。」と繰り返した上で、次のように述べる。

　昔の人の言葉に、自業自得果といへるがあり。まことに自業自得果なるかな、まことに自業自得果なるかな。此雪紛々の物語よ、禍を新泉に嫁すること無くば幸なり。

この一節を読むと、『雪紛々』がアイヌ民族を美化しつつ、なお根深く、アイヌ差別の構造の裡に組み込まれていることに、露伴は自覚的であったように思われて仕方がない。にも拘らず、ちょっとした偶然の重なりや、アイヌ民族をめぐる状況の変化に対する気遣いなどから、ついうかうかと刊行に至ってしまった、という思いが感じられるのである。恐らく露伴は、後世の『雪紛々』批判を、甘んじて受けるだろうと思う。

4

最後に残された問題は、露伴は明治二十二年の時点で、なぜ『雪紛々』を中絶したのか、である。この問題については、先に引いたように平岡敏夫の提起した問い、すなわち政治小説と露伴、或いは、文学極衰論争等明治二十年代前半の文学状況と露伴との関連を、視野に入れざるを得ない。これは、明らかに今回のシンポジウム※のテーマ〈アイヌの表象〉からはずれてしまうので、この問題については、稿を改めて論じることとしたい。(12)『雪紛々』に指摘された差別性の数々も、政治小説というジャンルそのものの在り方と接合してこそ、その真の問題が明らかにされるだろう、というのが筆者の予想である。

※　本章は、藤女子大学・短期大学第三十七回大学祭「藤陽祭」（平12・10）において行なわれた「シンポジウム・アイヌの表象」での発表にもとづいている。初出誌・藤女子大学「国文学雑誌65」（平13・3）には、同シンポジウムにパネリストとして参加した次の二氏の論文と共に、〈小特集　アイヌの表象〉と題して収められた。
富樫利一「知里幸恵の背景を探る」
丸山隆司「アイヌの表象――『北海道旧土人保護法』以前と以後――」

注

（1） 小説に限ってだが、露伴の創作意欲は明治三十年、明らかに下降に向かった。明治三十四年に発表された小説は七本。そのうち「二日もの語　彼一日」（「文藝倶楽部」1）は、明治二十五年に最初の五回分が発表された後中絶、明治三十一年まで放っておかれ、残りがこの年に完成されたというもの。「夢かたり」（同　8）も、明治二十三年に途中まで発表されて中絶になったもののリメイクである。単行本として刊行された小説は、『雪紛々』の他には、『三保物語』（青木嵩山堂、1）があるが、これも弟子の田村松魚との合著である。出来ばえについていえば、「銃猟孝行」（「二六新報」1・1〜10）を塩谷賛が「凡作である。（中略）この作品ばかりが凡作というのではなく、これから書かれるものは多少のよしあしはあっても傑作の名に値するものは出て来ない」（『幸田露伴　中』中公文庫版、昭52・2）という通りである。といっても、「これから」しばらくは、の意だが。

（2） 小笠原克『近代北海道の文学』（日本放送出版協会、昭48・11）。

（3） ロラン・バルト『神話作用』（篠沢秀夫訳　現代思潮社、昭58・10）。その「Ⅱ　今日における神話」より。

（4） 平岡敏夫「『雪紛々』の問題」（「文学」昭53・11）。

（5） 内藤千珠子「『アイヌ』を象る文学」（「日本近代文学」第63集、平12・10）。以下、内藤に対する言及はすべて同論文に拠る。

（6） 「日本近代文学」第63集の「編集後記」で用いられていた言葉をお借りした。

（7） こうした仕事の代表的な例として、海保嶺夫の一連の仕事と、テッサ・モーリス＝鈴木の『辺境から眺める』（みすず書房、平12・7）を挙げておく。

テッサ・モーリス＝鈴木はいう。

「渤海王国、金帝国、モンゴル帝国、清王朝がそれぞれ隆盛をきわめていたときに、オホーツク海の縁沿いの共同体に可能な交易関係は、自地域の稀少な生産物（とくに毛皮）を高価格で交換することであった。他方、こうした集権的な王国が衰退すると、本土との交易の結びつきは弱まり、オホーツクの社会はどれも、生存のための生産（漁業、養犬、トナカイの飼育、手工業生産など）や、この地域の国家形態をもたない小社会どうしの交易に頼らざるをえなくなった。（中略）

十七、十八世紀の商業植民地主義の拡大にともない世界規模の経済システムに強引に編入された小社会からみると、資源開発をおこなうグローバルな力の前に無防備に曝されるのには、独特のアイロニーがともなった。毛皮、魚、その他の自然資源の物質的な開発＝搾取は、先住民族経済にみられた既存の均衡を混乱させ、狩猟のような活動がはたす役割の重要性が増加する、よりいっそう不安定な生存様式へと先住民族共同体を押しやっていった。こうした（狩猟依存の）生存形態こそ、商業植民者のすぐ後につづいてこの地に到着した探検家や研究者たちによって、もっとも『原始的』と定義されたものにほかならない。こうして先住民族共同体は二重のかたちの収奪を経験した。一方で、先住民族共同体の物質的資源が、植民化をおこなう国家や商人の金庫を豊かにするために冷酷無比に収奪された。他方では、先住民族とは滅びゆく運命《さだめ》にあるものと定義されるような、ひとつの大きな物語《ア・グランド・ナラティヴ》を生産する研究者によって、共同体の存在そのものが採掘・破壊されていった。」

また、海保嶺夫の次の一節も、我々にはびこる安易な〈アイヌ・イメージ〉を払拭するに足る力を持っていると思う。

「アイヌ民族は明治期になるまで和語を理解しえなかったとほとんどの書物に記されている。現実にそのようなことがありえたであろうか。

交易は相互に不可欠な行為であり、しかもそれは、五〇〇年以上も続いている。力関係は当初から一方が格段に強力であったわけではない。誤解されているが、松前藩はアイヌ民族が和語を覚えたり使用したりすることを一度も禁止したことがない。そのようなことが強制されるようになるのは、場所請負制が全藩化してからである。同じことは文字についてもあてはまる。

この問題は、たんに政治的力関係論というよりも、文化の受容ないしは積極的否定にかかわることで文化人類学や民族学の範疇であろう。もっとも、『アイヌ民族は「日本語」を覚えるのは当然であり進歩である』という前提（この考えは根深い）でこの問題を云々するのはぜったいに間違いであることを明記しておく。アイヌ民族側に、和語を否定・拒否するなにかがあったのである。あるいは、知らないふりをしていたのであろう。」（『エゾの歴史』講談社選書メチエ69、平8・2）。

（8） この時から十年後のことなので、参考程度でしかないのだが、露伴「六十日記第六」（明44・10・22〜12・19）の十月二十六日の条に、次の一節がある。

「昨日堀内文麿より聞取りし同人財政悲況につき、大に心動きて、家事経済の上に深き考を費さゞりしを拙きことゝ思ふ。同人は能く勤め働きて、無益の消費などもせぬ男なれど、第一家族多く、第二家のもの体質不良なるが故にや病者絶えず、第三財産少しも無きが為に、負債の根ぎれとなる事なく、しかも高利を支払ふ約なる故、既に利金のみにて数年間千円余を支払居りながら、今猶五百円ほどの債務を有し、一ト月二十円ほどの利を払ひ居るがため、家賃と合しては一月四十円ほどの負担なりといふ。病気の養母を駿河に別居させ居れば、これのみにも十五円ほどはかゝるべきか。然すれば生活費及び子女教育費を累算する時は、わが当推量にて月収百二十円を得るとも負債は減じ行かずして、病気其他の事故生ずる時は又々負債新加をまぬかれざるべしとおもはる。思へば扨々恐しき事也。我をして文麿の地に立たしむれば、肌粟立すべしとおもはるれど、退いて考ふるに、我もまた文麿と相距る数歩のみ。嗚呼金銭を重視せずして過ぎ来つる、これも一ツの過失なりしならずとせんや。堀内の悲況をきいて其為に策を立つるもをこがましき限なり。」（岩波版全集第三十八巻）。

（9） この、二度目の法案提出（明治二十八年）にあわせて、先の万朝報記事にいう、アイヌ代表による上京・請願運動があったのである。

この請願者の訴えを載せる「読売新聞」(明28・2・5)の記事について、内藤千珠子は「記事には『土人』の側から『憐み』の情が要請されているという構図があり、こうした関係性の描出により、保護、救済の論理は、さらなる説得力を獲得している。」と述べているが、このような括り方は、請願者の〈声〉そのものを封殺したことにはならないだろうか。これでは、〝憐れなアイヌ人を救ってつかわす〟とうそぶく和人と、現状のあまりの悲惨さゆえに請願に来ざるをえなかったアイヌの代表者の行動とを、同じ構図を補強するものとして、同一視することになってしまう。

(10)「土人保護法案に就て(上野正氏談)」(「北海道毎日新聞」明32・2・3)より。『アイヌ史 資料編4―近現代資料(2)』(北海道ウタリ協会アイヌ史編集委員会、平1・5)に拠る。同法が廃止されたのは一九九七年だが、土地への私権制限は最後まで効力をもっていた。

(11)〈神話〉化をほどこされたテクストを、時間をおいて〈歴史〉的な方向へ軌道修正する、というこのふるまいを、露伴は後にもう一度繰り返すことになる。『運命』(大8・4)と、「運命自跋」(「文学」昭13・7)がそれである。

(12)拙著『幸田露伴論』(翰林書房、平18・3)の序章および『新日本古典文学大系 明治編22 幸田露伴集』(岩波書店、平14・7)の解説「初期露伴の文学的課題」を参照。

〈補〉本章で批判した内藤千珠子氏の論文「『アイヌ』を象る文学」はその後、氏の単著『帝国と暗殺』(新曜社、平17・10)に、氏の他の論文と合体・改稿の上、「第三章 植民地」として掲載された。このうち、「万朝報」記事(明28・1・25)―いわゆる「陣羽織」について―、および「読売新聞」記事(明28・2・5)―アイヌ代表による上京・請願運動について―の扱いに関して筆者が批判対象とした箇所は、いずれも多少語調を抑えたかたちに変えられたように見受けられるが、なお存している(『帝国と暗殺』一四〇頁、および一四五頁)。本書に、この旧稿をあえて手を加えずに収録した所以である。

13 向島蝸牛庵——中川のほとりで——

はじめに

幸田露伴はその八十年の生涯のうち、満年齢で三十歳から五十七歳の間を、隅田川東岸・向島の地ですごした。年号でいえば、明治三十年から大正十三年まで。実はそれに先立つ明治二十六年の暮れから一年余り向島暮らしがあるのだけれども、気ままな独身生活であったその一年余は今回はしばらく措こう。

明治三十年の九月頃、露伴は結婚して二年目の妻幾美子と共に、寺島村大字寺島字新田一七一六番地の家に転居する。この家(1)は借家だったが十一年間住み、その後ここから百メートル程北東の方に入った、同一七三六番地に新居をかまえた。一六三坪の宅地に露伴自身が設計した家を建てたのである。しかし、そのわずか二年後の明治四十三年四月、幾美子が亡くなり、更に四十五年の五月には長女・歌子を亡くし、彼の私生活も激変する。歌子の死から半年後——改元して大正元年の十月、児玉八代子との再婚を、露伴の向島時代を前半・後半とに分かつ節目とすることができるだろう。

向島暮らしの終わるきっかけとなったのは大正十二年の関東大震災である。震災後、井戸水が濁りだして飲料用として使えなくなったのだ。小石川・伝通院近くに蝸牛庵が移ったのは、大正十三年五月頃という。

以下は、この露伴の向島時代を、彼と深い関わりを持った或る川の変遷を通して、スケッチしようという試みである。

I 中川

釣りの楽しさを、露伴が心から味わったのが明治三十二年の春、中川のほとり奥戸においてであることは、すでに別の機会に触れた(2)。おおよそ向島時代前半期の露伴の釣りは、北十間川以南の水路を随時つかいながら、隅田川と中川、および海岸部の各所を季節に応じてめぐるものであったようである。とりわけ中川は、この頃の露伴にとって大切な川だった。この川に寄せる彼の愛着が、一体どれほどのものであったのか、まずは明治四十三年一月発行の雑誌「グラヒック」に載った露伴の小品『中川』に、その思いの深さを窺うこととしよう。

隅田川を西川とも呼び、江戸川を東川とも称ぶ。其の東西の二つの川の間を、一水の北より南へと往くものあり。流れて中に在ればなるべし、名づけて中川といふ。隅田川の上流の荒川の水を熊谷あたりより受け、江戸川の本流の利根川の水を川俣あたりより受けて、二水を猿が股に一にし、初めて中川の名を得て南して海には入るなり。本より坦々たる平蕪を流るゝ水の、まして近く源を高山深谿に発するにもあらねば、波瀾常に穏やかにして、音立つる瀬も無く、洄《まき》をなす淵も無く、たゞ溶々として湛へ、緩々として去る。

隅田川と江戸川にはさまれた平地を、蛇行を繰り返しながら流れる、平凡な川である。しかし露伴はその川を「或は和平朗暢、或は蕭散閑曠、凡にして凡ならず、親む可く嘉《よみ》すべし。」という。そして、以下、上流から順々に、亀有・新宿《にひじゆく》、奥戸、立石村、木下川《きね》、西袋、宮下、聖天下、平井橋、鉄橋、荒子、逆井《さかさゐ》、冬瓜堀、川口までを、丁寧に、慈しむように描き出している。

これらのうち、春なら鮒、秋ならばセイゴというように、季節々にしば〱通ったのは西袋だった。『中川』から、当該の箇所を引く。

西袋は流大に江戸方に勾《まが》り入り、東岸ゆたかに暢《の》び開けて堤やゝ遠く、見え隠れの中洲などありて河も幅濶う、綿雲白く風受の方に簇《むら》立ちて、汀菰崖樹、夏空の青く耀けるが涯に染め抜かるゝ時、南薫颯と到りて水は笑ひ葉は囁けば、何処《いづく》よりかバン鴨の飛び出でゝ、一度は翅軽く冲《の》して去つて、復《また》還つて蘆荻の中に潜んで寂として影を没するなんど、おもしろし。

蝸牛庵から西袋へは、真東の方角へ直線距離にして約二キロメートル程であるから、その行き来は、また恰好の散歩コースでもあったろう。向島前期――少なくともその初期において――露伴は、午前中、著述活動・読書・研究に従事し、午後からは西袋通い、というのを日課としていたようである。『蘆声』（昭3・10）は、こうした日々の充実を、後年の露伴がふり返り、作品として結晶化したものである。

今に於て回顧すれば、其頃の自分は十二分の幸福といふほどでは無くとも、少くも安康の生活に浸つて、朝夕を心にかゝる雲も無くすが〱しく送つてゐたのであつた。

釣りを始めて、まだそう経っていない頃、明治三十三、四年頃のことかと思われる。小品『中川』の描写とも重複するが、『蘆声』から再び中川の様子を、そこにたたずむ露伴と等身大の主人公とも〴〵、引用してみよう。

釣も釣でおもしろいが、自分は其の平野の中の緩い流れの附近の、平凡といへば平凡だが、何等特異のことの無い和易安閑たる景色を好もしく感じて、然様《さう》して自然に抱かれて幾時間を過すのを、東京のがや〳〵した綺羅びやかな境界に神経を消耗させながら享受する歓楽などよりも遙に嬉しいことと思つてゐた。そして又実際に於て、然様いふ中川べりに遊行したり寝転んだりして魚を釣つたり、魚の来ぬ時は拙な歌の一句半句でも釣り得てから帰つて、美しい甘《うま》い軽微の疲労から誘はれる淡い清らな夢に入ることが、翌朝のすが〳〵しい眼覚めといき〳〵した力とになることを、自然不言不語に悟らされてゐた。

さて物語は、といってもそれは、或る日主人公が一人の貧しい少年と出会い、一種の感慨を抱いた、という、ただそれだけの話なのである。「丁度秋の彼岸の少し前頃」のこと。

其日も午前から午後にかけて少し頭の疲れる難読の書を読んだ後であつた。其書を机上に閉ぢて終《しま》つて、半《はん》盞《さん》の番茶を喫了し去つてから、

また行つてくるよ。

と家内に一言して、餌桶と網魚籠《びく》とを持つて、鍔《つば》広の大麦藁帽を引冠《かぶ》り、腰に手拭、懐に手帳、素足に薄くなつた薩摩下駄、まだ低くならぬ日の光のきら〳〵する中を、黄金色に輝く稲田を渡る風に吹かれながら、少し熱いとは感じつゝも爽かな気分で歩き出した。

川近くの田舎道の辻に、藤棚に店の半分程も覆われた腰掛茶屋があり、主人公はそこに釣竿を預けてある。そこの婆さんと二言、三言挨拶を交わし、みずから竿を取り出して、釣場に向かうのである。

場処へ着いた。と見ると、いつも自分の坐るところに小さな児がチャンと坐つてゐた。（傍点引用者。以下同じ）見るとその少年は年の頃、十一か二か、貧相できたならしい児である。持っている竿は先の方の折れた「誰かのアガリ竿」らしく、糸の先についているのは「売物浮子《うき》では無い、木の箸か何ぞのやうなものを、明らかに少年の手わざで」結びつけたもので、少なくともこの「場処」で、これに釣られる魚はありそうにない。そこで、主人公は少年に、「…退《ど》いておくれでないか。そこは私《わたし》が坐るつもりにしてあるところだから。」という。勿論少年の顔には「反抗の色が上つた」。

さもあらんかな、とこれを読む者の誰もが、思うだろう。なんてずうずうしい、身勝手な言い草であることか。――その事情を少年に説明する、主人公の言を聞くことにしよう。

兄さん、失敬なことを言ふ勝手な奴だと怒つて呉れないでおくれ。お前の竿の先の見当の真直のところを御覧。そら彼処に古い「出し杭」が列んで、乱杭になつてゐるだらう。其の中の一本の杭の横に大きな南京釘が打つてあるのが見えるだらう。あの釘はわたしが打つたのだよ。あすこへ釘を打つて、それへ竿をもたせると宜いと考へたので、わたしが家《うち》から釘とげんのうとを持つて来て、わざわざ舟を借りて彼処へ行つて、そして考へ定めたところへ彼の釘を打つたのだよ。それから此処へ来る度にわたしは彼釘へわたしの竿を掛けて彼の乱杭の外へ鉤を出して釣るのだよ。で、また私《わたし》は釣れた日でも釣れない日でも、帰る時には屹度何時でも持つて来た餌を土と一つに捏ね丸めて炭団《たどん》のやうにして、そして彼処を狙つて二つも三つも抛《はふ》り込んでは帰るのだよ。それは水の流れの上ゲ下ゲに連れて、其の土が解け、餌が出る、それを魚が覚えて、そして自然に魚を其処へ廻つて来させようといふ為なのだよ。だから斯様いふ事をお前に知らせるのは私に取つて得なことでは無いけれども、わたしがそれだけの事を彼処に対して仕てあるのだから、それが解つたらわたしに其処を譲つて呉れても宜いだらう。お前の竿では其処に坐つてゐても別に甲斐が有るものでも無いし、却つて二間ばかり左へ寄つて、それ其処に小さい渦が出来てゐる彼の渦の下端を釣つた方が得が有りさうに思ふよ。何様だネ、兄さん、わたしはお前を欺すのでも強ひるのでも無いのだよ。たつてお前が其処を退《ど》かないといふのなら、それも仕方は無いがネ、そんな意地悪にしなくても好いだらう、根が遊びだからネ。

主人公のこの言い分に、読者のうちどれくらいの人が納得するものか、或いは何か釣師同士の約束事のようなものがあるのか、筆者には全く見当がつかないが、それはここでは問題ではない（では何故こんなに長々と引用したかについては、後述する）。しかし、ともかく作中の少年は素直に、納得した。いや、ほとんど納得した後で、最後の一句「根が遊びだからネ」にひっかかり、不機嫌になって、「小父さんが遊びだとつて、俺が遊びだとは定つてやしない」と捨てゼリフを吐き、それからおとなしく主人公の言う通り場所を譲ったのである。

ここから先の話は、簡略に任せよう。要するに、少年と主人公の間で二、三のやりとりがあった後、主人公は卒然と、少年の不幸な境遇を悟る――実の母を去年亡くし、すぐに入った継母は彼に夕食のおかずを釣ってくるよう命ずる……。同情した主人公は、釣りの終ってから、例の餌の土団子を少年に手伝ってもらうお返しという名目で、自分の釣った魚のうちからセイゴ二尾を彼に分け与え、別れる。

其翌日も翌々日も自分は同じ西袋へ出かけた。然し何様した事か其少年に復び会ふことは無かつた。西袋の釣は其歳限りでやめた。が、今でも時々其場の情景を想ひ出す。そして現社会の何処かに其少年が既に立派な、社会に対しての理解ある紳士となつて存在してゐるやうに想へてならぬのである。

『蘆声』末尾である。

本章の目的が露伴と川との関わりについてであるから、右の文中「西袋の釣は其歳限りでやめた」には、いささか煩瑣にわたるけれども一言しておく必要がある。塩谷賛は、この一節から「そんなに毎日出向いていたのが中川へ行くことをこの年ぎりでやめたとある。翌年の九月十二日には研堂へあてて、『中川迄行くことは少くなり申候』と書き送っているから、その点を見ればすなわちこの年となる。」と述べている。(3) この文章には若干あいまいさがあって、塩谷はこれを露伴の明治三十二年を説く章に入れているのだが、文中「この年」は、露伴が本格的に釣りを始めた明治三十二年の「一年ほど後」だろうと仮定して三十三年の意で用いている。しかし元来は三十二年のことを記す章という意識があってであろう、そこで引用する石井研堂宛露伴書簡(明33・9・12)は「翌年」といっているのである。従って右の塩谷の文章においては「この年」も「翌年」も共に明治三十三年を指している。つまり塩谷は、明治三十二年に覚えた中川の釣りの楽しさを、三十三年には廃してしまった、と述べているのである。

だが、これは誤解を招きかねない発言であって、実のところ露伴はその後もひんぱんに中川に足を運んでいるのである。まず塩谷引用の研堂宛書簡だが、直前部分から見れば、「秋風鱸魚は詩の常套、但しもはやいろ〳〵の釣はじまり候間、中川迄行くことは少くなり申候。」とある通りで、色々の釣りのはじまる季節になったから中川にばかり行ってはいられない、というにすぎない。しかもそういっておきながら露伴は同年中だけでも、「鯉を西袋にて試み玉ふは如何に」(研堂宛、9・21)、「中川鯉つり一日がゝりなる辛防も苦しからず」(同、10・4)、「明日中川へ御出ならば同行致すべく」(同、10・16)と繰り返し、中川での釣りの誘いを記している。その後をザッと見ただけでも、明治三十四年二月五日付、明治三十五年七月十九日付、同・七月二十九日付の(いずれも)研堂宛書簡に中川の名がみえる。また、明治四十三年から大正五年にかけて断続的に書かれた露伴の日記『六十日記』第一〜十二にも、息子・一郎(成豊)や甥・郡司千早らと中川に行っている記事が多数あるのである。

中川とのつき合いを、少なくとも露伴の方から絶つというようなことは、無かった、という点を確認しておきたい。

従って、先の「西袋の釣は其歳限りでやめた」というのは、中川のうち、西袋にゆくのだけはやめた、という意にとるのが、まずは穏当なところだろう。その上で、しかし実際に中川のうち西袋だけを避けるのは余りに不自然だから、多分ここは小説的潤色、とするべきではないだろうか。或いは作品中に語られた、あの「出し杭」に釘を打ってその場を占領しないではいられないような遣り方をする釣り、それを「西袋の釣」と呼んで廃することにした、ということかも知れない。

いずれにせよ、露伴は中川という一見平凡な川をこよなく愛し、自分の釣りに、というかむしろ自己の日常生活の深いところに、中川との交流を位置付けていたのである。

2　西袋消失

以上、中川および中川とつき合いに関する露伴の文章を、盛大に引用してきたが（特に西袋を中心に）、これだけでも恐らく露伴の深い洞察力や徹底性、そしてその根底にある彼の感情の強さ・濃さ、更に言えば一種の執念深さ、といったものが充分に伝わったことと思う。釣りの如き「遊び」においても然りである。筆者の引用意図は、まさにここに尽きている。そして、それら物に徹する態度は、おのずとそれにふさわしい豊潤な人間的ドラマを呼び寄せもする、というのが『蘆声』という作品の本質に他ならない。

塩谷賛は、「私か想像するのに『雁坂越』は『蘆声』の少年を得て作ったものである。」と指摘しているが[4]、その通りだろうと思う。『雁坂越』（明36・5）の少年も、『蘆声』の少年も、己れの置かれたつらい境遇を、その感性の最も鋭敏な年頃に引き受け、それに圧しつぶされそうになりながら、純粋で無垢な強さを、人々に哀しみと共に感得させずにはいない存在だ。

だが、両作品の違いにも目を向けるべきかも知れない。笛吹川上流の谷あい、桑摘み乙女たちの歌声にはじまり、みずからを鼓舞すべく歌われる「抜刀隊」の歌で終る『雁坂越』は、理想化がほどこされているとはいえ、少年をとりかこむ広い人間の繋がりが、のび〳〵と描かれている。それに対して『蘆声』の少年は、いかにも孤独の影が濃い。夕闇の迫る中川土手には、主人公と少年の二人の姿しかない。

その理由の一つは、恐らく『蘆声』における「回顧」の質に関係がある。主人公が回想する中川のほとり西袋あたりは、回顧されたその時、全く存在せぬ場所になっていたからである。

広々とした田園地帯であり、又特に隅田川岸は有数の庶民の娯楽とレクリエーションの場でもあった向島に、明治末年頃より次々と工場が建ちはじめたことは周知の通りである。田山花袋が『東京の三十年』に「更に更に一層変つたのは向島の花だ。多くの工場の煤烟のために、又た土手を歩くものの多いために、桜は年々枯れて行つて、昔は花のトンネルだと言はれた言問あたりも、すつかりもう駄目になつてゐた。何も彼も移り変わりつゝあつた。」と嘆いたのは大正六年のことである。『蘆声』の中にも、「西袋も今は其の辺に肥料会社などの建物が見えるやうになり、川の流れのさまも土地の様子も大に変化したが」と述べていたが、すでに中川の平井村対岸のあたりに人造肥料会社硫酸部、その更に北には人造肥料会社肥料部のあるのが、明治四十二年の地図で確認することができる。[5]

前節で縷々引用した中川の好風景が、昭和のはじめには既に消滅してしまっていたのは明らかである。しかし、筆者がここであえて、〝西袋あたりは、全く存在せぬ場所になった〟と強調するのは、こうした全般的な向島の変化とひとつながりのものではありながら、更に特殊な事情が、西袋にはあるからである。

西袋の景観は、他の向島の土地のように、年々の工場等による侵蝕によって次第に変貌を余儀無くされていったのではない。まさに突如として消えたのだ。

明治四十三年の隅田川大洪水の翌・明治四十四年から内務省直轄事業として、十一ヶ年の歳月をかけて荒川放水路の開削が行なわれた。全長約二十二キロ、水路の幅五百メートル余り。この放水路が、隅田川と江戸川にはさまれた田園地帯を西から東へ斜めに切り裂いたのである。その中央をうねくとのんびり流れていた中川はひとたまりもなかった。中川は、無惨な形で胴切りにされた。そして、その胴切りにされた部分、放水路の河底となって消滅した一帯が、まさに西袋（恐らく下木下川《きねがわ》村というのが正式名称かと思う）なのである。

懐かしい故郷の景観が開発によって失われた、という体験は、戦後日本のほとんど国民的体験といってよいものであろう。しかし戦後の文学は、いまだにこの国民的体験を適切に扱う方途を見出していない[6]。露伴は『蘆声』で、「西袋の釣」の裡に、失われた川と我との、執着とも呼びうる濃密な関わり方を込めた。そしてそれに、ひとりの貧しい少年のドラマを添えて、未来に向けて手放したのである。いつか「西袋の釣」に込めた己れの自然への愛着とその自然を徹底的に奪われたことの痛みとを共有する人々によって、その封印が解かれることを期待しつつ……。

3『六十日記』

荒川放水路開鑿のきっかけとなった大洪水が起きた明治四十三年は、同時に露伴が妻・幾美子を亡くした年であること、既に述べた通りである。『蘆声』にもチラリとあったように、釣りにゆく主人公をあたたかく送りだし、主人が釣ってきた魚を手早く料理してくれる妻を失ったことは、当然ながら露伴の釣を大いに変えた。例えば『六十日記　第八』（明45・4・18〜5・20）に拠れば、その五月三日、彼は中川に釣りに出るが、その際近所の「麻屋の嘉」に頼んだ弁当は「生卵子に冷飯なりしもをかしく、これならば男やもめの手にて成るべかりしをとほゝゑまる。」というあり様だ。その日の成果は「四年鯰二、二才鯰一といふはかなき結果にて、雨にあひて帰る」。さてそ

の翌日、

四日　起出で見れば、台所の外面に、四年鯰腹をかへして、二尾ともころげ居れり。二才鯰は無し。バケツに入れしまゝ心無く戸外に置きしにより、野良猫のかゝりたるが、大なるは持去りかねて棄て行きしと見えたり。夜の雨これを打ちたれば如何ともすべからず。憮然として楽まず。女等皆鯰をきらふ、故に是の如し。（中略）是非無きこと也と諦めて、たゞ此方に一尾彼方に一尾、大きなる白き腹を出して雨に打たれたる鯰の醜きをあはれむ。

この後まもなく、歌子が発熱し、この月の二十一日亡くなる。

翌・大正二年五月二十一日、歌子の命日を露伴は、二人目の妻、児玉八代子と迎える。しかしその日の条に記されたのは「妻かたくなにして、仏壇の掃除など我がみづからするをも知らず顔せる、愛無し。」（『六十日記　第九』大2・4・13〜6・2）という言葉である。続く二十三日、二十四日の条には、八代子が正午ころ基督教婦人会に出掛け、夜遅く帰って夕食が九時になった、といった記事がみえる。その二十四日の夜、露伴は八代子が戻ったのを見届けた上で家を出、「此夜帰宅せず。」――本牧の下根に鮹釣をしに行ったのである。この鮹釣自体はたいそう愉快だったらしく「釣をはじめしより奇なる事にも出あひしが、かゝる奇なる釣りざまを見たること無く、をかしさ止まらで涙をさへ我も人もこぼしたり」（二十五日の条）と記しているが、充実した生活に組み込まれ、それを支える、かつての釣り、とこれとは明らかに異なるように思われる。むしろ、どこにでもありそうな〝憂さ晴らし〟に堕してしまっているようだ。しかも、その日、露伴はアイナメを釣って帰宅するが……。

家に帰りてアイナメをつくらんとするに包丁は鏽びて鋒折れたり。煮させんとするに醤油の樽はありても呑口をつけさせ置かねば今の間に合はず。酒は無し、風呂は無し、副食物は何も無し。醤油足らねば大嚢の味淡きこと水の如き水つぽき煮つけにて麦酒を傾く。興味索然、破れ障子のあさましき室中に、家政の能無きも甚しくして自から是とするの心のみ亢ぶれる女と対して、語らふべきことばも無く、黙々として飲む。

向島蝸牛庵・後半期の始まりである。

『六十日記　第九』から、今少し見ておきたい箇所がある。五月三十一日、露伴はかねて計画していたこととして、船頭の久蔵に船を向利根にまわさせ、彼と漆山天童ら数人は汽車に乗り、鬼怒川あたりの釣りに出掛ける。ところが落ち合うはずの場所で久蔵が見つからない。

やむを得ず水に沿ひて上るに、こゝはもと人家も四五軒は有りしところなるが、鬼怒川の吐口をこゝに改めんとの治河工事の為に取払はれて何もなくなり、たゞ掘鑿器械のおそろしく厳めしきが闇の空に聳え立ち、土砂運搬の鉄道縦横に設けられ、汽車轟々と来往し、工夫蹋々として帰るさの疲れ足をひくに遇ふのみ。宿かるべき術も無ければ、おぼつか無くも、道なき砂原を鉄軌に沿ひて、がまんの渡《わたし》へと心ざす。掘鑿既に成れるところは、深さ二丈もあるべく、塹濠なんどのやうにて物おそろしく、過ちて脚を失せんには生命にもおよぶべし。星の光に軌條の枕木を踏み〳〵十余町をあゆみて、辛くがまんに到り着く。

気がついた時にはもう、開鑿事業は関東平野の全域を覆っていたのである。工業国の思想は、国民の生活圏を生産――消費の場に塗りかえるべく、生活者の生存の場に、戦争を仕掛け始めていた。露伴はこの時、敵の正体を確と見定めたに違いない。『修省論』所収の「生産力及生産者」（大3・2～4）等にみられる、大正期露伴の時代批評の論調の鋭さは、この体験と重ね合せることによって、いっそう理解しやすいものになる。そしてさらにこの延長上に、『望樹記』（大9・10～12）が置かれるべきである。このようにして、露伴は大正時代におけるみずからの〈文学的主題〉と出会ったのである。

最後に『六十日記　第九』から、もう一ヶ所、六月二日の条を引く。

二日　昨夜独釣、詩趣十二分、たゞ一魚の餌に来る無きを笑ふ。（中略）茶を煮て江水を味はひつゝ、詩を思ひて短夜を明かす。ほとゝぎす一ト村雨の南風に伴なひて過ぎし頃しば〳〵おとづれて、水雞またうと〳〵とする幽夢をおどろかす。（中略）終に端座して、非想の天に遊び、未生の昔にかへり、東方はじめて青み白むを見るに及びたり。

水を得て　火を得て
風を得て　地を得て
五ツの網に　つながれて
七ツの情に　いろどられ
うるさや　四季の　ころもがへ
をかし　三度の　油さし
世に交る　四十幾年
生活を　などやつゞくる

隕石の　空を飛ぶ時
光あり　また力あり
飛び飛んで　ゝづくにいたる
石知らず　空も知る無し

大利根の　川にうづまく
水底に　寝たる石あり
もの問へど　更に答へず
声なくて　ひとりさゝやく

（以下略）

露伴は、今までの「四十幾年」の人生にここでひとつの区切りをつけた。それはまた、向島蝸牛庵・前半期の暮らしとの、永遠の訣別であった。

4　荷風と放水路

露伴は工業国の思想を深く憎んだが、同時にその実態を正確に把握しようともした。工業化は、人々に労働の強化をもたらす以上に、労働そのものの質を変え、労働に生きがいと自尊心を持つ人々の、人間としての尊厳を奪ってしまう。露伴はそのことを、何よりも憂えたのである(7)。そんな彼が、荒川放水路のようなグロテスクな産物に対して、いかなる意味でも文学的な関心・詩的な興味を抱く、というようなことは考えられなかった。放水路に、或る種の詩趣、といっていいものを観取したのは、永井荷風である。

荷風の名エッセイ『放水路』（昭11・6）の全篇に漂っているのは、たとえば若い頃に知り合って、以後時に短くはない中断などはさみつつ、それでも縁のきれない遊女の、会う度に醜く老い朽ちてゆくあり様を、舌なめずりしながら味わうような感覚、とでもいったらよいのだろうか、ほとんど死体愛好症《ネクロフィラス》的な欲望である。

このエッセイは、大正三年秋の話から始まる。久しぶりに六阿弥陀詣をしようと語り手は千住大橋を渡って、更に「西北に連る長堤を行くこと二里あまり」、恵明寺に至ろうとする途中、休茶屋の老婆から荒川放水路開鑿の噂を耳にするのである。「来年は春になつても荒川の桜はもう見られませんよ」――これを聞いた彼は、以後、再び彼岸になっても六阿弥陀詣は廃することを決める（とはいえ、エッセイ末尾で、その廃残の光景に今一度めぐり逢う仕掛けになっているのだが）。

その後、深川から更に東の方へ足を運び、モーター船に乗ったりもするが、彼はなかなか自分の見たものと放水路の名とを結びつけ、その正体を明らかにすることができない。ただその「濁つた黄いろの河水」を記憶に留め、「俄に荒涼の気味が身に迫るのを覚えた」といった類いの感想を重ねるのである。

彼が、自分の見てきた光景をはっきり放水路河口のものと地図で確認し得たのは昭和五年暮れ、左の如き感慨を得た散策から戻って後である。

> さながら晩秋に異らぬ烈しい夕栄の空の下、一望際限なく、唯黄いろく枯れ果てた草と蘆とのひろがりを眺めてゐると、何か知ら異様なる感覚の刺戟を受け、一歩々々夜の進み来るにも係らず、堤の上を歩みつゞけた。

それ以来、この一帯は彼の好みの散歩コースになる。日中の光の下で彼が見るのは、「貸家らしい人家が建てられ、風呂屋の烟突が立ち、橋だもとにはテント張りの休茶屋が出来、堤防の傾斜面にはいつも紙屑や新聞が捨てゝあるやう」な光景。

彼は、「放水路の眺望が限りもなくわたくしを喜ばせるのは、蘆荻と雑草と空との外、何物をも見ぬことである。殆ど人に逢はぬことである。」といい、三条ある堤防の「中間の堤防を歩く」という。すなわち荒川放水路とそれに並行する中川放水路に挟まれた堤防である。

中間の堤防は其左右ともに水が流れてゐて、遠く両岸の町や工場もかくれて見えず、橋の影も日の暮れかゝるころには朦朧とした水蒸気に包まれてしまふので、こゝに杖を曳く時、わたくしは見る見る薄く消えて行く自分の影を見、一歩一歩風に吹き消される自分の跫音を聞くばかり。いかにも世の中から捨てられた成れの果《はて》だといふやうな心持になる。

彼は右のような「心持」を「自分から造出す果敢い空想」といい、この「心持」「空想」に「身を打沈めたいため」に、放水路に足を運ぶのだという。何のために？　彼はいう。

問詰められても答へたくない。唯をり〳〵寂寞を追求して止まない一種の欲情を禁じ得ないのだと云ふより外はない。

露伴にとって中川は、世俗の塵埃から遠く隔たってはいるけれども、時に豊かな人間のドラマとの出会いのある場所だった。一方、放水路は荷風にとって一切の人間性と無縁の場所、人外境、こういってよければ死後の世界である。彼は恐らく、生殺しにされ、死臭を放ちつつある中川と隅田川のことを想いつつ、その加害者たる放水路に寄り添い、或いはつきまとっているのだ。そしてその時、みずからも生きながら死者になりおおせたかのような自虐的な快楽に浸っているのだろう。

これを「一種の欲情」と呼ぶ荷風は、いつものことながら、うんざりする程に正確なのである。

注

（1）現在、愛知県犬山市の明治村に移築・保存されている。

（2）拙著『幸田露伴論』（翰林書房、平18・3）の「第十一章　釣人　露伴」を参照。

（3）塩谷賛『幸田露伴　中　』（中公文庫、昭52・3）三八頁。

（4）注（3）に同じ。八八頁。

明治三十三、四年頃に遭遇した一少年をモデルにして、明治三十六年に『雁坂越』を露伴が書いた、という筋書の、その逆も勿論考えることが可能だろう。つまり『雁坂越』で造型化に成功した、いかにも露伴好みの理想的少年像を、その後、回想の中の中川のほとりに再び甦らせた、というように。

（5）『東京都市地図　1　東京東部』（柏書房、平7・12）一三一頁。

（6）この、戦後文学の怠慢について、かつて関曠野は「文学者の戦争責任」という言葉をもじって「文学者の公害責任」といって問題化しようとした。「つまり近代文学の中には、かなり日常生活とか労働とか環境とかに対して人間を無関心にする要素があるんじゃないか」云々、と（高木仁三郎・関曠野『科学の「世紀末」』平凡社、昭62・5、五三頁。新装版が同社より刊行された（平23・10））。

（7）注（2）の拙著、「第十二章　明治から大正へ」を参照。

付

紹介　池内輝雄・成瀬哲生著『露伴随筆「潮待ち草」を読む』

露伴随筆は、今日でいえば考証と呼ばれるべき内容に近く、江戸時代に興隆し、今は衰退したジャンルに属する。そこで前提されていたのは、特定の学問教養に崇敬の念を抱き、それに帰依するような、同質的な書き手と読み手の存在である。質的に不特定の読者を想定する出版資本主義に立脚した近代文学が、このジャンルを捨てるのは当然だった、といえる。本書の「後書」には、露伴や『潮待ち草』（明治三十九年三月刊）についての同時代評が幾つか紹介されているが、それらはいずれも、露伴の「博覧」ぶりを称えつつも、新しい時代の精神に疎いことを批判している。書き手と読み手との間で、「博覧」の意義を評価する価値規準に、明らかなズレが生じているのである。この時期〝制度としての近代文学〟が完成した証しと見れば、右の同時代評も納得がゆこうというものである。以来、百年近くを経た今でも、露伴に対する認識は、おおよそ変わっていない。

こうした流れに対して、本書は二つの方向から抵抗を試みている。一つは、露伴の継承した知のあり方の広がりと深さを、改めて再確認し、その可能性を探ること。今一つは、この随筆が本当に時代精神・思潮から乖離していたかどうかを、検証することである。前者は注釈作業を通じて、後者は各章ごとに付された解説という形で、主に試みられている。

『潮待ち草』に収められた文章のほとんどは、新聞『日本』の第一面に、明治三十八（一九〇五）年二月十一日から断続して九月十二日まで連載されたものであり、つまりそれらは日露戦争のさなか、「挙国一致」を訴える論説や陸海軍人の写真などと並んでいたのだという。全五十章中、四十五章を担当した池内氏は、こうした歴史状況を踏まえて、一見超時代的とも見える文章の裡に、時代と切り結ぶ露伴の姿勢を丹念に読み込んでいる。そこから浮かび上がってくる氏の露伴像は、評者にはいささか好戦的すぎるようにも見えるが、※それはつまり、本書が読者に論争の場を開いてくれたということであろう。各章「俳諧の付合のような方法」で繋がっている所以を説明してくれるのも楽しい。

また漢籍関係の五章を担当した成瀬氏が、元代の諺を集めた文章に触れて「このノートは、古いようで、実は先端的な仕事なのである」と評しているが、これは露伴の知のあり様が持つ可能性を示唆したものといえる。

（二〇〇二年二月一五日　岩波書店）

※　拙著『幸田露伴の非戦思想　人権・国家・文明―〈少年文学〉を中心に』（平凡社、平23・2）の二二五頁を参照。

岩井茂樹著『日本人の肖像　二宮金次郎』を読んで

最近、角川叢書の一冊として出版された、岩井茂樹著『日本人の肖像　二宮金次郎』（平22・2）が、幸田露伴の〈少年文学〉『二宮尊徳翁』（明24・10）に触れている。岩井氏の著書の主たる内容は、金次郎「負薪読書」像と中国・朱買臣の図像との関連を追ったものだが、その部分も含めて、読んで幾つかの疑問を持った。疑問点を以下に列挙する。

一、露伴『二宮尊徳翁』の口絵を描いた小林永興の系統に「朱買臣図」の影響があることを明らかにしたのは、岩井氏の功績なのであろう（筆者は詳らかにしない）。しかし、露伴の側にも朱買臣図を転用することで金次郎像を創造しようとする積極的な意志があった、と氏が示唆している（五八〜六〇頁）のは、どうだろうか。いささか勇み足ではないか。そもそも「露伴が『二宮尊徳翁』でもっとも伝えたかったのは、金次郎の幼少期であった。」（五八頁）と、岩井氏が自明のことのように語っている部分からが、筆者には納得がゆかない。『二宮尊徳翁』のうち、幼少時代に充てられた頁数は、全体の十分の一にもみたないからである。氏の断定が、一体何を根拠にしているのか、伺いたいところである。

作者と画工との、口絵をめぐるやりとりの中で、小林永興の方から「朱買臣図」を利用しては？　という話題が出た蓋然性があるらしいことは、多少理解できた。だが、仮にそういう提案があったとして、それを聞いた時、露伴はどんな顔をしただろうか。苦笑い、筆者が思い浮ぶのは、そんなところである。

二宮尊徳と朱買臣には、幾つかの共通点があり、岩井氏はそれを次のように図式化した（六〇頁）。

貧困→負薪読書（不断の努力）→妻との離縁→社会的成功（立身出世）

尊徳の家は貧しかった。少年の彼は負薪読書・不断の努力によって遂に家を再興させ、妻も得た（尊徳三十一歳）。しかしその後、藩の家老・服部家の財政再建を依頼され多忙をきわめる。そんな折り、長男が生後十五日で死んだこともあり妻は去っていった（尊徳三十三歳）。一方、朱買臣は結婚してもなかなかうだつのあがらぬ中年男である。妙に学問好きで薪売りをしていても大声で本を読みだす始末。とうとうあきれた女房は、家を出てしまった、という話だ。そんな朱買臣を、もしも露伴が積極的に金次郎少年に重ね合わせよう、と考えたとしたら、要するに露伴は「金次郎君、今そんなに努力しても、薪を背負って本を読むような人間は、将来女房に逃げられるのがオチだぜ」とでも言うようなものではないだろうか。

画工の口から「朱買臣」の名が出た時、露伴はすぐさまそれと金次郎のエピソードに多少の偶然の一致を認めたであろう。しかし、偶然はあくまでも偶然にすぎないから、是非もないこと、と苦笑いで済ます——だいたいこんなところではないか、というのが筆者の想像である。

露伴の、やはり少年向け読み物に『伊能忠敬』（明32・8。同名の作品は明治26年版もあるが、以下は明治32年版のこと）がある。ある日、忠敬が自分の妻（家つき娘なのだ）から、台所で下女と一緒に食事しろ、と命じられ、黙って言われた通りにした、という一節に続けて、露伴が次のように書いている。

嗚呼呂尚《りょしょう》が妻、朱買臣が妻、古《いにしへ》より婦人は偉丈夫を知らず、無智短見もとより罪すべくもあらぬものなるが、

呂尚（太公望）と並んで出てくることから判断して、これは成語「覆水盆に返らず」の元となった故事をふまえた

表現であろう。すなわち――いつまでも役立たずなままの夫に愛想を尽かして家を出た妻が、その後、夫の出世したのを知って復縁を迫ったが、「こぼれた水は、もう元の盆には返らない」と言われ、追い返された。――夫を、太公望・朱買臣とする話が、共に伝わっている。これから出世をしようとする少年の努力する姿に、わざわざ、魚釣りや読書にうつつをぬかして女房に逃げられてしまったことで有名な中年男の図像を特に積極的に重ね合わせようとする、とは、どうも考え難いだろう。「偉丈夫」とはいえ、朱買臣が終わりをよくしなかった（御史大夫・張湯をおとしいれて自殺させた罪を問われ、殺される）のも、併せ考えられてよい。「朱買臣五十富貴」とすれば、大器晩成、立身出世のたとえだが、尊徳は特に大器晩成なわけではない。

二、岩井氏は、竹内洋いうところの「金次郎主義」（岩井氏の要約に従えば、それは「立身出世の野心を職務内精励に封じ込め」、「立身出世主義の持つ危険なエネルギー（社会への反抗や抵抗）の毒抜き」、「庶民のささやかな立身出世主義（スケール・ダウンしたもの）を満たして、社会システムの維持を円滑にするためのコンセプト」である〔一八〇頁〕）に、露伴の『二宮尊徳翁』が「目を向けさせるのに十分なものだった」（一九一頁）と主張している。そして、『代表的日本人』で同様に二宮尊徳を論じた内村鑑三と露伴を比較して、次のように述べた（一九七頁）。

> 内村と露伴が違うことは、明らかだ。内村はあくまでも成功者、二宮尊徳を見、その精神の自律性を評価している。評価するのは、努力する姿ではなく、自律した精神なのだ。（中略）
> 内村は成功した尊徳を讃《たた》えており、この人物こそが「代表的日本人」の一人だと信じていた。内村なら、成功しようがしまいが努力する姿勢（心掛け）が肝心だとは、口が裂けてもいわないだろう。そこが露伴と内村の大きく異なるところである。

岩井氏は、『二宮尊徳翁』で露伴が、あたかも「成功しようがしまいが努力する姿勢（心掛け）が肝心だ」と主張しているかのように書いている。だが、氏は『二宮尊徳翁』そのものについて、冒頭部分（例の「負薪読書」の一節）と結語にのみ、それぞれ二度ずつ（二三、二八頁と一九〇頁）、触れただけで、本文全体から、本当に右のような主張を読みとることが可能かどうか、全く論証しておられない。まさか、その冒頭部分の一節が論拠になる、とでも考えているわけではあるまい（『二宮尊徳翁』の冒頭にある「薪伐る山路の往返《ゆきかへり》歩みながらに読まれける心掛けこそ尊けれ」を、岩井氏は「幼少期から読書といった不断の努力をしようとする心掛けこそ尊いのだ、と露伴はいっていた」［一九〇頁］――傍点筆者――と、パラフレーズしていたのが、まさか、と危惧の念を抱かせはするのだが……）。

先に述べたように『二宮尊徳翁』の記述のうち、幼少期を除いた残り、つまり全体の十分の九以上は、尊徳三十歳代以降の功業を伝えたものである。一口に言えば、百姓出身にも拘らず乞われて藩の財政再建に取り組み、領民の生活安定と藩財政の健全化を実行した偉人としての尊徳、となるだろう。露伴は、そうした尊徳の全生涯をかなり克明にたどり、それを讃えて、次のようにいう。

先生は聞思修の三を能くせられたるが故に、聞くこと少きも思ふこと多く、思ふこと少きも修むること多く、修むること多かりしが故に得ること極めて多く、遂に万人を動かすの人となり玉ひしなり。

ここから、どうやったら岩井氏の主張が出てくるか。疑問とせざるをえない。

三、右の主張を補強するために、岩井氏は露伴の『努力論』に言及する。岩井氏による『努力論』の引用と、それについての氏のコメントを、そのまま見よう（一九二～一九三頁）。

露伴の『努力論』（一九一二年七月）は努力しているのに、成功しないのはなぜかという疑問を持つ人たちに対する回答のようなものである。成功しないのは努力の方向が間違っているからで、努力すること自体は必要だという。それをいかによい方向、ないしは幸福に変えていくかが『努力論』では語られる。

露伴はいう。

人はやゝもすれば努力の無功に終ることを訴へて嗟嘆するもある。然れども努力は功の有と無とによつて、之を敢てすべきや否やを判ずべきでは無い。努力といふことが人の進んで止むことを知らぬ性の本然であるから努力す可きなのである。（幸田露伴『努力論』、東亜堂、一九一二年七月）

成功することとは無関係に、努力は人の本然であるからひたすら努力しなければならないと。またこうもいう。

努力して努力する。それは真のよいものでは無い。努力を忘れて努力する。それが真の好いものである。（同前）

努力を忘れて努力すべきだという。こうした言葉は現代に生きる私たちにも新鮮、かつ魅力的に聞こえる。「新鮮、かつ魅力的」とした上で、岩井氏は、しかしそれは、竹内氏のいう「金次郎主義」に似て、「立身出世主義が孕《はら》む危険性を、除去したもので国家にとって安全でまことに好ましく健全な思想であった」（一九四頁）と、続けるわけである。

まず最初の、『努力論』全体の性格を説明する一節は、岩井氏の言う通りである。だから、露伴は成功につながるような、正しい方向の努力の仕方を、『努力論』で詳細この上なく説いたのである。ところが、岩井氏の引用した『努力論』（二つとも、「初刊自序」からの引用で、他に『努力論』本文への言及は無い）は、どうも、そういう内容にはなっていないように、一見みえる。「成功することとは無関係に」努力しろ、と露伴は本当にいうのだろうか？

実は、岩井氏の引用した一つ目の露伴の文章は、次のように続いている。

そして若干の努力が若干の果を生ずべき理は、おのづからにして存して居るのである。たゞ時あつて努力の生ずる果が佳良ならざることもある。それは努力の方向が悪いからであるか、然らざれば間接の努力が欠けて、直接の努力のみが用ゐらるゝ為である。

あくまでも努力を、それがもたらす「果」との関係で論じているのは明らかだろう。もし「果」がみえないとしたら、それは努力の「方向」か、やり方（「間接」「直接」の別）が悪いからだ、と。「成功することとは無関係に」では、ない。

「努力は人の本然であるからひたすら努力しなければならない」という岩井氏のパラフレーズは、正確だろうか。引用された、〝努力というものは人の「性の本然である」〟という露伴の主張は、「初刊自序」の中頃で示される、次のような露伴の人間観から発せられていることを見落とさないでいただきたい。

努力はよしや其の功果がないにせよ、人の性の本然が、人の生命ある間は、おのづからにして敢てせんとするものである。厭ふことは出来ぬものである。

人間は生きている限り、否応なしに何かをしたがる、その為に自然、努め励む、それが避けることのできない人の性の本然だ、ということである。「ひたすら努力しなければならない」ではなく〝努力してしまう、努力すれば大低はそれなりの効果はある、たとえ効果がなくても努力してしまう（その時の努力は大低、方向かやり方が間違っている）、だから正しい方法で努力すべきである〟が露伴のいうところである。努力とは、従って仏教の言葉でいえば、煩悩のようなものと、観念されているようだ。

そこで「初刊自序」の結語――岩井氏の引用する二つ目の露伴文――がくる。岩井氏はそれを「努力を忘れて努力すべきだという」と、受けとめた。繰り返しを厭わず、露伴の書いた「初刊自序」結語部分を、まとめて左に引用する（傍線を引いた箇所は岩井氏の引用したのと重複する部分）。

努力して努力する、それは真のよいものでは無い。努力を忘れて努力する、それが真の好いものである。然し其の境に至るには愛か捨かを体得せねばならぬ、然らざれば三阿僧祇劫の間なりとも努力せねばならぬ。愛の道、捨の道を此の冊には説いて居らぬ、よつて猶且努力論と題してゐる。

「三阿僧祇劫」は、無数無量の時、無限に、の意である。「愛の道」はキリスト教を、「捨の道」は仏教を指すのだろう。

露伴は「努力を忘れて努力すべきだ」といっていないのである。確かにそれは「真の好いもの」にちがいない。だが、しかしその境地に達するためには「愛の道」または「捨の道」を体得しなければならず、自分はそれはここでは説かない、といっている。努力は煩悩のようなものなのだ。宗教的救済によるのでない限り、人間は未来永劫、何かを求めて努力し続けるしかない存在である、そうである以上、より効果的な努力、それなりの結果・成功に結びつく努力の仕方を考えよう、というのが露伴の立場である。

岩井氏に、『二宮尊徳翁』または『努力論』の「初刊自序」程度の文章すら読むに足る学力が欠けているのだとしたら、筆者はいうべき言葉を持たない。しかし、もし、そうでないのならば、氏の引用は、露伴のいうところを、自説（なんとか露伴を「金次郎主義者」に仕立てたい）に都合のよいようにゆがめるために、故意になされたものと見做すしかない。それは、悪質で、卑劣な行為である。

四、三と同じく、氏は自説を主張する際に、次のような発言をしている（一九五頁）。

> 露伴自身もまた「金次郎主義」の実践者であったのだ。露伴の小説に、世の中には認められないが、自らの仕事一筋に努力する職人を描いた作品が多いのも、こうした「ささやかな立身出世」に甘んじる態度の表れなのかもしれない。

傍点を附した部分の条件を充たす露伴小説が、筆者には確《しか》とは思い当らなかった。具体的に、作品名を御教示いただけたら幸甚である。

岩井氏の著書で示された、露伴『二宮尊徳翁』に関する見解のほとんどは誤りである、と筆者は考える。とはいえその原因を、すべて氏の知性ないし品性の問題にのみ帰して済ますわけにはゆかぬことも、筆者は承知しているつもりである。日本近代文学史は、まだ一度も露伴の〈少年文学〉をまともに扱ったことがないからである。稿をあらためて、『二宮尊徳翁』を含む露伴の〈少年文学〉全体について、近々論じる予定である。

露伴と大震災

このたびの東北関東大震災に関連して、三月十五日付「朝日新聞」（朝刊）に載った二つの記事が目にとまった。一つは、中井久夫氏のもの。「僕らは教訓より、現地の中の声に耳を傾けるべき」といい、「被災した人たちが切り開こうとする道を尊重」する姿勢で貫かれた文章である（氏は「災害は一人ひとり違う」と主張する）。氏は最後のところで「乾パンと水で持つのは2日、カップ麺で持つのは5日。1週間過ぎたらうまい食事をとらないと、精神的にも苦しくなる」とつけ加えておられた。もう一つは、石原慎太郎氏が十四日に報道陣の質問に答えて「津波をうまく利用して我欲を1回洗い落とす必要がある。やっぱり天罰だと思う」と述べたとされる文章である。恐らく、氏の日頃抱いておられる日本社会のあり方に対する憤懣と憂国の情が、いささか性急かつ不用意に、吐露されたものと察せられる。石原氏とて、〝東北の人々は「我欲」のかたまり、「日本人の心のあか」（これも石原氏が用いたとされる言葉）であって、彼らの被災は「天罰」である〟といいたかったわけではあるまいと思う。

ある意味対照的ともいえる、この二つの記事を読んで、私は明治の文豪のひとり幸田露伴（一八六七〜一九四七）が、一九二三年（大正十二年）の関東大震災に際して記した幾つかの文章を思い起こした。今そのあらましを紹介させていただきたい。

「震は亨る」（「東京日日新聞」大12・10・3〜5）で露伴は、「震前の一般社会の一切の事象を観るに、実に欠けてゐたものは、恐懼修省の工夫であつた。」という。人々ははなはだしく「亢《たかぶ》り」「侮り」、「高慢増長慢等、慢心熾盛の外道そのまゝ」であった。今回の大震災で「自ら智なりとした其智」の無力が露呈し、「自ら大なりとした其大」が猛火を前にしては紙片よりもつまらぬものであることが明らかとなった。こゝに於て恐懼修省することを為せば、実に幸である」、と。露伴はこの機会に今までの暮らしを反省しろ、といっている。「天罰」とは、確かにいってはいない。現に別の文章（「災厄に対する畏怖と今後の安心策」大12・11）では、「神の譴《しかり》とか、天の戒めとか云ふやうに解釈」するのは自然に対する知識が「幼稚であつた時代の感情や思想に支配」されているにすぎない、と述べている。しかしそこでも、災害を「天譴、神怒と感じた人」の方が「一般社会の善良、健全な分子」だとし、災害を「天罰」ないしは天意の顕現と見做す発想を決して否定していないのである。慢心外道の「人々」とは、一体どこの誰なのか、被災者のことをいっているのか？――曖昧模糊として要領を得にくい点で、これは石原氏の発言並みの駄文、と言えなくもない。

一方で露伴はまた、大日本雄弁会講談社発行の『大正大震災大火災』（大12・10）に、序文および「罹災者に贈る言葉」なる一文を寄せている。そこに記されたのは、おおよそ以下の如しである。今回被災された方々は「其被害程度こそ種々の差別はあれ、いづれも忘れ難き悲哀と困苦とを味はれたこと、実に何とも慰問の言葉さへ出ぬ事である」、「たゞ吾人が、これ等一切罹災者に対して偽り無く発し得る言葉は、負傷したる人に対しては、御生命に別状無くて何よりと云ひ、負傷せぬ人に対しては、御怪我も無くて此上も無く悦ばしく存じますと云ふよりほか無いのである」。自分も被災した身ゆえ、「少しでも慰安の甲斐有れ」と念じ、次の「言葉」を贈る。

今、人々は「一ト方ならぬ失望と落胆とを味はつて居られる」であろう。多年の労苦によって築き上げられたものが、一日の震災と火災によって烏有に帰したのであるから「誰しも茫然として焼野原に立ち、憮然として瓦礫塵土をながめる眼の中に、おのづから力無き涙の滲み出るを免れぬは人の情の常である」。それは「是非の範囲を超えて居て、批評も思議も及ばぬ」。しかし「失望落胆」は、いつまでもそのまま長く続くのではない。「失望」も「落胆」も、時と共に「何等かのものに変じて行く」。すなわち「失望」は、あるいは「自棄の念」、あるいは「萎縮の状」に、「落胆」は、あるいは「恐怖の情」、あるいは「脱力の事実」に、変化する。一旦の「失望落胆」は是非もないが、その後に続く苦しい時間の中で、それが「自棄の念」や「萎縮の状」に変じてゆくのは「絶対的に断々乎として排去」しなければならぬ、と露伴はいう。それらを「蛇蝎視して排除し、猛然として奮ひ立つて、ウンと踏止まつて、おもむろに前途に対する自分の取るべき道を看取せねばならぬ」と切言するのである。「宗教上の信仰を有する人は、かゝる時こそ宗教の加護を受くべきである」、また「無神無仏の徒は既に神を無みし仏を無みするだけのえらい者であるから、夢にも恐怖心などに囚はれてはならぬ」。「過去は日々に遠くなる、未来は日々に近くなる」。「先づ勇気の徳を以て一切の不幸を切り開き、一切の幸福を招来すべきである」と述べ、「奮ふべし奮ふべし」云々。――以下、猛烈な勢いで人々を鼓舞・激励するに及んで、文は結ばれる。

被災者の心を慮り、被災直後の感情から、時間の経過と共にそれがどのように移りゆき、どのような危険があるか、危険を回避するにはどうしたらよいか等々について、それなりに具体的なアドバイスを与えようとしていることがわかる。ここには娘の幸田文が伝えた、細やかな心遣いをもった（時にうっとうしい程にあれこれ気が付く）父露伴の面影も窺えよう。「震は亨る」における、石原氏タイプの文章とはいささか趣を異にして、やや中井氏のそれに近い、とは言えないだろうか。終始穏やかな語り口の中井氏の文章とは雰囲気が全然違うけれども。

とはいえ、「震は亨る」にも、石原氏タイプとは異なる、別の特色を持った一節があることを述べておかなくてはならない。その後半で露伴は、芭蕉の連句（『冬の日』「しぐれの巻」）の注釈を行うのである。いわば大震災に際しての、露伴の第三のタイプの文章。「震は亨る」より当該部分を左に引用する。

貞享の俳諧に

命婦の君より米なんどこす

といふ重五の句がある。これは、

忍ぶ間の業《わざ》とて雛を造りゐる

といふ前句に付けたもので、知り合の命婦の君から米などおくり越しくれるといつたのであるが、その命婦の句に荷兮が

籬《まがき》まで津浪の水に崩れゆき

と付けてゐる。津浪の為に米などくると取なしたのである。次に籬の句に芭蕉が

ほとけ食ひたる魚ほどきけり

と付けてゐるが、このほとけを古人は仏像と解し、僥倖を得し体なりといひ、志度浦の長田作平といふもの鰐をほどきて恵心僧都作の弥陀を得たることなどを挙げて解したるなどあれど感服せず、ほとけは屍骸にして、魚の腹に余物は皆見えずなりても、毛髪、爪などは残るものなれば、魚をほどきて、ア、この魚は食つたのだナとさとることがある。芭蕉の句はたしかにそこをついてゐるのであらう、深刻おそるべきである。津浪ではないが今度のやうな大変に、なさけないものが川に流れ潮にたゞよふを見せられては、まざ〳〵とこの句はいきてくるのである。

重五（加藤氏）・荷兮（山本氏）は共に芭蕉の門人である。今日の人権意識からすると、引くのがためらわれる一節であり、不快の念を抱かれた読者がおられたら幾重にもおわびしたい。しかしまた、露伴の真意を読み誤る方も、恐らくいまいと思う。

俳諧の注釈など小うるさい趣味の技と考える向きにとっては、「ほとけ」の詮議など単なる暇つぶしにすぎぬであろう。場所柄をわきまえろ、となるかも知れない。またそれを、高い教養学識の持ち主にのみ許された高級な文学的営為と信ずる人にとっては、なるたけ己れの知る故事やら何やらをひけらかせる解（いわゆる「古人」の仏像説）

の方が面白かろう。両者にとっては、人生は人生、文学は文学、なのである。人生と文学を仕切る制度的な枠組みに安住し、それを信じて疑わない態度である。

これに対して露伴はいう、芭蕉の風雅「深刻おそるべき」と。おそろしいのは、芭蕉のまなざしがまさに人生の実相に届いているからである。露伴は芭蕉の風雅に貫かれ、「恐懼修省」したのだ。そのおののきは、人生そのものであって、同時に文学的体験そのものでもある。

連日の震災報道に接して言葉を失うばかりであるが、冒頭の新聞記事をきっかけにして、露伴の震災をめぐる文章がおおよそ三つの次元にわたっていることに思い至った。この三つの次元はゆるやかに重なり合い、連続しているに違いない。ただそれがどのような構造をもっているのか、私にはよくわからない。露伴文学はむずかしい。しかし、彼の文学は今もなお私たちと無縁ではありえない、という確信を私は抱いている。

初出一覧　（　）内は原題

北村透谷

1（「日本近代文学成立期における〈政治的主題〉――『京わらんべ』から『浮雲』へ――（上・下）」）
藤女子大学「国文学雑誌　88・89」平25・3、11

（「北村透谷『楚囚之詩』――無形の牢獄意識――」）
『世界の文学　92』（朝日新聞社）平13・4

*

2（「北村透谷と運動会」）
藤女子大学「国文学雑誌　90」平26・3

3（「透谷と国境――「小児」性について」）
日本文学協会「日本文学」平9・11

4（「幸田露伴と透谷――『新葉末集』批判をめぐって――」）
『透谷と現代』（翰林書房）平10・5

5（「『我牢獄』の位置――『風流悟』との関連で――」）
藤女子大学「国文学雑誌　63」平11・12

樋口一葉

6・7（「露伴と一葉――〈お力〉登場まで――」）
学習院大学「国語国文学会誌　51」――十川信介先生古稀記念特輯号――平20・3
※　その前半・後半を、それぞれ独立させた。

8（「樋口一葉と露伴小説『風流微塵蔵』」）
藤女子大学「国文学雑誌　84」平23・3

幸田露伴

9 （「幸田露伴と小説——松浦寿輝著『明治の表象空間』にふれつつ——」）
藤女子大学「国文学雑誌　91・92合併号」平27・3

10 （「『二日物語』と『封じ文』——露伴小説における悟達と情念——」）
藤女子大学「国文学雑誌　94」平28・3

11 （「露伴の〝生誕地・その他〟補訂」）
藤女子大学「国文学雑誌　83」平22・11

12 （「『雪紛々』について」）
藤女子大学「国文学雑誌　65」平13・3

13 （「向島蝸牛庵（上）——中川と露伴——」）
藤女子大学「国文学雑誌　74」平18・3

＊

（「池内輝雄・成瀬哲生著『露伴随筆「潮待ち草」を読む』紹介」）
日本近代文学会「日本近代文学　67」平14・10

（「岩井茂樹著『日本人の肖像　二宮金次郎』を読んで」）
藤女子大学「国文学雑誌　82」平22・3

＊

（「幸田露伴と大震災」）
平凡社「月刊　百科」平23・5

あとがき

日本近代文学史において、幸田露伴はあまり収まりがよいとはいえない作家である。紅露逍鷗時代の作品を賞讃し、『天うつ浪』の挫折と小説からの撤退をいい、史伝・評釈の仕事に対する言及も忘れないが、しかしそれらはどこか、〝各時代ごとの避けるわけにもゆかぬトピック〟として羅列されるに留まっているような気配がある。

筆者はこれまで、主に小説の読み直しを通して、ひとまとまりの露伴像の解明――とはつまり、近代社会の成立に伴う諸問題に対して露伴が示した反応の、構造的把握――を目指してきたのだが、その作業の過程で思いついた仮説なり見解なりは、本来ならば、既成の日本近代文学史に対する何らかの提言や異議申し立てにも（仮令それがいかに些細なものであったとしても）つながっていなくてはならぬはず、と考えてきた。

本書は、前著『幸田露伴論』（翰林書房、平18・3）で提起したアイデアの幾つかを、明治二十年代前後の文学状況、いわゆる日本近代文学の成立に関する考察に応用して、その有効性を確かめようとしたものである。具体的には、露伴との関わりから新たに検証し直した〈政治小説〉観を二葉亭四迷の『浮雲』分析に適用したもの、北村透谷と樋口一葉の文学活動を、当時の露伴が抱え込んでしまった難問への、別回路からの彼らのアプローチとして読み直す試み、等から成る。これに、前著の出版以降に書いた露伴に関する論文の幾つかを併載した。小説中心の文学観が形成されつつある時、その流れに対して露伴はどういう態度をとったかを論じた二編、露伴の生誕地再考、向島時代の生活およびその終焉に触れたもの、等である（露伴は漢学中心の文学観を維持し続けたのではないか、という仮説がそこで提出されているわけだが、これは今後の私の研究課題となりそうである）。

従来それぞれ別箇に語られてきた透谷・一葉・露伴を、統一的に論ずる理論的枠組みを提示することで、明治二十年代の日本社会が直面していた〈政治的主題〉の本質を明らかにすることが、本書の目的である。

最後に、本書の出版をこころよく引き受けて下さった翰林書房・今井静江氏に、深く感謝申し上げます。

二〇一七年一月末日

関谷　博

（本書の出版にあたって、藤女子大学科学研究費申請奨励研究費助成による二〇一六年度研究成果公開支援研究費を受けた）。

【著者紹介】
関谷　博（せきや　ひろし）
1958年生まれ。学習院大学大学院博士課程中退。現在、藤女子大学教授。日本近代文学専攻。著書に『幸田露伴論』（翰林書房）、『幸田露伴の非戦思想』（平凡社）、共著に『新日本古典文学大系　明治編22　幸田露伴集』（岩波書店）など、論文に「教材研究　幸田文『あとみよそわか』（抄）―〈学び〉の体験―」他がある。

明治二十年代　透谷・一葉・露伴
―日本近代文学成立期における〈政治的主題〉―

発行日	2017年3月1日　初版第一刷
著　者	関谷　博
発行人	今井　肇
発行所	翰林書房
	〒151-0071 東京都渋谷区本町1-4-16
	電話　(03)6276-0633
	FAX　(03)6276-0634
	http://www.kanrin.co.jp/
	Eメール●Kanrin@nifty.com
装　釘	島津デザイン事務所
印刷・製本	メデューム

落丁・乱丁本はお取替えいたします

ISBN978-4-87737-411-2